당신 없는 나는?

QUE SERAIS-JE SANS TOI?

Copyright ⓒ XO Editions 2009. All rights reserved.
Korean translation rights ⓒ Balgunsesang 2009.

This edition published by arrangement with
XO Editions through Shin Won Agency Co.

이 책의 한국어판 저작권은 신원 에이전시를 통해 저작권자와
독점 계약한 밝은세상이 소유합니다. 신 저작권법에 의하여 한국 내에서
보호를 받는 저작물이므로 무단전재와 무단복제, 전자출판 등을 금합니다.

당신 없는 나는?
Que serais-je sans toi?

기욤 뮈소 장편소설
허지은 옮김

밝은세상

당신 없는 나는?

초판 1쇄 발행일 2009년 12월 17일 | **초판 24쇄 발행일** 2022년 4월 5일
지은이 기욤 뮈소 | **옮긴이** 허지은 | **펴낸이** 김석원
펴낸곳 도서출판 밝은세상 | **출판등록** 1990. 10. 5 (제 10 - 427호)
주소 (10881) 경기도 파주시 문발로 119, 202호
전화 031-955-8101 | **팩스** 031-955-8110 | **메일** wsesang@hanmail.net
블로그 blog.naver.com/balgunsesang8101 | **인스타그램** www.instagram.com/wsesang

ISBN 978-89-8437-100-2 03860 | **값** 11,000원
잘못된 책은 구입한 곳에서 교환해 드립니다.

그해 겨울, 고통스러운 마법에 사로잡혀 써내려간 이 이야기를
잉그리드에게…….

나는 늘 무관심한 지혜보다는 열정에서 비롯된 실수가 더 좋았다.
-아나톨 프랑스

당신 없는 나는?

차례

1. 그해 여름 _11

제 1 부 파리의 하늘 아래

2. 당대 최고의 도둑 _36
3. 외로운 자여, 그대는 나의 형제 _43
4. 도시 속의 두 남자 _54
5. 풍네프의 연인들 _66
6. 파리는 잠에서 깨어 _82
7. 결투 _94
8. 천국의 열쇠 _111
9. 마드모아젤 오 _127
10. 인생의 소용돌이 _139
11. 당신이 떠날 그날 _143
12. 눈물 한 방울만 흘리게 해줘 _154
13. 아쉬운 부분 _164

제 2 부 샌프란시스코의 거리

14. 발랑틴 _172
15. 나의 분신 _187
16. 캘리포니아여 내가 왔노라 _197
17. 타인의 갈증 _209
18. 추억도 후회도 _221
19. 봐, 난 모두 기억하고 있어 _230
20. 사랑하는 두 사람 _245
21. 사랑했던 우리는 _253
22. 발랑틴의 편지 _268
23. 지옥으로 가는 길 _272

제 3 부 천사들과 함께

24. 대 탈주 _284
25. 탑승대기구역 _293
26. 하늘에 있는 아름다운 것들 _305
27. 이 세상 밖이라면 어느 곳이라도 _318
28. 그래도 당신을 사랑하겠어 _336
29. 그대와 영원히 _347

에필로그 _352
독자 여러분께 _357
옮긴이의 말 _359

모두들 경험해보았으리라.
가끔씩 우리를 찾아와 서서히 파괴하고
잠을 설치게 하고 철저히 망가진 채 새벽을 맞게 하는 이 고독을.

그것은 첫 등교 날의 슬픔.
그것은 학교 운동장에서 더 예쁜 아이와 입맞춤하는 그 애를 바라보는 것.
그것은 사랑이 끝난 후의 오를리 공항, 혹은 서부역.
그것은 우리 사이에 절대로 태어나지 않을 아기.

가끔씩 그건 나.
가끔씩 그건 당신.
하지만 때론 한 번의 만남으로 충분할 것을……

1. 그해 여름

첫사랑은 언제나 마지막 사랑
−타하르 벤 젤룬

캘리포니아 샌프란시스코

1995년 여름

스무 살의 가브리엘

가브리엘은 버클리대 3년생이었다.

그해 여름, 가브리엘은 색 바랜 청바지와 흰 셔츠 그리고 몸에 꼭 끼는 가죽점퍼를 즐겨 입었다. 윤이 나는 갈색의 긴 머리와 반짝거리는 초록빛 눈동자를 가진 그녀는 1960년대에 장−마리 페리에가 찍은 사진의 프랑수아즈 하디를 빼닮았다.

그해 여름, 가브리엘은 대학 도서관과 자원봉사원으로 일하게 된 소방서를 오가며 바쁜 나날을 보냈다.

그해 여름, 위대한 첫사랑이 그녀를 기다리고 있었다.

스물한 살의 마르탱

프랑스에서 온 마르탱은 소르본대학교 법대를 졸업했다.

그해 여름, 마르탱은 영어실력을 높이고 미국이라는 나라 안팎을 철저하게 경험해보기 위해 혈혈단신 미국 땅을 밟았다. 빈털터리였던 그는 웨이터, 아이스크림판매원, 정원사 등을 전전하며 일주일에 70여 시간을 일했다.

그해 여름, 어깨까지 뒤덮은 머리카락 때문에 마르탱은 갓 데뷔 시절의 알파치노를 연상시켰다.

그해 여름, 위대한 첫사랑이 그를 기다리고 있었다.

버클리대학교 카페테리아

"가브리엘, 편지야."

테이블에 앉아있던 여학생이 책에서 눈을 들어 상대를 올려다보았다.

"네?"

"자네한테 편지가 왔다니까."

카페테리아 지배인 카르틸로가 크림색 봉투를 여학생의 찻잔 옆에 내려놓았다.

가브리엘은 눈살을 찌푸렸다.

"누가 보냈죠?"

"마르탱이라고 왜 프랑스에서 온 남학생 있잖아? 여기 아르바이트는 다 끝났는데, 오늘 아침 일부러 들러 자네에게 이 편지를 전해달라고 부탁했어."

가브리엘은 당황한 표정으로 봉투를 쳐다보다가 편지를 주머니에 집어넣고 카페를 나왔다.

우뚝 솟은 종탑 아래 펼쳐진 드넓은 초록 캠퍼스는 온통 여름 느낌에 잠겨 있었다. 가브리엘은 공원 오솔길을 따라 걷다가 백 년도 넘은 나무들이 만들어주는 그늘 아래 벤치를 찾아 앉았다.

그렇게 외딴 곳에 홀로 앉은 가브리엘은 걱정 반 호기심 반으로 편지의 겉봉을 뜯었다.

1995. 8. 26.

가브리엘, 나 내일 프랑스로 돌아가. 너에게 그 말을 전하고 싶었어.

캘리포니아에 머무는 동안 내게 의미 있었던 시간이라면 학교 카페테리아에서 너와 함께 나눈 책 영화 음악 이야기 그리고 세상을 바꿔보자는 이야기를 하면서 보냈던 그 얼마 되지 않는 시간들뿐이었어.

단지 그 말을 전하고 싶었어.

난 가끔 내가 지어낸 이야기의 주인공이었으면 좋겠다고 생각하지. 소설이나 영화에서는 남자 주인공이 여자 주인공에게 정말 멋있는 프러포즈를 하잖아. 네가 마음에 든다고, 너와 이야기하는 게 좋다고, 널 보고 있으면 어떤 느낌인지에 대해 아주 근사하게 이야기하지. 달콤하고 아프고 강렬한 느낌으로. 가슴 떨리는 느낌, 당혹스러울 만큼 친근한 느낌, 한 번도 경험해보지 못했던 신기한 느낌, 그런 감정이 존재하는지조차도 몰랐던 그런 느낌으로.

너와 내가 공원에 있다가 갑작스레 소나기를 만났던 그날 오후, 도서관 현관으로 몸을 피했을 때가 기억나니? 그때 너에게 입맞춤을 하지 못한 게 지금은 몹시 후회돼. 내가 너에게 입맞춤을 하지 못한 건 네가 방학 동안 유럽에 가 있다는 남자친구 얘기를 꺼내면서 그를 실망시킬 수 없다고 했기 때문이었지. 그리고 혹시나 네 눈에 내가 '남들과 다름 없는 놈'으로 비칠까봐, 남자 친구 있는 여자나 유혹하는 놈으로 비칠까봐 두려웠기 때문이었어.

만약 그날 내가 너에게 입맞춤을 했더라면 난 환희에 찬 가슴을 안고 빗속으로 뛰쳐나갔을 거야. 비가 오든 해가 나든 전혀 상관없었겠지. 미약하나마 너와의 미래를 기대할 수 있었을 테니까. 내가 어딜 가든, 그 입맞춤은 아주 오랫동안 내 기억 속에 아로새겨졌겠지. 혼자라고 느껴질 때 간절한 마음으로 꺼내보는 아름다운 추억처럼.

어쨌거나, 누군가 이런 말을 했지. 사랑 이야기 중에서 가장 아름다운 사랑 이야기는 시도해보지 못한 사랑 이야기라고. 어쩌면 우리가 나누지 못한 그 입맞춤이 내게는 가장 짜릿한 기억으로 남게 될 것 같아.

난 그저, 너를 볼 때마다 일초에 스물네 개의 이미지를 투사하는 영화를 보는 듯했어. 네 영화는 처음 스물세 번은 밝게 빛나는 이미지였다가 마지막 스물네 번째에 너무나 슬픈 이미지로 바뀌어 버렸지. 그 마지막 이미지는 네가 평소 품고 있던 찬란한 빛과는 너무나 대조적으로 왠지 모를 슬픔을 담고 있었어. 난 네 잠재의식 속의 슬픔, 아주 잠깐일 뿐인 그 섬광의 틈새로 드러난 슬픔을 보았어. 그 슬픔은 겉으로 드러난 모습이나 성격보다 더 절실하게 너란 사람에 대해 말해주는 듯했지. 난 너를 그토록 슬프게 만든 게 무엇일지 곰곰이 생각해보았어. 몇 번씩이나 나는 네가 그 이야기를 해 주기를 바랐어. 하지만 넌 절대 이야기해주지 않았지.

  난 그저, 조심하라는 말을, 가령 우울증 같은 몹쓸 병이 너를 덮치게 내버려두어서는 안 된다는 말을 전하고 싶었어. 난 진심으로 네 안에서 스물네 번째 이미지가 승리하도록 내버려두지 않길 바라.

  가브리엘, 악마가 천사를 이기게 내버려두어선 안 돼.

  나도 남들처럼 그저, 네가 아름답다고, 태양처럼 빛난다고 말하고 싶었어. 하지만 넌 그런 얘기라면 하루에도 수십 번쯤 들었을 테니까 그다지 의미 없을 거라 생각했어. 결국 이런 편지를 남긴 나 역시 남들과 똑같은지도 모르지.

  하지만 마지막으로 난 그저, 널 절대 잊지 않을 거라는 말을 전하고 싶었어. 단지 그뿐이야.

마르탱

*

  가브리엘은 고개를 들었다. 가슴이 쿵쾅거리며 뛰었다. 이런 편지일 거라고는 상상하지 못했다. 그러나 첫 문장을 읽는 순간, 예사롭지 않을 거라는 느낌이 왔다. 물론 그녀도 알고 있는 이야기였지만, 그녀 자신에 대해 이런 각도로 생각해본 적이 없었다.

  가브리엘은 혹시 그런 감정이 얼굴에 드러나는 게 두려워 주위를 둘러보았다. 갑자기 눈물이 쏟아졌다. 그녀는 캠퍼스를 벗어나 지하철을 타고 샌프란시스코 시내로 나갔다. 원래는 도서관에서 공부를 더 할 계획이었지만 그럴 기분이 아니었다.

가브리엘은 편지를 받은 놀라움과 그 편지가 가져다 준 씁쓸한 기쁨 사이에서 갈피를 잡지 못했다. 지금껏 그녀에게 이런 식의 관심을 표한 사람은 없었다. 외모가 아닌 그녀의 내면에 대해.

감성이 예민해 가끔 고통 속에서 허우적거리는 그녀였으나, 다들 그녀를 강하고 친해지기 쉬운 친구로 알고 있었다. 몇 년째 알고 지내는 사람들조차 정작 그녀가 겪고 있는 내면의 고통을 알아채지 못했다. 그런데 그는 단 몇 주 만에 그녀의 고통을 꿰뚫어보았다.

그해 여름, 폭염이 캘리포니아 해안지역을 덮쳤다. 미기후 지역인 샌프란시스코도 폭염을 피하지 못했다. 지하철 안의 승객들은 모두들 지쳐 보였다. 폭염 때문에 무기력해져 마치 흠씬 두들겨 맞은 듯 몸이 후줄근하게 처져 있었다.

가브리엘은 달랐다. 그녀는 돌연 기사들의 시대에 던져진 중세 로마의 여주인공으로 돌변했다. 마치 크레티앙 드 트루아의 편지라도 되듯 가브리엘은 몇 번이나 거듭해 마르탱의 편지를 읽었다. 힘이 되는 동시에 가슴을 저리게 하는 편지였다.

마르탱 보몽, 넌 분명 다른 남자들과 달라.

가브리엘은 행복과 절망, 아련한 기분을 맛보게 해 주는 편지 때문에 얼마나 정신이 아득했던지 전동차가 내려야 할 역을 이미 지나쳐 버린 것조차 알지 못했다.

부랴부랴 다음 역에서 내린 그녀는 폭염 속을 달려 집으로 돌아갔다.

중세 기사 이야기의 여주인공답게.

*

다음날

아침 아홉 시

샌프란시스코국제공항 SFO

비가 내렸다.

잠이 덜 깬 마르탱은 쏟아져 나오는 하품을 참아가며 버스 손잡이를 꽉 붙잡았다. 버스가 모퉁이를 돌 때 낡은 손잡이가 떨어져나갈 듯 덜렁거렸다. 인조가죽 외투를 어깨에 걸친 그는 구멍이 난 청바지에 해진 운동화, 록그룹 멤버들의 얼굴이 프린트된 티셔츠 차림이었다.

그해 여름, 젊은이들은 모두 커트 코베인을 연상시키는 뭔가를 몸에 두르고 다녔다. 미국에서 보낸 두 달 간의 추억이 두서없이 떠올랐다. 두 달 동안 눈과 가슴에 잊지 못할 추억을 가득 담았다. 캘리포니아 생활은 파리 변두리 출신 청년을 다른 사람으로 바꾸어놓기에 충분했다. 여름의 시작 무렵만 해도 마르탱은 경찰시험에 응시할 생각이었다. 그러나 짧은 미국생활이 모든 걸 다시 생각해보게 만들었다. 삶은 미래에 대한 전망을 보여주지 않았지만 꿈을 이룰 수 있다는 희망을 품고 사는 샌프란시스코 사람들을 보며 파리의 변두리 청년인 마르탱은 비로소 자기 자신을 믿을 수 있게 되었다.

마르탱은 소설을 쓰는 게 꿈이었다. 사람들을 감동시킬 수 있는 이야기, 평범한 사람들에게 놀라운 일이 벌어지는 이야기를 쓰고 싶었다. 현실에 만족하지 못했던 그의 삶에는 항상 소설이 함께 했다. 아주 어렸을 적부터 소설의 주인공들은 그를 고통에서 해방시켜주었고, 실의를 딛고 일어서도록 위로해주었다. 소설로 상상력을 키울 수 있었고, 어느 정도 감정을 절제할 수 있게 되었다. 다양한 각도로 인생을 바라보는 시각도 얻게 되었다. 그나마 삶이 견딜 만했던 건 오로지 소설이라는 친구 덕분이었다.

파엘 가에서 출발한 셔틀버스가 국제선 터미널 앞에 도착하자 승객들이 우르르 쏟아져 나왔다. 마르탱은 사람들에게 이리저리 치이며 짐 선반 위에 올려두었던 기타를 잡아 내렸다. 짐을 잔뜩 짊어진 그는 맨 마지막으로 버스에서 내렸다. 그리고 주머니를 뒤져 비행기 표를 꺼내 들고 고개를 든 채 도시의 미궁 속에서 갈 길을 찾으려 애썼다.

마르탱은 그녀를 곧바로 알아보지 못했다. 그녀는 차의 시동을 켜둔 채 이중주차를 해둔 상태였다.

비에 흠뻑 젖은 가브리엘은 밀려오는 한기에 몸을 떨었다.

마침내 그와 그녀가 서로를 알아보고 상대를 향해 달려갔다.

두 사람은 누가 먼저랄 것 없이 포옹했다. 마치 처음 포옹을 해보는 사람들처럼 심장이 마구 뛰었다

가브리엘이 웃으며 말했다.

"마르탱, 정말 그때 못한 입맞춤이 제일 짜릿했을 거라 믿었어?"

그런 다음, 두 사람은 길게 입을 맞추었다.

서로의 입술, 숨결, 젖은 머리가 한데 뒤엉켰다. 그의 손은 그녀의 목덜미를, 그녀의 손은 그의 뺨을 어루만졌다. 두 사람은 절박한 심정으로 서투른 사랑의 말을 주고받았다.

"마르탱, 조금만 더 있어 줘."

조금만 더 있어 줘.

확신할 수 없었지만, 마르탱은 그의 앞날에서 결코 이보다 더 좋은 말은 들을 수 없을 거라 생각했다. 그해 여름 아침, 마르탱은 빗속에서 빛나던 가브리엘의 초록색 눈동자보다 더 맑고 찬란하게 빛나는 건 세상에 다시없을 거라 생각했다.

가브리엘이 또다시 말했다.
"조금만 더 있어 줘."

샌프란시스코
1995년 8월 28일–9월 7일

마르탱은 추가요금 1백 달러를 지불하고 출발 날짜를 미뤘다. 그 대신 그 돈으로 그의 인생에서 가장 빛났던 열흘을 허락받았다.

마르탱과 가브리엘은 서로 사랑했다.

그들은 보헤미안의 추억이 떠도는 버클리 거리의 서점 안에서 밀어를 주고받았고, 〈라스베이거스를 떠나며〉를 보러 들어간 레이드 가의 극장에서 뭘 봤는지 모를 정도로 키스와 애무에 열중했다. 식사를 하러 들어간 레스토랑에서 거대한 하와이언 파인애플 햄버거와 소노마 와인 한 병을 앞에 두고 사랑을 속삭였다.

두 사람은 천진난만하게 웃고 어린애처럼 장난치며 손에 손을 잡고 해변을 달렸다.

대학 기숙사에서 마르탱은 가브리엘을 위해 기타를 들고 자크 브렐의 〈천 박자의 왈츠〉를 새로운 버전으로 연주했다. 가브리엘은 마호메트교의 선지자처럼 양 팔을 뻗고 손바닥을 위로 향한 채 제자리에서 빙글빙글 맴을 돌았다.

기타를 내던진 마르탱이 취한 듯 춤추는 가브리엘에게로 다가갔다. 두 사람은 팽이처럼 돌고 돌다가 바닥에 드러누워 사랑했다. 그들은 허공에 떠 있기도 했고, 훨훨 날기도 했다. 그들은 세상에 단 둘뿐인 신이었고 천사였다. 그들이 살아온 세상은 어느 사이엔가 작아져 두 사람만이 출연하는 연극의 배경이 되었다.

두 사람은 서로 사랑했다. 어쩌면 그들이 태어나기 훨씬 전부터 정해져 있던 사랑인지도 몰랐다. 영원히 깨어나지 않을 듯한 몰입의 세계. 지금 이 순간에도 그리고 영원토록 깨어나지 않을······.

한편, 흐르는 시간이 두려웠다.

보고 싶어 질까봐, 다시 산소 없이 살아가게 될까봐.

이미 정해져 있는 일이었지만 혼란스러웠다.

청춘의 가장 아름다운 한 때가 벼락같은 전율과 함께 극심한 폭풍을 불러일으켰다.

그럼에도 두 사람은 서로 사랑했다.

*

가브리엘은 마르탱을 사랑했다.

한 밤중, 샌프란시스코에서 가장 위험한 텐더로인 지역의 한 주차장에 세워둔 차 안이었다. 카스테레오에서는 갱스터 랩과 너바나의 〈스멜즈 라이크 틴 스피릿〉이 쾅쾅 소리 나게 울려 퍼졌다.

그날 밤, 그들은 위험한 쾌감에 사로잡혀 있었다. 춤추는 헤드라이트 불빛을 받아 일렁이는 사람 그림자가 갱단에게 붙잡히고 싶어 환장했냐고 욕을 해대며 경찰을 부르겠다고 으름장을 놓았다.

이번 사랑은 장미꽃다발 같은 사랑도, 달콤한 밀어를 주고받는 사랑도 아니었다. 상대가 줄 수 있는 것보다 더 많은 걸 앗아가려는 사랑, 벌겋게 단 쇠로 '낙인'을 찍는 사랑이었다.

이 밤, 둘의 사랑은 약물과 주사바늘 그리고 환영의 사랑이었다. 가브리엘은 자신의 면모를 마르탱에게 모두 보여주고 싶었다. 낭만적인 이미지 뒤에 가려진 거친 모습, 상처, '스물네 번째 이미지'를 모두 보여주고 싶었다. 마르탱이 여전히 자신을 사랑할 것인지, 아니면 떠나보낼 것인지 확인하고 싶었다.

그날 밤, 가브리엘은 사랑에 빠진 순수한 여인이 아니었다. 그녀는 그의 정부였다.

밤은 세상의 연인들에 속해 있으므로.

*

마르탱은 가브리엘을 사랑했다.

새벽녘의 바닷가, 마르탱은 자신이 벗어준 외투 위에서 잠든 가브리엘의 배를 베고 누웠다. 캘리포니아의 장밋빛 하늘 아래, 젊은 연인들은 바닷바람에 감싸여 있었다.

잠이 든 그들의 몸은 하나로 단단히 꿰매진 두 개의 심장이었다. 모래 위에 놓아둔 작은 라디오에서는 끊임없이 발라드 곡이 흘러나왔다.

*

두 사람은 꿈의 끝에서, 인파와 소음으로 가득한 공항 홀 한 가운데에서 서로 부둥켜안고 있었다. 결국 현실이 승리를 거머쥐었다. 시간을 초월한 사랑은 환상일 뿐이었다.

냉혹한 현실은 너무나 쉽게 다가왔다.

마르탱은 가브리엘의 눈을 찾았다. 오늘 아침, 가브리엘의 눈동자는 빛을 잃었다. 둘 다 무슨 말을 해야 할지 알 수 없었다. 그래서 다시 서로의 몸을 감싸 안았다. 그들은 자기 자신에게 없는 힘을 상대에게서 찾아보려고 애썼다. 이런 게임에는 가브리엘이 더 강했다. 마르탱은 행복한 나날들이 계속되리라 믿었지만 그녀는 그날들이 삶에서 잠시 빌려온 것일 뿐이라는 걸 잘 알고 있었다.

그렇지만 더 추워하는 쪽은 그녀였다. 마르탱이 인조가죽 외투를 벗어 그녀의 어깨에 걸쳐주었다. 그녀는 싫다고 했다.

난 튼튼해. 그렇게 약골은 아니야

그러나 마르탱도 물러서지 않았다. 가브리엘의 몸이 떨리고 있었다. 외투를 걸친 그녀는 목에서 남십자성 메달이 달린 은목걸이를 풀어 그의 손안에 쥐어주었다.

마지막 안내방송이 나왔고, 이제 떠나야 할 시간이었다.

마르탱은 다시 몇 번째인지도 모를 질문을 했다.

"가브리엘, 유럽으로 여행간 남자친구 말이야. 그를 아직도 사랑해?"

가브리엘이 손가락 하나를 그의 입술에 대고 시선을 아래로 떨어뜨렸다. 두 사람은 가까스로 포옹을 풀었다. 그는 끊임없이 뒤를 돌아보며 탑승구로 향했다.

*

파리

샤를드골공항

에어링구스 항공사의 비행기는 두 곳의 기항지를 거치고 연착을 거듭한 끝에 오후가 다 지날 무렵 파리 샤를드골 공항에 도착했다. 샌프란시스코는 아직 여름이었으나 파리는 벌써 가을로 접어들어 하늘빛이 우중충했다.

마르탱은 잠이 부족해 충혈된 눈을 겨우 뜬 채 짐을 기다렸다. 오늘 아침 빌 클린턴의 미국을 떠난 그는 저녁 시간 자크 시라크의 프랑스에 도착했다. 그는 가브리엘이 없는 프랑스가 싫었다.

마르탱은 짐 가방과 기타를 찾아들고 집으로 가는 여행을 시작했다. 고속전철 B를 타고 샤틀레-레알에 가서 코르베이-에손느 행 고속전철 D로 바꿔 타고 에브리까지 가야 했다. 에브리에 내려 다시 버스를 타야 피라미드 아파트단지까지 갈 수 있었다.

음악으로 세상과의 단절을 시도해보려 했으나 워크맨 건전지는 이미 닳아 버린 지 오래였다. 누가 심장에 독약을 주사하기라도 한 듯 그는 안절부절못했다. 문득 정신을 차려보니 양 볼 위로 눈물이 흘러내리고 있었다. 같은 아파트단지에 사는 패거리들이 우는 그를 보고 입가에 비웃음을 머금었다. 어서 침착하게 눈물을 거두어야 했다. 에브리에서 약한 모습을 보이는 건 절대 금물이었다. 더군다나 여긴 피라미드 아파트 행 버스 안이 아닌가.

마르탱은 고개를 돌렸다. 오늘밤 가브리엘과 함께 잠들지 못하리라는 걸 실감했다. 그래서 그는 흐르는 눈물을 참을 수 없었다.

*

자정, 조부모의 공영 아파트에 얹혀사는 마르탱은 작은 방을 나섰다. 엘리베이터가 고장난 지 오래여서 10층이나 되는 계단을 걸어 내려가야 했다. 떨어져나간 우편함이 있는 계단참에서 누군가 싸움을 하고 있었다. 에브리는 변한 게 아무것도 없었다.

공중전화는 죄다 망가져 불통이었다. 30분을 헤매다가 겨우 온전한 전화기를 찾아낸 마르탱은 카드 삽입구에 50단위짜리 전화카드를 넣고 대서양을 가로질러주는 전화번호를 눌렀다.

*

1만2천 킬로미터나 떨어진 샌프란시스코의 시계는 정오를 가리키고 있었다. 버클리대학 카페테리아의 전화가 울렸다……

49, 48, 47……

뱃속이 꽉 뭉친 것만 같았다. 마르탱은 눈을 감았다.

"나야, 가브리엘. 열두 시에 전화한다던 약속 잘 지켰지?"

놀라기도 하고 기쁘기도 해서 웃던 가브리엘이 흐느껴 울기 시작했다. 더 이상 함께 있지 못한다는 게 힘겨워.

……38, 37, 36……

마르탱이 말했다. 너무 보고 싶다고, 사랑한다고, 너 없이 어떻게 살아야 할지 모르겠다고.

……가브리엘이 말했다. 네 곁에 가고 싶다고, 너를 느끼며 옆에서 잠들고 싶다고, 너를 만지고 입을 맞추고, 죽을 만큼 사랑하고 싶다고.

……25, 24, 23……

가브리엘의 목소리를 듣자 잠시 잊었던 느낌들이 되살아났다. 그녀의 피부, 모래냄새, 머리카락을 날리던 바람, 그녀의 입술……

……그녀의 입술, 그의 목덜미를 잡았던 그녀의 손, 그의 눈길을 찾

던 그녀의 눈, 격렬하고도 부드러웠던 그들의 포옹……

……11, 10, 9……

둘은 목이 메어 더 이상 말을 잇지 못했다. 합창이라도 하듯 울려대는 심장의 박동소리와 빌어먹을 전화기를 통해서도 한데 섞이는 밭은 숨소리를 듣고 있을 뿐.

……3, 2, 1, 0……

*

그때는 인터넷, 이메일, 인터넷폰, 메신저 따위가 뭔지도 모르던 시절이었다. 그때는 프랑스에서 보낸 편지가 캘리포니아에 도착하기까지 열흘이라는 시간이 필요한 시절이었다. 그때는 편지에 적은 '사랑해'에 답을 받으려면 3주를 기다려야 했던 시절이었다.

'사랑해'의 답을 3주씩이나 기다려야 한다는 건 사람이 할 짓이 아니었다. 피가 뜨거운 스무 살 청춘들에게는 특히나 더.

*

가브리엘의 편지가 점점 뜸해지더니 아예 감감무소식이 되어 버렸다. 게다가 카페테리아 전화도 집전화도 거의 받지 않아 룸메이트에게 전할 말을 남기는 횟수가 나날이 늘어만 갔다.

어느 날 밤, 인내심이 한계에 달한 마르탱은 수화기를 뽑아들고 공중전화부스의 유리를 부숴 버렸다. 분노를 참지 못해 그가 그토록 비난해마지 않던 사람들과 똑같은 짓을 저지르고 말았던 것이다. 그는 차츰 자기 자신이 경멸해왔던 사람들과 비슷해지고 있었다. 공공시설을 파괴하는 자들, 잠을 이루려면 맥주 여섯 캔을 마셔야 하는 자들, 온종일 마리화나를 피워대는 자들, 인생이고 행복이고 불행이고 어제고 내일이고 될 대로 되라는 식으로 몽롱한 상태에 빠져 있는 자들.

마르탱은 깊은 혼란 속에서 절망했다. 이제 어떻게 살아가야 할지 알 수 없었다. 날마다 내일이면 나아질 거라 확신해보지만, 다음날이면 더 깊은 나락으로 빠져들어 갔다.

*

어느 날, 마르탱은 마음의 정성을 다하면 가브리엘을 되찾을 수 있으리라는 결론을 내렸다. 다시 수면 위로 솟아오를 수 있는 힘을 찾은 그는 대형마트 까르푸 에브리-2 지점에서 상품관리자로 일하며 대학에 복학했다. 야간에는 주차장 관리 아르바이트를 하며 한 푼 두 푼 돈을 모아 나갔다. 만약 마르탱에게 부모나 형, 아니 친한 친구라도 있었다면 '마음은 다' 주는 게 아니라고 충고했으리라. 한 여자에게 다 주면 절대로 다른 사랑을 할 수 없다고.

마르탱에게는 '왕바보의 겁 없는 심장' 말고는 귀 기울일 만한 게 없었다.

*

1995. 12. 10.
내 사랑 가브리엘

아직도 널 이렇게 부르는 날 이해해줬으면 해. 이것이 마지막이라도 좋아.

많이 기대하지는 않아. 네가 날 떠났다는 게 지금은 어느 정도 느껴지니까.

나는 말이지, 네가 곁에 없기 때문에 더욱 그리워. 아주 가끔씩이라도 좋으니, 너도 나를 그리워했으면 좋겠어.

가브리엘, 나 여기, 너와 함께 있어.

그 어느 때보다도 가까이에.

지금 우리는 강 하나를 사이에 두고 양쪽에서 어떤 신호를 기다리고 있는 사람들인 거야. 가끔씩, 두 사람은 다리 위에서 만나 바람을 피해 잠깐의 시간을 함께 보내고 자기 자리로 돌아가 다시 만날 때를 기다리지. 다음번에는 좀 더 오래 같이 있기를 바라면서. 눈을 감고 십년 후의 우리를 상상해보면, 비현실적이지만은 않은 행복의 이미지가 떠올라. 태양, 아이들의 웃음, 사랑이 식을 줄 모르는 부부가 주고받는 눈길…….

나는 이번 기회를 놓치고 싶지 않아.

나 여기 있어, 가브리엘. 강 반대편에.

여기서 너를 기다리고 있어.

넌 우리 사이에 놓인 다리가 미덥지 않을지 모르지만, 그건 세찬 비바람을 견뎌낸 통나무로 만든 단단한 다리야.

두려움 때문에 그 다리를 못 건너는 너를 이해할 수 있어.

하지만 내게 조금이나마 희망을 갖게 해 줘.

약속을 해 달라거나 확답을 달라는 게 아니야.

그냥 신호 하나만 보내줘.

그 신호를 보내는 간단한 방법이 있어. 이 편지와 함께 특별한 크리스마스 선물을 보냈어. 12월 24일, 뉴욕 행 비행기 표야. 그날, 나 역시 맨해튼으로 갈 거야. 엠파이어스테이트 빌딩 근처에 있는 카페 드 랄로에서 하루 종일 널 기다리고 있을게. 우리가 함께 할 미래가 있다고 믿는다면, 그리로 날 만나러 와 줘.

사랑을 담아 마르탱

*

1995년 12월 24일
뉴욕
아침 아홉 시

마르탱은 방금 내린 눈 위를 걸었다. 한 발자국씩 내디딜 때마다 뽀드득 소리가 났다. 가끔 바람이 불고 눈송이가 휘날릴 뿐, 마치 북극처럼 추운 날씨였지만 하늘은 맑고 투명했다.

뉴요커들은 거리에 수놓은 크리스마스 장식과 캐럴에 기분이 들떠 신나게 도로 위의 눈을 치웠다. 아무리 규모가 작은 가게일지라도 크리스마스 캐럴이 여지없이 흘러나왔다.

카페 드 랄로의 문을 열고 들어선 마르탱은 장갑과 모자, 목도리를 벗고 언 손을 녹이기 위해 양손을 맞비볐다. 그는 이틀 전부터 한숨도 자지 못했지만 혈관으로 카페인 성분이 주입되기라도 한 듯 열에 들뜨고 흥분해있었다.

따뜻한 카페 안은 천장에 매달린 꽃 장식, 천사모양 사탕조각, 사람모양 생강 쿠키 덕분에 크리스마스 분위기를 물씬 풍겼다. 공기 중에는 계피와 카르다몸 그리고 바나나 팬케이크 냄새가 온통 뒤섞여 있었다. 라디오에서는 크리스마스 스탠더드 곡과 인기곡들이 번갈아 흘러나오며 배경음악 역할을 해 주었다. 그해 겨울에는 영국의 록그룹 '오아시스'가 인기 수위를 달리고 있었고, 라디오에서는 한 시간에 한 번 꼴로 〈원더월(Wonderwall)〉이 흘러나왔다.

마르탱은 마시멜로우 조각을 띄워주는 핫 초콜릿을 한 잔 주문한 다음 창가 쪽에 자리 잡고 앉았다.

와주리라 믿어. 아니, 반드시 올 거야.

10시, 마르탱은 가브리엘에게 보낸 비행기 표를 꺼내 이미 천 번쯤 확인해 본 시간을 다시 한 번 들여다보았다.

출발 – 12월 23일 22시 55분–샌프란시스코 SFO
도착 – 12월 24일 07시 15분 –뉴욕 JFK

약속시간을 훌쩍 넘겼지만 마르탱은 조금도 걱정하거나 위축되지 않았다. 폭설이 내린 악천후인 만큼 몇 시간 정도의 연착쯤은 충분히 감안해줄 만했다. 유리창 저편 인도에 수많은 인파가 쏟아져 나왔다. 마치 플라스틱 뚜껑을 얹은 종이컵과 총을 맞바꾼 평화의 군대 같았다.

11시, 마르탱은 한 손님이 테이블에 두고 간 《USA투데이》지를 훑어보았다. O.J. 심슨의 무죄석방과 관련해 벌어지고 있는 끝없는 공방을 다룬 기사, 주가급등에 관한 기사 그리고 전 미국을 매료시킨 새 드라마 〈ER〉에 관한 기사가 실려 있었다. 아직 모니카 르윈스키 스캔들이 터지기 전이던 그해 겨울, 빌 클린턴은 그 자신이 제출한 정책을 옹

호하기 위해 의회와 팽팽히 맞서는 중이었다.

가브리엘은 올 거야.

12시, 마르탱은 워크맨의 이어폰을 귀에 꽂았다. 그는 허공을 응시하며 브루스 스프링스틴과 함께 〈필라델피아의 거리〉를 걸었다.

가브리엘은 올 거야.

오후 1시, 마르탱은 혹시나 하는 마음에 카페 출입문을 주시한 채 노점상에서 핫도그 하나를 샀다.

가브리엘은 올 거야.

오후 2시, 공항 서점에서 산 《호밀밭의 파수꾼》을 읽기 시작했다. 한 시간 후, 책장은 겨우 네 페이지만이 넘어가 있었다.

꼭 올 거야.

오후 4시, 게임보이를 꺼내 테트리스를 했다. 10분 만에 다섯 판을 졌다.

가브리엘은 꼭 올 거야.

오후 5시, 카페 종업원들이 그를 수상한 눈으로 쳐다보기 시작했다.

확률은 반반이지만, 그래도 오지 않을까.

오후 6시, 건물 문을 닫을 시간이 되어 마르탱은 카페 문을 나섰다. 밖으로 나와서도 다시 한 번 믿어보았다.

그래도……

*

샌프란시스코

오후 3시

가슴이 먹먹해진 가브리엘은 대서양을 마주한 모래사장 위를 걸었다. 잔뜩 찌푸린 날씨가 그녀의 마음을 대변해주는 듯했다. 금문교는 안개 속에 잠겼고, 두터운 먹구름이 앨커트래즈 섬을 휘감고 있었다. 세찬 바람이 불어와 가브리엘은 마르탱의 외투를 덮어썼다.

해변에 책상다리를 하고 앉은 가브리엘은 가방을 열어 마르탱이 보낸 편지 꾸러미를 꺼낸 다음 몇 문장을 읽어 내려갔다.

'너를 생각하면 가슴이 뛰어. 이 깊은 밤, 네가 내 옆에 함께 있다면 얼마나 좋을까? 네 옆에서 아침을 맞을 수 있다면…….'

그리고 마르탱이 보낸 작은 선물들을 모아둔 봉투도 꺼냈다.

네잎 클로버, 에델바이스, 영화 〈네 멋대로 해라〉의 주인공 진 세버그와 장폴 벨몽도의 흑백사진…….

마르탱과의 사이에 아주 특별한 일이 벌어지고 있다는 걸 잘 알았다. 이번 기회를 놓치면 언제 다시 이어질지 모르는 아주 강한 인연의 끈이 두 사람 사이에 가로놓여 있다는 것을…….

드 랄로 카페에서 하염없이 기다리고 있을 마르탱을 떠올리자 가브리엘의 눈에 눈물이 가득 고였다.

*

뉴욕.

카페는 반 시간 전에 문을 닫았지만 마르탱은 얼어붙은 몸으로 꼼짝도 하지 않은 채 가브리엘을 기다리고 또 기다렸다.

그때 마르탱은 가브리엘이 가진 생각을 전혀 알지 못했다.

둘의 관계가 가브리엘에게 커다란 힘이 된다는 것, 그의 사랑이 그녀에게 절실히 필요하다는 것, 하지만 지금은 상황이 너무나 혼란스러워 갈피를 잡을 수 없다는 것, 일생일대의 순간에 그녀가 발을 헛딛지 않았던 건 그의 사랑 덕분이었다는 것에 대해……

*

샌프란시스코 해변의 모래사장 위로 빗방울이 떨어지기 시작했다. 파도가 바위를 덮치며 파이프오르간 같은 구슬픈 소리를 토해냈다. 가브리엘은 자리를 털고 일어나 가파른 필모어스트리트를 오르는 케이블카를 탔다. 그레이스 대성당 뒤, 레녹스 메디컬센터로 향하는 그녀의 모습은 마치 자동인형 같았다.

가브리엘은 마르탱이 준 외투로 감싼 몸을 잔뜩 웅크린 채 늘어선 미닫이문들을 지나쳤다. 병원 홀의 분위기는 반짝이는 크리스마스 장식들이 무색할 만큼 음울하고 황량했다.

음료수 자판기 옆에 서 있던 외과의사 엘리엇 쿠퍼가 가브리엘을 알아보았다. 그녀의 얼굴은 눈물로 얼룩져 있었다.

"왔구나, 가브리엘."

엘리엇 쿠퍼가 웃음을 지어 보이며 말했다.

"안녕하세요, 선생님."

*

마르탱은 추위에 오들오들 떨며 밤 11시까지 가브리엘을 기다렸다. 이제는 실낱같은 기대마저도 모두 포기해야 할 시간이었다. 한동안 가슴이 공허해지더니 이내 수치심으로 바뀌었다. 아무런 대책도 없이 두근거리는 가슴을 끌어안고 달려온 자신이 너무나 한심했다. 왜 그토록 열정적이었는지, 왜 그토록 순진한 바보였는지 원망스러울 따름이었다.

마르탱은 가진 걸 모두 걸었지만 다 잃었다. 그는 뉴욕의 추운 거리를 헤맸다. 42번가, 술집, 항구를 끝도 없이 걸었다. 그해 겨울, 뉴욕은 아직 뉴욕다웠다. 10여 년 후 살균된 뉴욕이 아닌, 앤디 워홀과 벨벳 언더그라운드의 도시 뉴욕, 악마에게 문을 열어주기로 마음먹은 이에게는 위험하기 짝이 없는 아웃사이더들이 활보하는 뉴욕이었다.

그날 밤, 마르탱의 얼굴은 눈에 띄게 그늘이 졌고, 전에는 볼 수 없었던 냉혹한 빛이 떠올랐다.

이제 작가의 꿈은 접자.

경찰이 되리라. 사냥꾼이 되리라.

그날 밤, 마르탱은 단지 사랑을 잃은 게 아니라 꿈도 희망도 함께 잃었다.

그렇다.

이 소설은 인생 이야기일 뿐이다.

서로를 향해 달려가는 한 여자와 한 남자의 이야기.

모든 이야기는 어느 여름날 아침, 샌프란시스코의 하늘 아래에서 나눈 첫 키스에서부터 비롯되었다.

이 모든 이야기는 어느 해 크리스마스 밤, 뉴욕의 카페와 샌프란시스코의 병원에서 마무리되었어야 했다.

그러나 세월은 흘러…….

2. 당대 최고의 도둑

누군가를 혐오하는 이유와 그 사람을 사랑하는 이유는 같다.
―러셀 뱅크스

파리, 센 강 좌안
7월 29일
새벽 3시

도둑
맑은 날의 한 여름 밤, 파리에 어둠이 내렸다.
　오르세미술관 지붕 위 기둥 뒤로 눈에 띌 듯 말 듯한 그림자가 미끄러지듯 사라지는가 싶더니 환한 달빛 아래에서 다시 모습을 드러냈다.
　짙은 색 점프 슈트 차림의 아키볼드 맥린은 암벽 등반용 밧줄 두 개를 허리춤에 고정시킨 어깨끈에 묶고 눈까지 내려오게 푹 눌러 쓴 검은색 모자를 매만졌다. 얼굴에도 검은 왁스를 발라 두 눈만이 유난히 반짝였다.

　아키볼드 맥린은 배낭의 버클을 잠그고 나서 눈 아래에 펼쳐진 파리 시내를 바라보았다. 오르세미술관 지붕에서 내려다보는 파리 전경은 한 마디로 장관이었다. 온갖 조각상들로 꾸며진 루브르궁, 하얀 설탕 과자처럼 생긴 사크레쾨르사원, 그랑 팔레미술관의 둥근 지붕, 튈를리 정원의 대 관람차, 초록과 금색이 뒤섞인 오페라 가르니에의 돔 지붕이 한데 어우러지며 보기 드문 야경의 장관을 연출해내고 있었다.

　어둠이 내려앉은 파리는 마치 시간을 초월한 공간 같았다. 아르센 뤼팽이 거리를 누비던 파리, 오페라의 유령이 살던 바로 그 파리의 분위기 그대로였다.

　아키볼드는 안전장갑을 끼고 근육을 풀어주고 나서 석벽을 따라 밧줄을 늘어뜨렸다. 오늘밤 게임은 어렵고도 위험천만했다. 그러나 쉽고 단순한 게임이었다면 아예 흥미를 끌지 못했으리라.

경찰

"미쳤군."

　마르탱 보몽 경위는 자동차 안에 몸을 숨긴 채 3년 넘게 추적해 온 아키볼드를 쌍안경으로 주시하고 있었다. 명화절도범 아키볼드 맥린, 그 이름은 프랑스를 온통 떠들썩하게 했다.

　마르탱 보몽은 흥분이 절정에 달했다. 오늘밤 그는 아키볼드를 반드시 체포하리라 마음속으로 다짐했다. 일생에 한 번 올까 말까 한 절호의 기회였다.

　머릿속으로 몇 번이나 그려본 체포 장면이었던가.

인터폴과 백만장자들로부터 명화 도난 사건을 의뢰 받은 사립탐정들의 부러운 시선을 한 몸에 받을 수 있는 기회였다. 오늘 밤 마침내 단 한 번도 포착된 적 없는 아키볼드의 범행 현장을 잡게 되었다. 심장이 두방망이질 치고 있었다.

아키볼드는 밧줄을 타고 오르세미술관의 석벽을 내려오는 중이었다. 그가 센 강 쪽에 면한 거대한 시계판 중 하나에 발을 올려놓았다.

마르탱은 얼굴을 제대로 확인하고 싶었으나 여기에서는 거리가 너무 멀었다. 게다가 이쪽에서 보자면 등을 돌리고 있는 자세였다. 지난 25년 동안 명화절도범으로 유명세를 탔지만 아키볼드의 얼굴을 직접 본 사람은 아무도 없었다.

*

아키볼드는 희미한 빛을 발하는 시계 유리판을 마주하고 섰다. 지름이 7미터쯤 되는 시계 유리판에 찰싹 달라붙어 있다 보니 마치 시간에 쫓기는 듯한 느낌이었다. 그는 거리를 흘깃 쳐다보았다. 양편 강둑길 쪽은 고요한 편이었으나 행인들의 발길이 아주 뜸하지는 않았다. 간간이 택시가 지나갔고, 산책을 즐기는 사람들과 늦은 모임을 마치고 집으로 돌아가는 사람들도 간혹 눈에 띄었다.

돌난간에 몸을 의지한 아키볼드는 서두르는 기색 없이 허리춤에서 왕관 모양의 다이아몬드 촉이 달린 천공기를 꺼내들었다. 그가 여유만만하면서도 정확한 동작으로 시계 유리판의 여섯 시 부분, 즉 놋쇠붙이가 서로 교차하는 지점의 유리면에 홈을 팠다.

예상했던 대로 쇠붙이 사이 유리면에 작은 굴렁쇠만한 동그라미가 생겼다. 그 유리면에 발이 세 개 달린 흡착판을 붙인 아키볼드는 손전등 크기의 알루미늄 원통을 꺼내 자신 있는 손놀림으로 홈을 낸 자리에 레이저 광선을 쏘았다. 두터운 유리였지만 최첨단 레이저 광선을 쏜 결과 마침내 예리한 절단면을 내며 떨어져 나갔다.

아키볼드가 흡착판을 밀자 절단면 안쪽 유리가 소리도 없이 통째로 내려앉았다. 비로소 사람이 들어갈 만한 출입구가 생겼다. 마치 단두대처럼 날카로운 단면의 출입구였다.

아키볼드는 곡예사처럼 민첩하게 안으로 미끄러져 들어갔다. 세계에서 가장 아름다운 미술관 중 하나로 손꼽히는 오르세미술관 안으로······.

지금부터 경보가 울릴 때까지 약 30초의 여유가 있었다.

*

자동차 유리창에 코를 바짝 갖다 대고 상황을 주시하던 마르탱은 제 눈을 의심했다. 아키볼드가 마치 한 편의 영화 같은 장면을 선보이며 미술관 침입에 성공한 것이다.

경보장치는 가동되지 않았다. 취객들이 비상구를 부수고 전시실에 난입한 작년 사건 이후 오르세미술관은 보안 시스템 강화에 만전을 기했다. 취객들은 몇 분 동안이나 전시실을 돌아치며 주먹을 휘둘러 클로드 모네의 명작 〈아르장퇴유의 다리〉를 갈가리 찢어놓는 불상사를 빚었다.

취객들의 오르세미술관 난입 사건 때문에 일대 소동이 벌어졌다. 문화부장관은 절대로 일어나서는 안 될 불상사가 벌어졌다며 노발대

발했고, 오르세미술관의 보안상 결함들이 당장 여론의 도마 위에 올랐다. 즉각 OCBC(프랑스 문화재 밀거래 단속국) 소속 마르탱 보몽 경위가 투입되어 박물관으로 통하는 모든 출입구에 대한 보안강화 작업이 진행되었다.

이제 인상파 대가들의 작품이 걸린 오르세미술관 전시실에 침입하기란 이론상 불가능에 가까웠다.

한데 오늘, 저 빌어먹을 경보장치는 왜 작동하지 않은 것일까?

*

아키볼드가 내려선 곳은 카페테리아 테이블 위였다. 거대한 유리 시계는 미술관 맨 위층, 그러니까 인상파 화가들의 작품을 주로 전시하는 전시실에서 그리 멀지 않은 '카페 데 오퇴르'로 통해 있었다.

아키볼드는 손목시계를 보았다. 아직 25초의 여유가 있었다. 바닥으로 사뿐히 내려선 그는 전시실로 이어지는 계단을 뛰어올랐다. 적외선 렌즈들이 쏘아대는 긴 광선다발이 눈에 보이지 않는 그물망을 만들어 50미터 너비의 복도를 뒤덮고 있었다. 아무도 뚫을 수 없는 무적함대와 마주친 것이나 다름없었다.

아키볼드는 경보장치의 회로가 들어있는 상자를 찾아내 상판의 나사를 풀고 아이팟 만한 크기의 휴대용 컴퓨터를 연결했다. 화면 위로 숫자들이 현기증이 날 만큼 빠른 속도로 지나갔다. 곧 천장에 매달린 열 감지 카메라가 작동하리라. 이제 남은 시간은 단 10초였다.

*

견디다 못한 마르탱은 차 문을 열고 밖으로 나와 스트레칭으로 몸을 풀었다. 관절 마디마디에서 뚝뚝 소리가 났다. 자동차 안에 웅크리고 앉아 있은 지 네 시간째라 다리가 저려오기 시작했다. 초년병 때만 해도 자동차 트렁크 안이나 쓰레기 수거차 안, 천장 위를 가리지 않고 밤새워 잠복근무를 했지만 요즘은 몸이 따라주지 않았다.

갑자기 찬바람이 불어왔다. 마르탱은 밀려드는 한기에 몸을 떨며 가죽점퍼의 지퍼를 끝까지 올렸다. 마약단속반 시절에는 아드레날린이 생성되는 날이 제법 많았지만 OCBC에서 근무한 이래 이렇게 흥분되는 날은 처음이었다. 그는 마약단속반을 떠난 것에 대해 후회하지 않았다. 오히려 그림에 대한 애정과 경찰로서의 존재감을 동시에 충족시켜주는 현재 일이 훨씬 마음에 들었기 때문이다.

마르탱은 루브르박물관 학교가 제공하는 최고 수준의 예술 교육 프로그램을 이수했다. 프랑스의 전 경찰을 통틀어 그 프로그램을 이수한 사람은 서른 명도 되지 않았다. 미술관과 예술품 경매장이 그의 일터가 되었다. 마약딜러나 강도보다는 주로 골동품수집가와 미술관장들을 상대하게 되었지만 그는 여전히 프랑스 경찰 소속이었다.

프랑스에서만 일 년에 삼천 건 이상의 예술품 절도사건이 발생한다. 특히 프랑스 미술품은 '문화재 절도범'들이 일순위로 노리는 표적이었다. 문화재 밀매 조직으로 흘러드는 자금 규모만 해도 무기밀매나 마약밀매조직에 필적하는 수준이었다.

마르탱은 시골의 작은 예배당을 휩쓸며 성배와 천사상, 마리아상을 약탈해간 파렴치한들을 경멸했다. 공원의 조각상들을 재미삼아 파괴하는 야만족, 명화 수집가들이나 골동품상의 의뢰를 받아 문화재를 훔치는 절도범들을 증오해마지 않았다. 결코 용서해선 안 될 족속들이었다.

절도범들의 배후에는 거대 범죄조직이 개입되어 있기 일쑤였다. 그들은 훔친 그림을 외국으로 빼돌려 '세탁' 하는 수법을 통해 법망을 교묘하게 빠져나갔다.

낡은 아우디의 보닛에 몸을 기댄 마르탱은 미술관 건물에 시선을 고정한 채 담배 한 개비를 피워 물었다. 쌍안경 너머로 시계유리판에 뚫린 구멍이 보였다. 아직 가동된 경보장치는 없었지만 이제 몇 초 상간으로 고요한 밤공기를 가르는 날카로운 경보음이 울려 퍼지게 되리라.

*

3초.

2초.

1초…….

컴퓨터 모니터 위로 정신없이 지나가던 숫자들이 어느 순간 일제히 멈추었다. 여섯 개의 숫자로 된 조합이 나타나자 아키볼드의 얼굴에 안도의 빛이 어렸다. 숫자가 몇 번 깜박이는가 싶더니 곧 동작감지기가 해제되었다. 모든 게 예상대로 진행되고 있었지만 언젠가는 실수를 저질러 일을 그르치게 될 것이다. 다행히 오늘은 아니었고, 이제 장애물은 모두 제거되었다.

무대설비가 모두 끝났으니 이제 쇼를 시작할 시간이었다.

3. 외로운 자여, 그대는 나의 형제

세상에는 두 종류의 사람이 있다.
태어나 삶을 즐기다 죽는 사람이 있고
삶이라는 외줄 위에서 균형을 잡기 위해 애쓰는 사람이 있다.
배우들이 있는가 하면 줄타기 곡예사가 있다.
—막상스 페르민(Maxence Fermine)

뭔가 크게 잘못된 게 틀림없었다. 적어도 1분 전에 경보장치가 가동되었어야 마땅했다. 마르탱은 내심 쾌재를 불렀다. 오르세미술관 경비원들이나 파리경시청의 도움을 받지 않고 아키볼드를 잡을 수 있게 되었다. 어느 누구의 지시나 간섭도 받지 않는 가운데 아키볼드와 맞대결을 펼칠 수 있게 된 것이다.

이런 기회가 오기를 얼마나 고대했던가? OCBC의 동료들이 아키볼드 추적에 얼마나 큰 관심이 있는지 모르지 않았다. 아키볼드는 무려 25년 동안이나 전 세계 미술관 관계자들의 식은땀을 빼왔고, 경찰을 조롱해왔다. 그때마다 그만이 구사할 수 있는 독창적인 방법이 동원되었다. 그 결과 절도를 예술의 경지로 끌어올렸다는 감탄이 터져 나오기도 했다. 그는 절대로 폭력에 의존하는 법이 없었고, 단 한 발의 총성이나 단 한 방울의 피를 흘리지 않고 일을 처리했다.

아키볼드는 영리한 머리와 두둑한 배짱으로 거리낌 없이 예술품을 훔쳐왔다. 보복을 두려워하지 않고 러시아 마피아 두목 올렉 몰도로프의 구역을 털었고, 남미 마약조직의 거물인 카를로스 오르테가의 집을 털기도 했다.

전 언론이 아키볼드의 범죄행위를 요란하게 보도할 때마다 마르탱은 피가 거꾸로 치솟는 듯했다. 기사 내용대로라면 아키볼드는 범죄자가 아니라 찬사를 받아야 마땅한 예술가였다.

사실상 경찰도 아키볼드에 대해 아는 게 많지 않았다. 아키볼드의 국적, 나이, DNA 자료는 여전히 확보되지 않았다. 그는 절대로 흔적을 남기지 않는 것으로 유명했다. 가끔 감시카메라에 잡힐 때도 있었지만 두건으로 얼굴을 가려 알아볼 수 없었다. 최첨단 장비로 얼굴을 근접 촬영한 적도 있었지만 결국 아무것도 얻어내지 못했다.

FBI는 아키볼드를 체포하는데 결정적 정보를 제공한 사람에게 거액의 포상금을 지급하겠다고 공표했다. 그러나 그들이 입수한 정보는 하나 같이 쓸모없는 것들이었다.

아키볼드는 카멜레온이자 희대의 배우였다. 그를 만났다는 장물아비도 없었고, 함께 절도를 모의한 공범도 없었다. 그는 언제나 그 누구의 지시도 받지 않는 단독범이었다. 마르탱은 동료들이 아키볼드의 신비스런 매력을 무비판적으로 받아들이는 걸 자주 보았다. 그러나 그는 엄연한 도둑이었다. 게다가 문화재 절도는 결코 좌시해서는 안 될 중범죄였다.

예술품은 인류가 수세기에 걸쳐 축적해온 문화유산이었다. 예술품 절도는 문화재의 가치를 훼손하고 역사를 뒤흔드는 짓이었다. 따라서 아키볼드는 동정을 구할 자격이 없는 도둑일 뿐이었다.

고요 속에 잠긴 미술관은 기묘할 만큼 분위기가 가라앉아 있었다. 아키볼드는 마음을 진정시키며 전시실 안으로 들어섰다. 에메랄드그린과 코발트블루 조명이 비치는 실내는 마치 유령이라도 나올 듯 으스스한 느낌이 감돌았다. 그는 고요한 분위기가 좋았다. 관람객들의 탄성도 들리지 않았고, 플래시도 터지지 않았다. 침묵과 어슴푸레한 불빛만이 미술관을 비추고 있었다.

지난 일 년 동안 그림들은 오십 년에 걸쳐 받았던 빛을 한꺼번에 받아야 했다. 명화들은 빛이 차츰 바래고, 정기와 생명이 빠져나가는 고통을 겪고 있었다.

아키볼드는 폴 세잔의 그림이 전시되어 있는 첫 번째 전시실로 들어섰다. 20여 년 전부터 그는 10여 개의 미술관을 '방문'하며 최고 걸작품만을 손에 넣었다. 천재화가의 작품 앞에 설 때면 매번 똑같은 감정과 전율에 사로잡혔다. 이 전시실에는 세잔의 그림 중 가장 높이 평가받는 작품들이 걸려 있었다. 〈목욕하는 여인들〉, 〈카드놀이 하는 사람들〉, 〈생빅투아르 산〉 등…….

아키볼드는 그림에서 눈을 떼고 허리춤의 벨트에서 얇은 티타늄 막대를 꺼내들었다. 그는 막대를 이 전시실과 다음 전시실 사이를 가로막고 있는 벽면에 단단히 박아 넣었다.

아키볼드가 노리는 건 폴 세잔의 그림이 아니었다.

*

마르탱은 신발 뒤축으로 담배꽁초를 비벼 끄고 다시 차 안으로 들어갔다. 아직은 아키볼드 앞에 나타날 시점이 아니었다. 경찰 근무 10년 만에 깨달은 바가 있다면 아무리 천재적인 범인이더라도 결국 실수를 저지른다는 것이었다. 실수는 인간의 본성이었다. 지나친 자신감은 방심을 부르게 되고, 결과적으로 실수를 범하게 된다. 사소한 실수라도 감옥행을 결정짓기에는 충분할 것이다.

아키볼드는 지난 몇 달 동안 연달아 대형사건을 터뜨리며 세상을 떠들썩하게 했다. 미술관에서는 연쇄도난사건이 발생했다. 생 페테르부르크 에르미타주 미술관이 소장하고 있던 앙리 마티스의 〈춤〉, 뉴욕 모건 도서관이 보관하고 있던 모차르트의 〈교향곡 친필 악보〉, 런던에 있던 모딜리아니의 〈누드화〉가 연이어 도난당했다. 3개월 전, 요트에서 주말을 보내던 러시아의 백만장자 이반 보린스키는 소더비 경매에서 9천만 달러를 주고 산 잭슨 폴록의 〈N°666〉을 도난당했다. 새로이 동거를 시작한 젊은 연인을 위해 그 그림을 사들였던 이반 보린스키를 크게 자극한 사건이었다.

마르탱은 차의 실내등을 켜고 주머니에서 작은 몰스킨 수첩을 꺼내 최근에 일어난 도난사건을 요약한 페이지를 펼쳤다.

도난일	작품명	작가	작가 사망일
11월 3일	춤	마티스	1954. 11. 3
12월 5일	친필악보	모차르트	1791. 12. 5
1월 24일	나부裸婦	모딜리아니	1920. 1. 24
2월 6일	아델의 초상	클림트	1918. 2. 6
4월 8일	모자 쓴 걸인	피카소	1973. 4. 8
4월 16일	옷을 벗은 마야	고야	1828. 4. 16
4월 28일	장례식 트립틱	베이컨	1992. 4. 28

그 사건들을 단지 우연으로 치부하기에는 일치되는 점이 너무 많았다. 아키볼드는 우연히 미술관을 찾은 게 아니었다. 마치 연쇄살인범이 그러하듯 모두스 오페란디(modus operandi), 즉 정확한 범행패턴에 따라 움직인 것이다.

아키볼드는 매번 작가의 사망일에 맞춰 범행을 저질렀다. 자만심의 발로인지, 아니면 경찰을 한껏 비웃으며 전설을 만들어가려는 수작인지 알 수 없었지만 매번 도난사건 때마다 현장에 남십자성이 찍힌 명함을 남겼다.

아키볼드, 그는 정체를 알 수 없는 도둑이었다. 그의 수법에서 일관된 점을 찾아내는 데 성공한 마르탱은 보다 많은 정보를 얻기 위해 인터폴 기록을 조회했다. 그러나 인터폴 기록에도 그에 대한 괄목할만한 정보는 없었다.

마르탱은 도난사건이 발생한 날짜와 예술가의 사망일이 겹친다는 사실을 밝혀낸 세계 최초의 경찰인 셈이었다. OCBC의 루아조 국장에게 그 사실을 보고할까 생각했지만 비밀로 한 채 독자적으로 수사하기로 했다. 팀에 소속돼 일을 하면 왠지 집중이 되지 않았다. 오히려 혼자 일할 때 최고의 성과를 이끌어내는 경우가 더 많았다.

아키볼드를 체포한 다음 OCBC에 넘길 생각이었다. 루아조 국장과 동료들이 서로 공을 차지하려 아우성을 치겠지만 관심 없었다. 어차피 높은 지위에 오르기 위해 경찰이 된 건 아니니까.

마르탱은 다시 아우디의 창문을 내렸다. 수많은 비밀을 품은 밤이 빠른 속도로 흘러가고 있었다. 미술관 전면의 창 너머로 화려했던 지난 시대의 면모를 증명해주는 거대한 샹들리에가 보였다.

마르탱은 손목시계를 들여다보았다. 오래 전 그의 인생에서 사라져버린 여자친구가 선물로 주었던 '오메가 스피드마스터' 한정판 시계였다. 몇 시간 전부터 날짜는 7월 29일로 넘어가 있었다.

7월 29일, 그날은 바로 빈센트 반 고흐의 사망일이었다.

*

"기일을 축하하네, 빈센트."

아키볼드가 전시실로 들어서며 말했다.

〈낮잠〉, 〈가셰 박사의 초상〉, 〈오베르쉬르와즈의 교회〉 등……

반 고흐의 그림 중에서 걸작으로 손꼽히는 작품들을 모아놓은 전시실이었다.

아키볼드는 몇 걸음 더 옮겨 고흐의 자화상 앞에 멈춰 섰다. 그 그림은 사방에 어슴푸레한 빛이 비치는 가운데 신비롭게 아른거리는 후광에 둘러싸여 있었다. 터키 옥 빛깔과 압생트 초록 빛 때문인지 유령 같은 느낌을 발산하는 그림이었다.

반 고흐가 금박을 입힌 나무액자 안에서 걱정 어린 시선으로 아키볼드를 바라보고 있었다. 상대의 눈길을 찾아 헤매는 것도 같고, 왠지 피하는 것 같기도 한 시선이었다. 음영이 들어간 붓 자국이 고흐의 무뚝뚝하고 여윈 얼굴을 사실적으로 표현해주고 있었다. 화가의 얼굴을 덮은 오렌지색 머리카락과 불꽃색깔의 수염 그리고 환각의 세계를 표현한 듯 소용돌이치는 아라베스크 문양이 강렬한 인상을 주는 그림이었다.

아키볼드는 그림을 뚫어져라 쳐다보았다.

렘브란트나 피카소처럼 고흐의 그림 중에는 자화상이 많았다. 어느 누구도 흉내 낼 수 없는 독특한 스타일로 그린 고흐의 자화상에는 자신의 정체성을 찾기 위해 정신을 놓을 만큼 고심했던 한 화가의 고뇌가 고스란히 깃들어 있었다.

고흐의 자화상은 마흔 점이 넘는다고 알려져 있었다. 그 자화상들은 고흐의 병세와 내면의 혼란이 어떻게 진행되었는지 짐작하게 해주는 시간의 거울이기도 했다. 고흐는 오르세미술관에 소장된 자화상에 가장 큰 애착을 보였다.

고흐는 스스로 목숨을 끊기 일 년 전, 생레미드프로방스의 요양원에 머물며 평생을 통틀어 가장 왕성한 작품 활동을 했다. 고흐 개인적으로도 가장 고통스러웠던 시기였던 만큼 그 당시 그린 그림에 더 큰 애착을 보인 건 당연한 귀결일지도 모른다.

아키볼드는 돌연 연민을 느꼈다. 그림 속 고흐는 세상에서 비할 수 없이 고독한 존재였다는 점에서 마치 그와 형제처럼 닮아 보였기 때문이다.

10년, 아니 20년 전에 이미 훔칠 수도 있었지만 그는 오늘밤이 되기를 기다렸다. 오늘밤을 미술품 절도 경력의 절정이 되게 하기 위해서였다.

아키볼드는 광기를 이겨내고 그림에 영혼을 쏟아 부은 네덜란드 출신 화가의 자화상에서 눈을 떼지 못했다. 고흐가 자화상들을 통해 던졌던 질문들은 그가 스스로에게 했던 질문과 크게 다르지 않았다.

나는 누구인가?

내가 결정적인 순간에 내렸던 판단들은 과연 옳았을까?

내 남은 생을 무엇에 바쳐야 할까?

내가 용기를 내 그 아이를 찾아가 용서를 빌 수 있을까?

"자, 빈센트, 이제 가 볼까?"

빛의 변화 때문에 고흐의 눈빛이 한결 더 번득이는 듯했다. 아키볼드는 동의의 신호로 간주하며 그림 가까이 다가갔다.

"안전벨트를 꽉 매어 두게. 많이 흔들릴지도 모르니까."

아키볼드가 그림을 벽에서 떼어내자마자 경보장치가 작동했다. 요란하게 울리는 경보음이 미술관 전체로 퍼져나갔다.

*

미술관의 경보음은 바깥에서도 들릴 만큼 컸다. 마르탱은 경보음을 듣자마자 행동을 개시했다. 그는 대시보드를 열고 현재 프랑스의 헌병과 경찰이 소지한 반자동 시그 사우어(Sig Sauer) 9밀리 권총을 꺼내 들었다. 열다섯 발의 실탄이 장전되어 있는 걸 확인한 그는 총을 권총집에 집어넣었다. 총을 쓸 일이 없기를 바랄 뿐이었다. 마약단속반에 있을 때는 날마다 총을 쏘다시피 했지만 OCBC로 이관된 후로는 단 한 번도 쏘지 않았다.

마르탱은 두 개의 횡단보도를 건너 센 강과 수직을 이루는 미술관 앞 광장에 매복했다. 고속전철 C선 입구에 침낭을 펼쳐놓고 잠든 두 사람의 노숙자들만 눈에 띌 뿐, 레지옹 드뇌르 가에는 개미 한 마리 얼씬거리지 않았다.

마르탱은 모리스 광고 기둥 뒤로 몸을 숨긴 채 상황을 주시했다. 쌍안경으로 지붕 위를 살펴보던 마르탱은 미술관 건물 동쪽 벽면을 타고 내려와 2층 발코니까지 늘어져 있는 밧줄을 발견했다. 그의 심장 박동이 빨라지기 시작했다.

아키볼드, 너무 꾸물거리지는 마라. 내가 기다리고 있으니까.

*

그림을 떼어내자마자 보안철책이 번개처럼 내려와 양 통로를 막았다. 세계적인 대형 미술관들에는 자동으로 도둑을 가두는 차단 장치가 갖추어져 있었다. 설령 침입을 막지 못했더라도 도주로를 원천봉쇄하기 위해 설비된 장치였다.

단 몇 초 만에 수십 명의 보안요원들이 미술관 위층을 포위했다.

"저기다! 놈은 34번 전시실에 있다!"

보안과장이 전시실로 통하는 복도를 급히 뛰어가며 소리쳤다.

아키볼드는 당황한 기색 없이 방독마스크를 착용하고, 푸른색이 감도는 날렵한 느낌의 보안경을 꼈다. 그 다음 가방에서 폭탄을 꺼내들었다.

일렬종대로 줄을 맞춘 보안요원들이 전시실로 통하는 복도를 전속력으로 달려왔다. 철책 앞에서 대열을 풀고 흩어진 그들 앞에 안전핀이 뽑힌 수류탄 세 발이 날아들었다. 당황한 보안요원들이 어쩔 줄 몰라 하며 제자리에 꼼짝 없이 서 있었다. 곧 수류탄이 터지며 보랏빛 연기가 피어올랐다. 순식간에 매캐한 연기가 전시실에 가득 차더니 어디선가 플라스틱 타는 냄새가 진동했다.

"망할 자식! 우리를 질식시킬 셈인가?"

보안과장이 몇 걸음 뒤로 물러서며 욕설을 내뱉었다.

잠시 후 연기 감지기가 반응하며 화재 경보가 울리기 시작했다. 주위는 온통 아수라장이 되었고, 곧 벽면을 따라 강철판이 내려왔다. 열을 받게 되면 자동 소화 장치를 통해 뿜어져 나올 물로부터 그림을 보호하기 위한 장치였다.

*

같은 시간, 오르세미술관에 설치된 카메라에서 파리 17구 경찰서로 전송된 영상신호가 실시간으로 도착했다. 미술관의 경보장치와 파리 경시청에 연결된 보안시스템에 가끔 오류가 발생하지만, 이번 경보는 비교적 심각해보였다. 단 1초의 시간낭비도 없이 경찰차 세 대가 경보음을 울리며 센 강 좌안의 미술관을 향해 출동했다.

*

"이게 대체 뭘 하자는 수작이야!"
연기를 피하기 위해 손수건으로 얼굴을 가린 보안과장이 한바탕 욕설을 퍼붓더니 무전기를 들고 고래고래 소리치며 보안본부에 명령을 전달했다.
"어서 안쪽 계단으로 요원들을 보내!"
반 고흐 전시실을 가로막은 창살 뒤로 보이는 것이라고는 희미한 그림자의 움직임뿐이었다.
보안과장은 연기가 전시실을 온통 채워버리기 전에 적외선 안경너머로 전시실 내부를 탐색했다. 일단 도난범의 탈출 루트는 없어보였다. 다른 쪽 출구에도 철책이 내려온 이상 도주 가능성은 완전 봉쇄된 셈이었다. 경찰이 도착하면 출구의 포위망을 풀고 놈을 체포하면 상황 끝이 될 것이다.

*

보안과장은 철책을 받치고 있는 티타늄 막대를 미처 발견하지 못했다. 그러니까 철책과 바닥 사이에 50센티쯤의 틈이 벌어졌다는 걸 간과한 것이다.

*

아키볼드는 철책 아래쪽을 기어 나와 유유히 미술관을 빠져나갔다. 작전에 소요된 시간은 불과 5분이었다. 그에게 5분은 고흐의 자화상을 벽에서 떼어내고도 남을 만한 시간이었다.

4. 도시 속의 두 남자

진실을 말하는 사람들은 적들뿐이다.
친구와 애인은 의무감이라는 그물에 걸려
끊임없이 거짓말을 지어낸다.
—스티븐 킹

미술관 지붕 위를 한달음에 내달린 아키볼드는 스냅후크에 묶은 밧줄을 타고 발코니로 내려섰다. 숨 한 번 돌리지 않고 난간을 훌쩍 뛰어넘은 아키볼드는 미술관 입구 위쪽을 덮은 두꺼운 젖빛 유리로 내려서는가 싶더니 고양이처럼 민첩하게 몇 미터 아래로 가뿐히 뛰어내려 미술관 앞 광장에 착지했다.

마르탱은 모리스 기둥 뒤에 몸을 숨긴 채 언제라도 뛰어나가 상황을 통제할 수 있도록 총을 꺼내들었다. 마침내 기다리던 순간이 닥쳐왔다. 언젠가부터 아키볼드는 치명적 바이러스처럼 그의 영혼을 잠식하는 하나의 강박관념이 되었다.

마르탱은 이번에야말로 아키볼드의 비밀을 낱낱이 밝혀내고야 말리라 결심했다. 그는 아키볼드의 내면세계를 헤아려보기 위해 애써왔다. 아키볼드와 같은 방식으로 사고하고, 예측하고, 행동할 수 있다면 반드시 소기의 성과를 거둘 수 있으리라는 판단 때문이었다.

1970년대를 풍미했던 공공의 적 1호 메슬랭과 안티 갱의 사령탑 브루사, 그보다 앞선 시대의 공공의 적 에밀 뷔송과 그를 뒤쫓던 로저 보르니쉬, 클라리스 스탈링과 한니발 렉터를 이어주던 바로 그 끈이 그와 아키볼드 사이에도 가로놓여 있었다.

잡생각일랑 집어치우고 당장 놈을 잡아!

내면으로부터 무언의 재촉이 계속됐지만 마르탱은 그 자리에서 꼼짝하지 않았다. 마치 그 자신이 아니라 다른 사람이 주인공으로 등장하는 영화를 보고 있는 사람처럼…….

왜 아키볼드를 체포하지 않고 머뭇거리는 걸까?

아키볼드와 쫓고 쫓기는 게임을 그만두고 싶지 않다는 이 병적인 갈망은 무엇 때문일까?

팽팽한 긴장감을 안겨 주는 이 게임을 지속하고 싶은 욕망은 어디서부터 비롯된 것일까?

아키볼드는 자로 잰 듯 정확하게 시간을 사용했다. 섬광처럼 빠른 속도로 레지옹 도뇌르 가 신문가판대 뒤로 사라졌던 그가 변신한 모습으로 다시 나타나기까지 소요된 시간은 불과 10초에 불과했다. 위장복을 벗어 버린 그는 밝은 색 재킷에 린넨 바지 차림이었다.

역시 기발한 아이디어야. 변신의 귀재다워.

옷차림도 달라졌지만 더욱 유심히 봐야 할 부분은 달라진 분위기였다. 서 있기조차 힘겨워 보이는 몸에 구부정한 허리, 아키볼드는 마치 10초 만에 10년의 세월을 훌쩍 뛰어넘은 사람처럼 변모해 있었다.

마르탱은 희미한 가로등 아래에서 아키볼드가 벨립 자전거에 올라타는 모습을 확인했다. 파리시청은 관광객과 파리지앵이 무료로 이용할 수 있게 2만여 대의 벨립 자전거를 비치했다. 벨립 자전거는 단 몇 달 만에 파리의 새로운 아이콘으로 자리 잡을 만큼 인기가 높았다.

아키볼드는 벨립 자전거를 특별한 용도에 사용하고 있었다. 요란한 사이렌 소리를 울리며 17구 경찰서 소속 경찰들이 도착했지만 아키볼드는 이미 아나톨 프랑스 강변로로 접어드는 중이었다.

마르탱은 잠시 머뭇거리다가 이내 차로 뒤쫓는 걸 포기했다. 아키볼드는 센 강을 거슬러 올라가려는 듯 하원 건물을 등지고 시테 섬을 향해 페달을 밟아대고 있었다.

그때 경찰차 세 대가 앙리 드 몽테를랑 광장에 멈춰 섰다. 차에서 내린 제복차림의 경찰관 열두어 명이 일사불란하게 미술관 출입구를 통과해 안으로 들어갔다. 그들은 방금 전 자전거를 타고 스치듯 지나간 남자가 그들이 체포하기 위해 온 도난범일지도 모른다는 생각을 단 일초도 하지 않았다.

*

마르탱은 의문을 떨쳐버릴 수 없었다. 아키볼드는 자전거를 타고 달리는 동안 한 번도 뒤돌아보지 않았다. 그가 미행을 전혀 의식하지 않는다는 의미였다.

반대편 인도에 올라선 마르탱은 아키볼드를 놓치지 않기 위해 악착같이 달렸다. 벨립 바퀴에 반사용 스티커가 붙어있는 데다 등이 밝아 그나마 눈에 쉽게 띄었다. 스피드보다는 안정감에 비중을 둔 자전거라 투르 드 프랑스에서 우승한 베르나르 이노처럼 달리기에는 무리가 있어보였다.

갑자기 강한 바람이 불어와 연금공단에 걸린 프랑스 국기가 건물 합각부분에 부딪히며 불길한 소리를 냈다. 마르탱은 한시도 긴장을 늦추지 않았다. 상황은 아키볼드가 어찌해볼 수 없는 방향으로 흘러가고 있었다. 혹시 미행이 발각되더라도 놓치지 않을 자신이 있었다.

마르탱은 매일 아침 조깅으로 몸을 단련해왔다. 매번 기록을 깨기 위해 진이 다 빠질 때까지 달렸다. 아키볼드가 갑자기 자전거 속도를 올린다고 해도 충분히 따라잡을 자신이 있었다. 어쨌든 방심은 금물인 만큼 간격을 더 벌리는 모험은 감수하고 싶지 않았.

두 사람은 르와얄다리를 지났다. 완만한 곡선의 다리상판이 반원형 아치에 의해 지탱되고 있는 르와얄다리는 본 가와 루브르의 별관인 파비용 드 플로르를 연결해주고 있었다.

여유 있게 페달을 밟던 아키볼드가 마치 관광객처럼 들뜬 표정을 지으며 밤공기를 한껏 들이켰다. 그는 이번 야간 산책을 은근히 즐기고 있는 듯했다. 자전거 앞쪽에 달린 금속바구니 안에 군수물자에서 방금 빼내온 듯한 카키색 배낭이 들어있었다. 수백만 유로를 호가하는 반 고흐의 그림이 든 배낭일 것이다.

볼테르 강변로로 접어든 아키볼드는 더욱 속도를 늦춰 화랑, 예술서적 전문서점, 고급 골동품상의 쇼윈도를 구경하는 여유까지 부렸다.

지금 이 마당에 관광을 하자는 건가?

마르탱은 숨을 몰아쉬었지만 자기도 모르게 매력적인 동네 풍경에 빠져들었다. 한밤의 볼테르 강변로는 마치 시간을 초월한 듯했고, 한 세기를 훌쩍 거슬러 올라간 듯했다. 이 근처 어딘가에 앵그르와 들라쿠르아의 작업실이 있던 시절, 이 거리와 가까운 호텔에서 보들레르가 《악의 꽃》을 쓰던 시절.

　버스정거장에 붙은 화장품 광고포스터가 마르탱을 현실의 세계로 이끌었다.

　아키볼드는 헌책방에서 팬서비스 차원으로 비치해놓은 금속판 낙서대 앞을 지나고 있었다. 최근에 적어놓은 글귀가 눈에 띄었지만 수준이 그리 높아보이진 않았다.

　자밀라 사랑해, 레지 바보, 사르코지는 마마보이, 세골렌 루아얄이 정치를 하다니 패리스 힐튼이 농사를 짓겠다 등등.

　카루젤교를 지나자마자 아키볼드는 세잔, 모딜리아니, 피카소 등이 즐겨 썼다는 세넬리에 물감과 캔버스를 파는 화구점 '강변의 색깔(Les Couleur des quai)'을 구경하듯 천천히 지나쳤다. 화구점 바로 옆이 전 프랑스 대통령 자크 시라크가 사는 아파트였다. 아파트 정문에서 수위 두 사람이 수다를 떨고 있었고, 아키볼드는 미소를 지으며 그 앞을 지나쳤다.

　관광객 놀이에 싫증난 듯 아키볼드가 속도를 높여 달리기 시작했다. 위협을 느낄 정도로 빠른 속도는 아니었다. 유난히 가로등이 많은 지역이었다. 저 멀리 '예술가의 다리'가 보였다. 어느새 차도는 긴 잠에서 깨어난 듯했다. 택시 몇 대가 전속력으로 달려 버스 차선을 침범했고, 센 강에는 청소업체 직원으로 보이는 사람 둘이 레스토랑으로 꾸민 기다란 거룻배를 청소하고 있었다. 초록색 차체에 흰 선이 그어진 파리시청 소속 청소차가 비상등과 시동을 켠 채 주차되어 있었으나 운전수는 보이지 않았다.

　아키볼드는 힘껏 페달을 밟아댔다. 마르탱은 프랑스 학술원 앞을 쏜살같이 지나는 그를 따라잡기 위해 속도를 높였다.

마르탱은 머릿속으로 두 가지 가능성을 떠올리며 고민했다.

아키볼드를 당장 체포할 것인가? 아니면 가능한 한 멀리까지 미행할 것인가?

아키볼드를 감옥에 집어넣는다 해도 그가 지금껏 훔친 어마어마한 그림들을 다 찾을 수 있다는 보장은 없었다. 마르탱의 머릿속으로 여러 이미지가 하나둘씩 지나갔다. 기암성, 에트르타 절벽을 배경으로 한 아르센 뤼팽의 은신처, 모나리자, 보티첼리의 작품 중에서도 가장 아름다운 작품, 렘브란트의 작품들 중에서도 가장 걸작……. 아키볼드의 은신처는 기암성 못지않은 곳에 있는 게 틀림없었다.

뒤쫓는 사람은 나다. 내가 그보다 훨씬 더 강하다. 마음만 먹으면 당장이라도 체포할 수 있다.

아키볼드는 콩티 강변로의 울창한 가로수를 지나면서 잠시 속도를 늦추었다. 숨을 헐떡이던 마르탱으로서는 여간 반갑지 않을 수 없었다. 경찰이 소방대 정찰선이 정박되어 있는 곳으로부터 그리 멀지 않은 지역을 순찰하고 있었으나 명화도둑보다는 노숙자들을 쫓아내는 데 여념이 없었다.

아키볼드는 눈 하나 깜짝하지 않고 시테 섬으로 자전거를 몰았다. 저 멀리 퐁네프의 윤곽이 나타나기 시작했을 때 마르탱은 처음으로 짙은 의문을 품었다.

혹시 아키볼드가 미행당하는 걸 알면서도 모르는 척하고 있는 거라면?

*

그랑 오귀스텡 강변로로 접어든 아키볼드는 왈라스 분수 근처에 자전거를 버렸다. 배낭을 어깨에 걸쳐 멘 아키볼드가 퐁네프다리를 건너기 시작했다. 다시 한 번 허를 찔린 마르탱은 반사적으로 권총을 꺼내들었으나 속도에 맞춰 뒤따라 걷는 것 말고는 달리 방법이 없었다. 아키볼드가 뒤로 고개를 돌리면 얼마든지 미행 사실이 발각될 만큼 근접 거리였다.

파리에서 가장 매혹적이라는 퐁네프다리는 유서 깊은 교량으로 반원형 난간과 수백 개의 환상적인 인물 두상으로 장식된 돌림띠가 인상적이었다. 시테 섬에서 갈라진 센 강의 두 줄기를 가로지르는 퐁네프다리의 열두 개 아치는 완만한 곡선을 그리며 오르막이 되었다가 섬 끝 부분에서 다시 내리막으로 바뀌었다.

퐁네프다리에는 오늘따라 이상하리만큼 인적이 드물었다. 노인으로 변신했던 아키볼드는 카멜레온이라는 별명답게 어느새 유연성과 지구력을 되찾은 모습이었다. 그의 걸음은 노인의 속도가 아니었다. 그는 단 몇 초 만에 돌림띠 위로 돌출된 반원형 테라스를 두 개나 지나갔다.

마르탱은 셔츠가 땀으로 흠뻑 젖어들었고, 숨이 턱에까지 차올랐다. 무장한 팔을 비스듬히 내려 총신을 바닥으로 향한 채 빠른 걸음으로 아키볼드를 뒤쫓던 마르탱은 순간적으로 떠오른 생각에 당혹감을 감출 수 없었다.

만약 퐁네프다리 건너편에 아키볼드의 공범이 차를 세워둔 채 기다리고 있다면?

이대로 미행을 계속하기에는 위험이 너무 컸다.

마르탱이 총의 안전장치를 풀고 공이치기를 당기며 소리쳤다.

"경찰이다. 꼼짝 마라!"

아키볼드가 순간적으로 주춤했다.

"움직이면 쏜다!"

마르탱은 위협 효과를 높이기 위해 연속적으로 외쳤다.

마침내 아키볼드가 걸음을 멈추었다.

"양 손을 머리 위에 얹고 천천히 돌아서라!"

아키볼드는 똑같은 말을 되풀이하지 않게 배려하듯 순순히 명령에 따랐다.

마르탱은 처음으로 아키볼드의 얼굴을 보았다. 예순 살이 넘어 보이는 얼굴이었지만 비교적 관리를 잘 한 듯 말끔했다. 어두운 밤을 배경으로 희끗희끗한 갈색 머리와 짧게 다듬은 턱수염이 빛났다. 이목구비가 조화를 이룬 얼굴 윗부분에는 미처 지우지 못한 위장크림의 검은 자국이 그대로 남아있었다. 그 아래에서 웃음을 머금은 초록색 눈이 반짝거렸다. 그의 얼굴에서 겁을 집어먹거나 당황한 기색은 전혀 찾아볼 수 없었다. 줄곧 침착한 태도를 유지하는 것으로 미루어볼 때 그가 이 상황을 즐기고 있는 듯한 느낌마저 들었다.

"반갑네, 마르탱. 정말 아름다운 밤이군."

마르탱은 갑자기 피가 얼어붙는 것 같은 느낌이었다.

내 이름을 어떻게 알았을까?

하지만 마르탱은 내색하지 않으려 애쓰며 소리쳤다.

"입 다물고 가방을 바닥에 내려놔!"

아키볼드가 배낭을 발치에 내려놓았다.

마르탱은 가방에 꿰매져 있는 영국 공군 로열 에어포스의 방패꼴 상징을 보았다.

"미술관 앞에서 날 체포하는 게 낫지 않았을까?"

그걸 어떻게 눈치 챘을까?

"충분히 기회를 줬는데 자네는 날 체포하려들지 않더군."

아키볼드의 목소리는 낮았고, 말투에서는 'r' 발음을 살짝 굴리는 듯한 스코틀랜드 억양이 묻어나왔다. 그 어떤 국적의 인물을 연기하더라도 스코틀랜드 억양을 버리지 못하는 숀 코널리를 연상케 했다.

"자, 손을 앞으로 내밀어주실까?"

마르탱이 재킷 주머니에서 수갑을 꺼내들며 말했다.

그도 이번만큼은 순순히 따르지 않았다.

"자네는 딱 한 번 실수했지만 만회할 기회를 영영 날려 버렸어. 이길 수 있는 싸움을 포기한 셈이지. 자네의 치명적인 단점이 뭔지 아나? 바로 그 우유부단한 성격이라네."

갑자기 뒤바뀐 역할에 마르탱은 온몸이 마비되는 듯한 느낌을 받았다.

"실패하는 사람은 적에게 패하는 게 아니라 늘 자기 자신과의 싸움에서 패하는 법이지. 그쯤은 자네도 잘 알고 있겠지만 말일세."

바람이 갑자기 거세졌다. 돌풍이 일으킨 먼지 때문에 마르탱은 순간적으로 손을 들어 얼굴을 가렸다.

아키볼드가 침착하게 말을 이어나갔다.

"가끔은 승리의 대가가 너무 커 패배를 선택하는 경우도 있지만……. 안 그런가?"

마르탱이 대답하지 않자 아키볼드가 다그쳤다.

"솔직히 말해 보게. 적어도 그런 의문을 품어본 적이 있지?"

"의문이라니?"

마르탱은 자기도 모르게 그렇게 물었다.

"만약 오늘 나를 체포하게 된다면 내일부터 자네 인생에 무슨 의미가 있을지 생각해본 적이 전혀 없나?"

"난 당장 당신을 체포할 테고, 만약이란 없어."

"이보게 아들, 자네 인생에는 나밖에 없다는 걸 인정하게."

"말조심해. 난 당신의 아들이 아니야."

"자네는 아내와 자식도 없고, 수 년 동안 애인도 없이 혼자 외롭게 지냈지. 자네 부모는 죽은 지 오래 되었고, 동료들은 대개 자네가 무시하고 싶은 친구들뿐이지. 상관? 자네는 그 자들이 자기 할 일이 뭔지도 모른다고 생각하잖나?"

총구를 앞에 둔 상황인데도 아키볼드는 놀라울 만큼 침착한 태도를 유지했다. 마르탱에게는 총이 있었지만 아키볼드가 가진 무기라고는 세 치 혀뿐이었다. 그러나 지금 이 순간 그의 혀는 총보다 더 위협적이었다.

"이봐, 애송이. 그 총으로 날 쏠 수 있을 거라 생각하나? 자네 자신을 너무 과신하는 건 아니겠지?"

"난 당장이라도 당신을 쏠 수 있어."

마르탱의 말은 거짓이었다. 그는 권총을 움켜잡으며 마음을 안정시키려 애썼다. 그러나 권총의 무게가 천근만근으로 다가왔다. 시그 사우어 권총 손잡이는 미끄럼방지 장치로 감싸여 있었지만 손바닥이 땀으로 축축하게 젖는 바람에 자꾸만 미끄러지고 있었다.

"자네가 날 체포하려면 동료를 불렀어야 해."

아키볼드가 마르탱의 실수에 일격을 가했다. 그가 체념한 듯한 표정을 지으며 발치에 놓아두었던 배낭을 집어 올려 반 고흐의 자화상을 꺼내들었다. 그가 한 손으로 그림을 잡더니 허공에 대고 흔들어댔다.

"이 그림을 구할 텐가, 나를 체포할 텐가?"

아키볼드가 그림을 강물을 향해 던지는 시늉을 하며 말했다.

공황상태에 빠져든 마르탱은 마치 최면에 걸린 사람처럼 강렬한 푸른색 후광에 둘러싸인 고흐의 자화상에서 눈을 뗄 수 없었다.

뭔가 크게 잘못되어가고 있었다. 그가 알고 있는 한 아키볼드는 탐미주의자이며 예술 애호가라 할 수 있었다. 체포될 위기에서 벗어날 구멍을 찾기 위해 그림을 강물에 던져버릴 인물이 아니었다. 물론 예외가 있긴 했다. 아키볼드는 작년에 베르사유에서 개최된 제프 쿤스(Jeff Koons) 전시회를 망쳐놓은 일로 구설수에 올랐다.

그 당시 아키볼드는 폭탄을 등에 매단 거대한 바다가재를 전시실 안에 가져다두었다. 폭탄이 터지는 순간 저명한 현대 미술가의 조각품들이 산산조각 나고 말았다. 하지만 제프 쿤스와 빈센트 반 고흐를 비교하기에는 레벨 차이가 너무 컸다.

"바보 같은 짓은 하지 않는 게 좋아, 아키볼드 맥린!"

"자네한테는 물론 쉽지 않은 선택이겠지?"

"난 당신을 잘 알아. 아마도 당신이 생각하는 것보다 훨씬 잘 알고 있을지도 모르지. 당신은 절대로 반 고흐 자화상을 버리지 못해."

"그렇다면 할 수 없지. 다음에 또 보세, 아들!"

아키볼드는 그렇게 소리치며 검은 강물을 향해 있는 힘껏 그림을 집어던졌다.

예기치 않은 사태로 공황 상태에 빠진 마르탱은 반원형 테라스의 난간을 움켜잡고 다리 아래쪽 강물을 내려다보았다. 센 강은 성난 바람 때문에 바다만큼이나 물살이 거세 보였다. 수영이라면 질색하는 마르탱은 경찰 선발 시험 이후로 수영장 근처에 얼씬도 하지 않았다. 그러나 오늘밤만큼은 선택의 여지가 없었다. 아키볼드를 체포하는 것보다 시급한 일이 벌어진 것이다.

마르탱은 숨을 한껏 들이마시고 나서 다리 아래로 몸을 던졌다. 반 고흐 자화상의 안위가 그의 손에 달려 있었다.

*

아키볼드는 시테 섬으로 갈라진 센 강의 지류를 건너 루브르 선창으로 내려갔다. 미리 세워둔 수집가용 영국제 자동차의 운전석에 앉은 그는 프랑수아 미테랑 강변로로 차를 몰아 어둠과 하나가 되어 사라졌다.

5. 퐁네프의 연인들

나는 심장을 두 개 가지고 있었어야 했다.
하나는 아무것도 느끼지 못하는 것으로,
또 하나는 항상 사랑에 빠져 있는 것으로.
그랬다면 두 번째 심장에게 두근거리는 임무를 맡겨 두고,
다른 하나를 가지고 행복하게 살았으리라.
-아민 말루프

"출동! 퐁네프다리 위에서 누군가 투신했다."

카린 아넬리 반장이 파리 하천경비대 본부의 휴게실로 들이닥치며 소리쳤다.

"디아즈, 카펠라, 어서 날 따라와. 어느 미친놈이 강물로 뛰어들었어."

두 대원이 카린의 뒤를 따랐다. 몇 초 후, 그들은 하천경비대 구조용 보트인 '가마우지 호'에 올랐다.

보트는 가로등 불빛을 머금은 채 황금빛으로 반짝이는 매끈한 물결 위를 미끄러지듯 달렸다.

"자살하는 놈들이라면 이제 정말 지긋지긋해. 이번 주만 해도 벌써 네 건째야."

디아즈가 욕지거리를 했다.

"차라리 달리는 기차에서 뛰어내릴 것이지 하필이면 왜 강이냐고?"
카펠라가 맞장구를 쳤다.
"이봐, 함부로 지껄이지 마!"
카린이 불만을 토로하는 두 부하에게 일침을 가했다.
파리의 다리들이 생에 의욕을 잃은 사람들을 유혹해 자살로 이끄는 일은 계절에 상관없이 빚어졌다. 파리의 하천경비대는 일 년에 백 건 가량의 자살기도를 처리해야 했다. 강변에 사람들이 많은 여름에는 출동 횟수가 급격히 늘어났다. 파티가 끝날 무렵의 어수선한 분위기를 틈타 도심 속 해변이라는 '파리 플라주'의 매력에 빠진 사람들이 강으로 뛰어드는 경우가 비일비재했기 때문이다.
센 강에서 수영을 할 수 있게 해 주겠다던 전임 시장의 약속은 지켜지지 않았다. 강을 왕래하는 배들이 많아 충돌 위험이 컸기 때문이다. 들쥐 오줌으로 전염되는 박테리아에 감염돼 렙토스피라에 걸릴 수도 있었다. 근육이 마비되다가 자칫하면 목숨을 잃는 치명적인 병이었다.
오를레앙 강변로와 생 미셸 선창을 지난 보트는 오르페브르 강변로를 따라 계속 앞으로 나아가다가 퐁네프다리가 가까워지면서 속도를 늦췄다.
"뭐가 보이나?"
카펠로가 물었다.
"어디에 있는 거야, 미친 자식."
디아즈도 투덜거렸다.
카린은 쌍안경을 눈에 바짝 댄 채 침착해지기 위해 애썼다. 요즘 들어 부쩍 경비대원들의 신경이 날카로워져 있었다.

지난 주, 투르넬 강변도로 앞에서 바토무슈 사의 유람선과 관광객들이 탄 보트가 충돌하는 사고가 빚어졌다. 교각 사이에 낀 유람선은 뱃머리를 강물에 처박은 채 수직으로 서고 말았다. 하천경비대가 즉각 투입돼 구조작업을 벌였지만 세 살짜리 남자아이 하나가 사망했다. 하천경비대 잘못은 아니었지만 아이의 죽음은 경비대에도 심한 후유증을 남겼다.

"저기다!"

카린이 손가락으로 베르갈랑 광장 쪽을 가리키며 소리쳤다.

가마우지 호가 둑 가까이로 천천히 다가갔다.

"내가 간다."

카린이 서둘러 잠수복을 여미고는 물안경을 썼다.

그녀는 동료 대원들이 말릴 틈도 주지 않고 물속으로 뛰어들었다. 우아한 몸매, 날렵한 다리 그리고 허공을 휘젓는 팔 동작은 마치 한 마리의 백조 같았다. 그녀가 강변 쪽으로 헤엄치는 남자를 구하기까지 불과 몇 초밖에 걸리지 않으리란 걸 쉽게 예상할 수 있을 만큼 뛰어난 수영 솜씨였다.

조난당한 남자에게 가까이 다가간 카린은 그가 웬 그림 한 장에 매달려 있다는 걸 깨달았다.

*

"다들 아마추어야. 전혀 프로답지 않아요."

내무부장관은 미술관장과 보안과장, 경찰서장 그리고 OCBC 국장에게 번갈아 삿대질을 해대며 닦달을 계속했다. 30분 전부터 오르세미술관에서 긴급회의가 소집돼 관계자들이 대책을 숙의하고 있는 중이었다.

"어떻게 이런 일이 벌어질 수 있습니까? 경찰이 두 눈 부릅뜨고 경비망을 펼치고도 범인을 놓쳐버린다는 게 말이 됩니까?"

장관이 다시 목청을 돋우었다.

이민자 가정 출신으로는 최초로 고위직 관료가 된 그녀는 미디어에 자주 노출되면서 순식간에 프랑스의 새로운 정치아이콘으로 부상했다. 프랑스 정부는 똑똑하고 야심만만한 그녀를 앞세워 좌파와 여러 국적 출신의 이민자들에게 관대한 나라임을 만천하에 과시하고 있었다.

특유의 직선적인 말투와 지적인 외모 때문에 대통령은 그녀를 '프랑스의 콘돌리자 라이스'라 불렀다. 대통령에게 변함없는 충성심을 보여 유명세를 타고 있는 여자는 좌중을 향해 거리낌 없이 독설을 쏟아 부었다.

"모두가 구제불능이에요, 구제불능!"

폴 스미스 투피스 안에 아네스b 흰색 블라우스를 받쳐 입은 그녀는 5분 전부터 반 고흐 전시실을 오락가락하며 도난사건 관련자들에게 분노를 토해냈다. 부드럽게 찰랑거리는 칠흑 같은 머리와 마스카라를 짙게 바른 눈에서 크리스털처럼 차갑고 날카로운 빛이 뿜어져 나왔다.

문화부장관은 그녀의 서슬에 감히 끼어들 엄두를 내지 못한 채 입을 꾹 다물고 있었다.

"이쯤 되면 난 여러분이 저 도둑놈에게 웃음거리가 되는 걸 은근히 즐기고 있다고 생각할 수밖에 없어요."

그녀는 반 고흐의 자화상 대신 벽에 꽂혀있는 아키볼드 맥린의 명함을 가리키며 목청을 돋우었다.

전시실들을 길게 이어주는 복도에는 경찰들이 장사진을 치고 있었다. 마치 전시실이 아니라 파리경시청 별관을 옮겨놓은 듯했다. 긴급상황 때 내려왔던 철책은 모두 올라갔고, 위협적이던 탐조등은 푸른 빛이 감도는 조명으로 바뀌었다.

르누아르 전시실에서는 파리 제3구에서 나온 조사관들이 보안 담당자들에게 질문공세를 펼치고 있었다. 모네 전시실에서는 감시 카메라에 찍힌 영상 분석 작업이 한창이었고, 반 고흐 전시실에서는 과학수사팀이 현장 자료를 수집하는 중이었다.

"긴 말 하지 않겠어요. 당장 그림을 되찾아 오세요. 여러분의 경력은 물론 인사고과와도 밀접하게 관련된 문제라는 걸 명심하세요."

내무부장관이 잘라 말했다.

*

은색의 애스턴 마틴 DB5가 조르주 퐁피두 로를 달리고 있었다. 1960년대를 풍미했던 바로 그 애스턴 마틴이었다.

아키볼드는 마치 동떨어진 세상에, 사라진 시대의 폐허 속으로 들어선 느낌이었다. 60년대는 오만하기보다는 우아하고, 거칠기보다는 생기 넘치는 시대였다. 남성적이면서도 세련된 면모, 진짜 영국적인 게 뭔지 보여주었던 시대였다.

아키볼드의 차는 60년대와 닮아있었다. 아키볼드는 속도를 올려 라페 강변로와 베르시교를 지나 외곽순환도로로 진입했다. DB5는 수집가용 차량치고는 속도가 매우 빠른 편이었다.

자동차도 예술품으로 간주하는 아키볼드는 지금껏 특이한 모델만 골라 구입했다. DB5는 제임스 본드 시리즈 중에서도 초기 작품인 〈선더볼 작전〉과 〈골드 핑거〉에서 선보였던 특별한 이력의 자동차였다.

차량 수집가들은 영화가 컴퓨터 그래픽에 오염되기 전인 60년대에 만들어진 DB5를 완벽한 상태로 관리해 왔다. 방향 지시등 안에 숨겨진 다연발총, 상황에 따라 유럽 각국에 등록된 번호판으로 바꿀 수 있는 회전식 번호판, 연막탄, 방탄유리, 오일 스프레이 장치, 옆 차가 위협적으로 밀어붙일 때 바퀴를 갈가리 찢어놓을 수 있는 휠 허브 칼날 등 각종 신기한 장치들이 그대로 유지돼 있었다.

2년 전, 천문학적 입찰가가 오간 자동차 경매에서 이 차는 2백만 달러 이상을 제시한 스코틀랜드 출신 사업가에게 낙찰되었다.

*

"마르탱 보몽!"

카린이 외마디 소리를 질렀다.

하천경비대의 디아즈 경사와 카펠라 경사가 마르탱을 정찰선 위로 끌어올리고는 긴급히 담요를 건넸다.

"한밤중에 이게 무슨 짓이야? 그림에 매달려 수영을 하다니?"

이번에는 카린이 부하의 도움을 받아 배 위로 올라섰다.

마르탱은 이를 덜덜 떨며 담요를 뒤집어쓰고는 눈을 가늘게 뜬 채 귀에 익은 목소리의 주인공을 쳐다보았다. 짧게 자른 금발, 옅은 주근깨, 운동선수를 연상시키는 날렵한 몸매, 카린 아넬리는 아무것도 변한 게 없었다. 여전히 소녀 같은데다 열정이 넘쳐 보였다.
카린 아넬리는 마르탱과 정반대의 인물이었다. 두 사람은 마약단속반에서 2년간 함께 파트너로 근무할 당시 수많은 위장잠입작전을 성공적으로 수행했다.
사건은 당시 그들에게 인생의 전부나 다름없었다. 둘 사이에는 업무적으로나 심리적으로 아무런 장벽도 존재하지 않았다. 늘 긴장과 흥분에 들떠 있었고, 심신이 지독히도 힘든 시기였다. 위장잠입을 하다 보면 종종 서로에 대해 몰랐던 성격의 일부가 드러나기도 했다. 무사히 빠져나올 수 없는 현장이 많았고, 그때마다 그들은 목숨을 건 모험을 했다. 두 사람은 파멸당하지 않기 위해, 살아남기 위해 서로 사랑했다. 아니, 서로에게 매달렸다고 해도 과언이 아니다. 두 사람은 특별한 관계였지만 끝내 균형을 찾지 못했다.
잠시 독버섯 같은 추억들이 스멀스멀 수면 위로 피어올랐다. 두 사람의 과거에는 마치 마약 효과처럼 최고의 순간과 최악의 순간이 공존했다.
카린은 어슴푸레한 가로등 불빛에 의지해 마르탱의 상태를 살펴보았다. 머리카락을 타고 흘러내린 물이 면도한 지 3일은 족히 지나 보이는 턱수염 위에 송골송골 맺혀 있었다. 아직 어린애 같은 면이 남아 있는 얼굴은 그대로였지만 많이 여위고 피곤해 보였다.
카린의 시선을 의식한 마르탱이 한마디 툭 던졌다.
"당신이 잠수복을 입으면 죽여주게 섹시하다는 거 알아?"
마르탱은 대답 대신 얼굴을 향해 날아온 수건으로 반 고흐의 자화상을 조심스럽게 닦았다.
카린은 그리스 신화에 나오는 세이렌처럼 아름다웠고, 방금 활짝 피어난 한 송이 꽃 같았다. 흔히 하천경비대는 경찰이라기보다는 구조대로 인식되었다. 그녀가 하천경비대를 선택한 이유였다.

"그 그림, 원화야?"

카린이 마르탱의 옆에 앉으며 물었다.

가마우지 호는 유람선 속도로 달려 방금 생루이 섬을 지나 생베르나르 선착장으로 접근하는 중이었다.

마르탱이 빙긋 웃었다.

"아키볼드 맥린이라고 들어봤지?"

"그 유명한 명화 도둑? 당연히 들어봤지."

"그놈을 거의 잡을 뻔했는데 놓치고 말았어."

마르탱이 분통을 터뜨렸다.

"그래서 아키볼드가 당신을 물속으로 밀어 버린 거야?"

"뭐, 이를테면 그렇다고 할 수 있지."

"그러고 보니 정말 이상하네."

카린의 얼굴에 의혹의 빛이 떠올랐다.

"뭐가?"

"누군가 물에 뛰어들었다고 하천경비대에 신고한 남자 이름이 바로 아키볼드 맥린이었거든."

*

애스턴 마틴이 무시무시한 속도로 밤공기를 갈랐다.

아키볼드는 숲의 신선한 공기를 들이마셨다. 숲 냄새에는 차 바닥에 깔아둔 순모 양탄자 냄새가 뒤섞여있었다. 부드러운 가죽으로 덮어씩운 옆 좌석에 군복무시절부터 간직해온 로열 에어포스의 카키색 배낭이 놓여있었다.

아키볼드는 6번 고속도로에 진입하자마자 280마력의 6기통 엔진을 풀가동시켰다. 자동차는 굉음을 내며 무섭게 달리기 시작했다. 그는 속도를 사랑했다. 살아있다는 그 느낌을.

*

카린과 마르탱은 생베르나르 선착장으로 동시에 뛰어내렸다.

"오르세미술관까지 날 데려다 줄 수 있지?"

"내가 차를 가지고 올 동안 젖은 옷이나 갈아입어. 카펠라가 옷을 가져다 줄 거야."

카펠라를 따라 강을 마주한 건물 안으로 들어갔던 마르탱은 잠시 후 우스꽝스런 옷차림을 한 채 다시 나타났다. 그가 갈아입은 제복은 축제 때 가장행렬에나 어울릴 것 같은 복장으로 80년대 분위기를 물씬 풍겼다. 군청색 폴로셔츠에 폴리에스터 바지 그리고 XXL 사이즈의 바람막이 점퍼였다.

캥거루 범퍼와 수동 윈치가 달린 랜드로버 픽업 한 대가 마르탱의 앞에 멈춰 섰다.

"어서 타."

카린이 보조석 창문을 열며 말했다.

"그렇게 입으니까 아주 멋진데?"

"제발 놀리지 마."

픽업이 바퀴가 찢어질 것 같은 요란한 마찰음을 내며 출발했다.

도로는 한산했으나 미술관 주변은 혼잡스러웠다. 앙리 드 몽테를랑 광장에는 경찰관들이 몰고 온 르노 세닉과 푸조307, 관공서차량과 방송국 차들이 온통 늘어서 있었다.

"자, 어서 가서 영웅이 되어야지."

카린이 미술관 광장 앞에 차를 세우며 농담을 건넸다. 그녀가 고맙다는 인사를 남기고 차에서 내리려는 마르탱을 불러 세웠다.

"그 시계, 아직도 차고 있었어?"

그녀가 5년 전 자신이 선물한 은색 스피드마스터를 가리키며 물었다.

"당신은 어떻고? 내가 준 그 반지를 아직도 끼고 있잖아?"

핸들을 가볍게 두드리는 그녀의 오른손에서 여명을 받은 카르티에 트리니티 반지가 반짝거렸다. 은색, 금색, 분홍색 링이 교차하는 삼색 골드 링이었다.

그들은 당시 경찰 월급으로는 상상도 못할 어마어마한 선물을 주고받았다. 그때까지 받았던 공로수당을 다 모으고도 모자라 얼마간 돈을 더 보태서 산 선물이었다.

몇 초 동안, 마르탱은 그들 두 사람의 이야기가 아직 끝나지 않았을지도 모른다고 생각했다.

운명의 여신이 우리를 다시 한 번 묶어 주려는 건 아닐까? 혹시 이번 사건이 운명의 신이 준비한 특별이벤트는 아닐까?

마르탱은 반 고흐의 자화상을 들고 차에서 내렸다. 길을 건너기 전, 그는 마지막으로 랜드로버를 쳐다보았다.

차창을 내린 카린이 농담을 건넸다.

"마르탱, 기운 내. 그리고 시간 있으면 수영 좀 배워 둬. 내가 언제까지나 뒤따라 다니며 당신을 구해줄 수는 없잖아?"

*

"당신들이 어떤 실수를 범했는지 알아요?"
마르탱은 반 고흐 전시실에서 울려나오는 목소리의 주인공이 누구인지 가늠해보며 출입구에 멈춰 섰다.
"하나같이 다 엉터리들이야. 그렇게 단체로 무능력해서야……."
욕을 먹고 있는 사람들은 루아조 국장과 오르페브르 강변로 담당이었을 때 한두 번 본 적 있는 파리경시청장이었다. 그들의 오른쪽에 오르세미술관장인 샤를르 리비에르가 서 있었다.
"아무짝에도 쓸모없는 겁쟁이들이 모여서……."
세 명의 남자들은 몹시 당혹해하면서도 어느 누구도 감히 내무부장관의 말에 반박하지 못했다. 그 자리에 오르기까지 산전수전 다 겪은 베테랑들이라 모욕을 견뎌내는 훈련이 비교적 잘 되어 있기도 했다.
"서둘러요. 어서 그 망할 놈의 그림을 찾아……."
"장관님, 그 망할 놈의 그림은 바로 여기 있습니다."
마르탱이 내무부장관을 향해 뚜벅뚜벅 걸어갔다.
순간, 모두의 시선이 그가 들고 있는 그림에 쏠렸다.
마르탱은 전시실 한 가운데 서서 퐁네프다리 위에서 아키볼드가 그랬듯 반 고흐의 자화상을 머리 높이 치켜들었다.
내무부장관이 미간을 찌푸리며 마르탱을 쳐다보았다.
"당신은 누구죠?"
"OCBC의 마르탱 보몽 경위입니다."

샤를르 리비에르가 달려와 마르탱의 손에 들려있는 그림을 낚아챘다.

마르탱은 지금까지의 경위를 낱낱이 설명했다. 어떻게 아키볼드의 수법을 알아낼 수 있었으며, 그를 현행범으로 체포하겠다는 생각에 자동차 안에 매복해 있던 이야기까지 모두 털어놓았다.

마르탱은 이번 사건으로 크게 칭찬받을 거라 생각할 만큼 순진하진 않았다. 그러나 비록 범인을 검거하는 데는 실패했지만 저 유명한 도둑의 시도를 수포로 돌아가게 만든 점은 인정받아 마땅하리라 생각했다.

마르탱이 말하는 동안 다들 꿀 먹은 벙어리처럼 입을 꾹 다물었다. 이야기가 모두 끝나자 내무부장관의 시선을 의식한 루아조 국장이 마르탱에게 괜스레 분통을 터뜨렸다. 눈치 백단인 그는 분위기를 반전시키려면 그 방법밖에 없다고 판단한 것이다.

"보몽 경위, 자네가 제 때에 보고했더라면 아키볼드 맥린을 잡고도 남았을 것 아닌가? 하지만 그럴 리 없었겠지. 자네는 늘 혼자 움직이는 걸 좋아하니까. 동료들을 불신하는 자네의 교만한 태도가 늘 문제를 만들어낸다는 걸 명심하게."

"제가 아니었으면 아마 고흐의 자화상도 사라졌겠죠."

"보몽 경위, 쉽게 빠져 나갈 생각은 하지 말게. 추후 자네 잘못을 분명히 짚고 넘어갈 테니까."

내무부장관이 그만하라는 뜻으로 손을 들며 루아조를 쏘아보았다. 그녀는 집안싸움 따위에는 관심이 없었다. 무엇보다도 위기 상황을 유리한 국면으로 돌릴 방법을 찾아내는 게 급선무였다.

저 젊은 경찰관을 영웅으로 만들어주면 어떨까?

경찰의 무능을 질타하는 대신 저 경찰관이 기록적인 시간 내에 그림을 되찾았다는 점을 강조하는 거야. 거짓말이 아니잖아. 진실만으로도 효과 만점이겠는걸. 약간의 정치 쇼가 필요하겠지. 게다가 마르탱 보몽은 외모가 출중한 게 장점이야. 매스컴이든 대중이든 열광하기에 충분할 만큼 훌륭한 외모야.

결국 아키볼드 맥린을 체포하는 데 실패했지만 경찰을 이용해 자신을 영웅으로 둔갑시키겠다는 속셈이었다. 일이 잘 풀리면 《파리 마치》의 표지를 장식할 수도 있으리라. 반 고흐 자화상과 올림픽 선수들처럼 단단한 체격의 경찰들을 배경으로 청바지 차림을 한 자신의 완벽한 모습을 뽐낼 수도 있으리라. 그러나 그 매력적인 아이디어는 미술관장의 말 한 마디에 물거품이 되고 말았다.

"보몽 경위, 미안하지만 자네가 속았네. 그것도 아주 단단히."

"그게 무슨 말씀입니까?"

"베낀 솜씨는 뛰어나지만 이 그림은 가짜야."

"그럴 리 없습니다. 아키볼드가 그 그림을 가방에서 꺼내는 걸 제 눈으로 똑똑히 보았는걸요. 한시도 눈을 떼지 않았습니다."

"여기 서명을 보게나."

"서명이라고요? 하지만 반 고흐는 서명을……."

"그래, 반 고흐가 직접 서명한 자화상이 한 점도 없다는 건 자네도 잘 알겠지?"

마르탱은 허리를 굽혀 바퀴달린 사각대 위에 놓인 그림을 들여다보았다. 실제로 빈센트 반 고흐의 서명이 들어간 작품은 일곱 점 중 한 점 꼴도 되지 않았다. 반 고흐는 그림에 서명을 남길 때 언제나 성이 아닌 이름을 써 넣었다. 〈해바라기〉가 그 대표적인 경우였다.

지금 마르탱이 보고 있는 그림의 서명은 고흐 특유의 필적으로 쓴 '빈센트'가 아니었다. 마치 비웃는 듯한 글씨체로 또박또박 쓴 그 이름은 다름 아닌 아키볼드였다.

*

애스턴 마틴은 퐁텐블로 방향으로 곧게 뻗은 고속도로를 벗어나 바르비종으로 이어지는 국도로 접어들었다.
아키볼드는 손목시계를 들여다보았다. 속임수라는 걸 알아차린 애송이가 과연 어떤 표정을 지을지 상상하자 피식 웃음이 흘러나왔다. 그는 옆자리에 놓아둔 카키색 배낭을 열었다. 반 고흐 자화상의 끝부분이 살짝 보였다. 그는 존경하는 화가와 상상속의 대화를 나누었다.
"이봐, 빈센트. 장난치고는 꽤 괜찮은 솜씨였지?"
번뇌에 찬 화가의 눈이 가로등 불빛을 받아 번득였다. 아키볼드는 그동안 훔친 그림들과 아주 미묘한 관계를 유지해오고 있었다. 그는 자신이 훔친 작품의 주인이라고 생각해본 적이 단 한 번도 없었다. 어떤 점에서는 마치 그가 그림을 소유한 게 아니라 그림들이 그를 소유한 듯했다. 인정하기 힘들지만 그는 자신이 도둑질에 중독되었다는 사실을 잘 알고 있었다. 마치 마약중독자처럼 일정기간 도둑질을 하지 않으면 금단현상에 시달렸다. 때가 되면 그의 몸과 두뇌가 새로운 작품, 모험, 위험을 갈망했다.
라디오에서 낱알처럼 똑똑 떨어지는 피아노 음이 인상적인 글렌 굴드의 골드베르크 변주곡이 흘러나오고 있었다. 아키볼드는 목적지에 너무 빨리 도착하는 실수를 범하지 않기 위해 속도를 늦췄다.

마법 같은 이 순간의 분위기를 망치고 싶지 않았다. 밝은 달빛 아래에서 반 고흐와 바흐가 함께 하는 산책이라니, 과연 이보다 더 감동적인 동행이 어디 있겠는가.

아키볼드는 완벽한 기쁨을 맛보고자 레인코트 안주머니에서 40년산 스카치위스키가 든 은색 휴대용 술병을 꺼냈다.

"자, 빈센트, 자네를 위해 건배."

아키볼드가 감미로운 구릿빛 음료를 마시며 말했다.

알코올이 들어가자 식도가 기분 좋게 타들어가며 목구멍에 특유의 향이 번져갔다. 구운 아몬드, 다크 초콜릿, 카르다몸…….

아키볼드는 운전에 집중하며 잠자는 숲 지점에서 국도를 벗어나 시골길로 접어들었다. 몇 킬로미터를 더 달려 퐁텐블로와 말세르브 경계지점에 이를 무렵 성벽으로 둘러싸인 사유지가 나타났다.

아키볼드는 리모컨 버튼을 눌러 자동문을 열고 차를 운전해 안으로 들어갔다. 마치 공원처럼 꾸며놓은 정원을 지나자 담쟁이덩굴로 뒤덮인 19세기 풍 저택이 나왔다. 석조물인 저택은 마로니에 나무들로 둘러싸여 있었다. 덧창이 모두 닫혀있었으나 버려진 건물 같지는 않았다. 산울타리는 말끔하게 손질되어 있었고, 잔디도 방금 깎아놓은 듯 잘 정리돼 있었다.

아키볼드는 마구간을 개조해 만든 차고 안에 애스턴 마틴을 세웠다. 차고에는 ATV 오토바이, 구식 군용 지프, 2차 대전 이전에 유행했던 사이드카, 골조를 들어낸 구식 부가티 자동차 등이 세워져 있었다. 그러나 단연 눈길을 끄는 건 차고 중심부를 독차지하고 있는 헬리콥터였다. 레드와인 색에 블랙이 섞인 최신형 콜리브리 헬기는 그가 아끼는 애마였다.

아키볼드는 콜리브리의 기체를 점검한 다음 연료가 들어있는지 확인하고 나서 유도이용기로 헬기를 밖으로 끌어냈다. 콜리브리의 조종석에 앉은 그는 헬멧을 쓰고 터빈을 가동시킨 다음 단계적으로 주입 가스의 양을 늘려갔다. 불어오는 바람을 마주 보게 위치를 잡는 것으로 이륙 준비는 모두 끝났다.
"눈을 크게 뜨게, 빈센트. 틀림없이 자네도 위에서 내려다보는 세상을 좋아하게 될 걸세."

6. 파리는 잠에서 깨어

에펠탑은 발이 시리다 하고
개선문은 잠에서 깨어난다(…)
사람들이 일어나면서 괴로운 하루가 시작된다.
이제 내가 잠자리에 들 시간
새벽 다섯 시
파리는 잠을 깨지만
새벽 다섯 시
나는 잠을 이룰 수가 없다.
– 자크 뒤트롱 작곡
– 자크 랑즈만, 안느 세갈랑 작사

아나톨 프랑스 강변로

새벽 5시 2분

"잠깐! 내 차를 내버려둬요."

마르탱이 미술관에서 나왔을 때 달갑지 않은 일이 벌어지고 있었다. 그의 아우디가 견인되고 있었던 것이다.

"지금 뭐하는 겁니까?"

마르탱이 주차위반 단속을 하고 있는 교통순경에게 소리쳤다.

"버스 차선에 차를 주차하시면 안 됩니다. 그 경우 부득이 견인조치를 취할 수밖에 없습니다."

"난 경찰이고 잠복근무 중이었습니다."

"이 아우디는 경찰차량으로 등록된 차가 아니던데요. 이미 번호판을 조회해 봤습니다."

"지금 당장 뺄 테니까 어서 차를 돌려줘요."

"경찰이라니 주차 위반시 절차에 대해 누구보다 잘 알겠군요. 차를 되찾고 싶으면 일단 벌금과 견인 작업에 소요되는 비용을 내야 합니다."

마르탱은 고물이 다 되다시피 한 98년 식 아우디TT를 물끄러미 쳐다보았다. 견인차의 갈고리에 매달아놓아서인지 훨씬 더 초라해보였다. 움푹 들어간 문짝, 여기저기 긁힌 자국이 있는 차체도 보기에 흉했다.

마르탱은 경찰에서 지급되는 차량을 타도록 되어 있는 규칙을 무시하고 아우디TT를 즐겨 사용했다. 그에게 배정된 시트로엥은 심심하기 짝이 없는 차였다. 아직도 아우디의 후미에는 총알이 스친 자국이 그대로 남아 있었다. 마약 밀매상 체포 작전 당시의 위험한 상황을 증명해주는 상처였다. 이제야말로 차를 바꿔야 할 때가 된 듯했다. 하긴 뭐 차를 바꾸고 싶지 않아서가 아니라 돈이 모자라 실행에 옮기지 못하고 있을 뿐이었다.

"알았어요. 당장 주면 되잖아요."

마르탱은 바람막이 점퍼의 주머니를 뒤졌으나 지갑을 찾을 수 없었다. 그제야 지갑이 든 재킷을 하천경비대 본부에 벗어둔 사실이 떠올랐다.

맥이 빠진 마르탱은 교통순경이 내민 딱지를 순순히 받아들고 견인차가 멀어져가는 모습을 지켜보았다. 주머니를 재차 뒤져 보았지만 택시 탈 돈은 고사하고 지하철 승차권을 살 돈도 없었다. 이렇게 된 이상 산책삼아 파리 시내를 걷는 것도 그리 나쁘지 않을 듯했다. 날씨도 산책하기에 더없이 좋았다.

살다보면 이런 날도 있는 법이지.

콜리브리는 노르망디 지방을 날고 있었다.
헬기 내부는 편안한 객실처럼 꾸며놓았을 뿐만 아니라 최고의 전망을 확보할 수 있도록 개조되어 있었다. 게다가 꼬리부분의 유선형 회전날개 덕분에 소음이 나지 않았다.
아키볼드는 자동조종장치를 가동시키고 나서 위스키를 한 잔 가득 따랐다. 그는 알코올의 맛을 더 깊이 음미하기 위해 눈을 감았다. 그다지 현명한 짓은 아니었다. 하긴 사는 동안 현명한 선택을 한 적이 별로 없었다.
비행을 시작한 지 한 시간 만에 헬리콥터는 몽 생 미셸과 생말로 상공을 지나갔다. 생브리외 만을 지나는 동안 아키볼드는 해변과 모래사장, 작은 포구와 고깃배가 묶인 항구가 번갈아 나타나는 프랑스 북쪽 끄트머리 풍경에 넋을 잃고 있었다. GPS가 착륙까지 약 3분 가량의 시간이 남았다는 걸 알려왔다.
아키볼드는 자동조종장치를 해제하고 서풍을 마주하며 섬에 위치한 아름다운 저택의 정원에 착륙했다. 암벽 사이에 깊숙이 터를 잡고, 바다 속으로 기초를 내린 저택에는 너벅선 한 척과 선박정박용 말뚝 두 개 그리고 바다까지 경사로로 이어져 있는 차고가 딸려 있었다.
브르타뉴 땅에 오래 머물지는 않을 작정이었다. 연료를 가득 채우면 곧장 떠날 생각이었다. 요오드가 풍부한 공기가 정신을 맑게 해 주었다. 숨을 크게 들이마신 아키볼드는 스코틀랜드로 기수를 돌렸다.

*

마르탱은 피곤한 몸을 이끌고 라스파이 대로를 따라 걸어 올라갔다. 흥분과 실망이 교차하는 긴 밤을 보냈다. 그동안 스스로 평가하기를 꽤 능력 있는 경찰이라 자부해왔지만 이젠 자질 자체가 의심스러워지고 있었다.

아키볼드에게 애송이 취급을 받으며 속수무책으로 당했다. 그가 쳐놓은 덫을 향해 허둥거리며 뛰어들었다. 동료들보다 훨씬 똑똑하다고 자부해왔고, 혼자 힘으로 능히 그를 잡을 수 있으리라 생각했지만 결과는 굴욕적인 실패로 끝나고 말았다.

아키볼드는 두뇌회전이 빠르고 배짱 또한 두둑했다. 포커 판에 낀 큰손처럼 허풍을 떨어대다가 그에게 보기 좋게 당한 셈이었다.

마르탱은 르코르뷔지에 광장을 지나 루테티아 호텔에 다다랐다. 생제르맹데프레에 위치한 이 호텔의 아르데코 풍 전면이 수천 개의 조명을 받아 푸르스름한 새벽빛 속에서 빛났다. 호텔 현관의 붉은 카펫 위에서는 브이아이피 손님 둘이 나오기를 기다리는 도어맨과 운전사가 호텔 앞에 세워놓은 최신형 람보르기니와 짙게 선팅한 베를린 형 차를 흘끔거리며 이야기꽃을 피우고 있었다.

마르탱은 루테티아 호텔의 호화스러운 분위기를 뒤로 한 채 보잘것없는 자신의 처지를 생각했다. 새 차를 살 능력도 없고, 일생일대의 기회를 허망하게 놓쳐버린 무능한 경찰이었다.

몽파르나스 대로와 바뱅 로가 만나는 지점에 로댕이 조각한 발자크 상이 있었다. 긴 옷을 입은 발자크는 마치 유령 같은 분위기를 풍겼다.

마르탱은 중대한 실수를 저지르는 바람에 위태로워진 위치에 대해 곰곰이 생각했다.

과연 어떤 미래가 기다리고 있을 것인가?

당장 직위해제를 당하지는 않겠지만 앞으로 여섯 달쯤 고생은 필수라는 각오가 필요했다. 루아조는 그를 문화부장관 산하 인사위원회에 회부할 게 분명했다. 그렇게 되면 당분간 현장 순찰에서도 제외될 것이다.

14구, 아방가르드 양식의 카르티에 재단 사옥에 다다랐다. 전체가 투명유리로 된 이 건물은 밖에서도 철따라 수백여 종의 식물이 자라는 정원을 들여다볼 수 있었다. 하지만 오늘 아침에는 정원이나 들여다볼 기분이 아니었다. 아키볼드에 대한 생각이 끈질기게 그를 괴롭혔다.

아키볼드의 숨겨진 비밀을 찾아내기 위해, 명화를 훔치는 목적을 알아내기 위해, 그의 행동 하나 하나를 면밀하게 관찰했다. 심지어 그의 목소리에서 느껴지는 미세한 억양의 차이도 놓치지 않고 들었다. 그의 눈빛과 행동에는 자신감이 배어 있었다.

아키볼드는 여태껏 상상해오던 인물이 아니었다. 단 3분 동안의 대면만으로도 마르탱은 지난 4년 간 그에 대해 조사하고 연구한 자료보다 더 많은 걸 얻어낼 수 있었다. 얼굴을 직접 보았다는 건 무엇보다 중요했다. 나이도 짐작이 가능했다. 아키볼드가 명화를 훔치는 목적 중에서 돈이 그리 큰 비중을 차지하지 않는다는 건 분명했다. 좀 더 비밀스럽고 본질적인 이유를 찾아내야만 했다.

당페르 로슈로 광장에 다다르면서 갑자기 교통량이 많아졌다. 광장 왼편에 위치한 매표소 앞에는 벌써부터 일본인 관광객 서너 명이 카타콤을 보기 위해 줄을 늘어서 있었다. 파리의 카타콤은 수만 명이나 되는 파리지앵의 해골이 안치된 장소로 이 공동묘지의 소름끼치는 지하 전시실은 관광 명소로 자리 잡은 지 오래였다.

마르탱은 터져 나오는 하품을 애써 참았다. 커피 한 잔, 담배 한 개비, 뜨거운 물줄기 아래에서의 샤워가 간절했다. 센 강에 뛰어들었던 게 화근이 되어 감기 기운이 돌았고, 몸에서는 좋지 않은 냄새가 풍겨 났다.

레이유 가의 잔디 언덕 아래쪽으로 파리 최대의 식수원인 몽수리 저수지가 보였다. 전원분위기를 물씬 풍기는 저수지 주변은 수십 대의 감시 카메라에 의해 철저히 관리되고 있었다. 파리 근교를 지나는 남동쪽 하천에서 끌어들인 몽수리 저수지의 물은 파리 여러 지역의 식수로 이용되었다.

몽수리 광장에 다다랐을 때, 마르탱은 강박관념이 되다시피 한 아키볼드의 잔상을 떨쳐버리기 위해 애쓰다가 마약단속반 시절의 파트너 카린을 떠올렸다. 오늘, 그녀를 다시 만나는 순간 마음이 동요되었다. 미소를 담은 그녀의 눈은 그를 고통스럽게 하는 동시에 마음을 진정시키는 효력이 있었다. 젊은 시절부터 그와 동행해온 외로움이 다시 고개를 드는 순간이었다. 외로움은 그 자신을 보호하기 위한 수단이었지만 결국 그를 파멸로 이끌고 있었다.

*

콜리브리는 아일랜드 해 상공을 날아 스코틀랜드 북부 지역인 하일랜드로 접근해갔다. 남서풍을 받은 헬기는 시속 700킬로미터의 속도를 유지했고, 연료는 거의 바닥나 있었다.

아키볼드는 케이맨 제도의 깃발을 달고 항해하는 50미터 길이의 초대형 요트를 내려다보았다. 쿠아쉬 5000호는 갑판이 세 개에 7만 리터의 연료를 탑재할 수 있는 초호화 요트였다. 최대 속도는 30노트로 대서양을 열흘 만에 횡단할 수 있었다.

쿠아쉬 5000호는 아키볼드의 성역이었다. 날씨에 구애받지 않고 어느 지역이든 항해할 수 있게 설계된 아방가르드 디자인의 완벽한 요새였다. 태풍을 비롯한 온갖 자연 재해와 맞서 싸울 준비를 끝낸 바다의 4륜구동이기도 했다.

아키볼드는 작은 운동장 같은 상갑판 위에 헬기를 착륙시킨 다음 배낭을 들고 뛰어내렸다. 따가운 햇볕이 내리쬐는 갑판 위에서 대기하고 있던 승무원 네 명이 아키볼드에게 정중하게 인사를 건넸다. 그들은 모두 해군 출신으로 아키볼드의 정체를 몰랐다. 그들과 의례적인 인사말을 주고받은 아키볼드는 주갑판으로 이어지는 계단을 올라갔다.

"에피, 잘 있었나?"

"오셨군요, 아키볼드."

유페니아 월러스는 한 묶음으로 쪽진 머리에 엄격한 복장, 기품 있는 매너로 전형적인 영국식 가정교사를 연상케 했다. 10년 전, 비밀정보국에서 의사로 근무하다 은퇴한 그녀는 아키볼드의 충복이 되었다. 비서 겸 보디가드 역할을 맡은 그녀는 비밀에 붙여진 고용주의 신원을 철저하게 보호해왔다. 태권도 검은 띠에 사격 챔피언을 지낸 그녀는 메리 포핀스보다는 보디가드에 가까운 인물이었다.

"일은 잘 마무리하셨죠?"

"문제없이 끝냈어."

유리문이 열리며 크리스털 벽, 카멜 색으로 탈색한 마호가니 마루판, 가죽소파 그리고 고급가구들로 꾸민 응접실이 나타났다. 360도로

밖을 내다볼 수 있는 전망 창 덕분에 빛이 가득 들어찬 응접실에 서 있으면 마치 바다 한가운데에 떠 있는 듯한 느낌이 들었다.

아키볼드가 배낭에서 그림을 꺼내 에피에게 내밀었다. 그녀는 몇 초 동안 말 없이 고흐의 자화상을 감탄어린 눈길로 감상했다.

"젊은 경찰관은 어떻게 됐죠?"

"아직 애송이라 쉽게 속아 넘어 가더군."

"다행이네요."

"내가 그 애송이에게 당할까봐 걱정했나?"

"마르탱 보몽이라는 그 경찰관에 관해 두루 조사해두었어요. 예측 불허의 젊은이더군요. 보스가 위험해질 수도 있다고 판단했죠."

"나를 뒤쫓는 경찰관들의 신상정보를 모두 파악해 놓았잖은가? 아마도 그들이 나에 대해 알고 있는 것보다 내가 그들에 대해 알고 있는 게 더 많을지도 몰라."

"마르탱 보몽은 보통의 경찰과는 다른 점이 있어요."

"녀석도 크게 다르지 않아 보이던데?"

"보스가 화가들의 사망일에 맞춰 그림을 훔친다는 걸 알아냈어요."

"그 정도쯤은 능히 알아낼 수 있지 않을까?"

아키볼드는 어깨를 으쓱해 보이며 가소롭다는 표정을 지었다.

"아마 어떤 바보라도 알아낼 수 있었을 거야."

"마르탱 보몽은 삼 년 전부터 보스에 대한 자료를 구하고 연구해왔어요."

"FBI는 무려 이십오 년 동안이나 내 뒤를 밟았지만 난 결국 잡히지 않았어."

팔짱을 낀 아키볼드는 대형 텔레비전 화면을 꿈꾸는 듯한 눈길로 바라보았다. 배에 장착한 수중용 카메라가 실시간으로 바다 밑 세상을 전송하고 있었다.

"그 애송이는 아직 더 배울 게 많아 보였어. 쓸데없이 성질이 급한 데다 자기가 맡은 역할이 뭔지 제대로 파악도 못하더군. 게다가 신념도 없으면서 자만심은 하늘을 찌를 만큼 높았지. 혼자서 잘난 양 우쭐대지만 사실 다른 경찰들에 비해 뛰어나다는 증거도 없으니 그 애송이도 몹시 괴로울 거야."

"지금까지는 애송이로 지냈는지 모르지만 곧 우리에게 커다란 위협이 될 수도 있습니다."

"그 녀석은 아직 더 배워야만 해. 무엇보다 먼저 그 알량한 자존심부터 던져버려야겠지."

아키볼드는 유리 테이블 앞에 앉았다. 요리사가 들어와 그가 가장 좋아하는 요리를 차려놓고 나갔다. 그는 평소 거위 간과 송로버섯을 곁들인 로시니 안심 스테이크와 타임으로 향을 낸 감자요리를 좋아했다.

에피가 무거운 기분을 떨쳐버리지 못한 채 객실을 나서려는 순간 아키볼드가 그녀를 불러 세웠다.

"그 아이, 마르탱 보몽 말이야."

"네?"

"그 아이에 대한 서류를 내게 가져와 봐."

"네, 가져다 드리지요."

*

마르탱은 스퀘어 드 몽수리로 접어들었다. 몽수리공원 안으로 굽어지는 이 골목의 낮은 언덕길은 보스턴 구시가에서도 가장 아름답다는 비콘 힐을 닮았다.

나무가 무성하게 자란 골목길을 따라 화가들의 아틀리에와 아르누보가 풍미했던 50년대 저택들이 늘어서 있었다. 언덕길을 오를수록 숲이 더 울창해졌다. 담쟁이 넝쿨이 저택 전체를 몽땅 덮고 있는가 하면 어디선가 등나무 향기가 진하게 맡아졌다.

목구조에 다양한 색깔의 모르타르를 채워 쌓아올린 벽돌소재의 벽, 조각품이 화려한 발코니, 천창 그리고 모자이크로 장식한 소벽이 특징인 건축물들은 바로크 양식의 특징을 충실히 따르고 있었다.

고풍스럽고 차분한 분위기가 일품인 이 초록빛 낙원은 파리에서도 주저 없이 첫 손 꼽는 골목길이었다. 월봉 2천 유로를 받는 경찰관이 이 골목에 산다는 건 꿈도 못 꿀 일이었지만 마르탱은 정원으로 통하는 쪽문을 밀치고 안으로 들어섰다. 착색유리로 덮인 아틀리에로 통하는 정원이었다.

이 저택의 주인은 바이올렛 허드슨으로 영국 출신의 노부인이었다. 19세기 말, 신비주의와 상징주의에 매료된 화가들이 아방가르드의 선구자 역할을 한 나비파 모임을 만들었다. 바이올렛은 나비파 화가로 활약했던 헨리 허드슨의 뮤즈이자 마지막 부인이었다.

1955년, 헨리 허드슨은 부인에게 수많은 그림을 유작으로 남기고 세상을 떠났다. 세월이 흐르면서 그림에 대한 평가액이 천정부지로 치솟았지만 바이올렛은 단 한 점도 팔지 않고 직접 보관해왔다.

바이올렛의 미모가 절정에 이를 당시 헨리 허드슨은 그녀에게 누드화를 선물했다. 바람에 나부끼는 머리카락, 하늘하늘한 나사로 몸을 감싼 바이올렛의 아름다운 자태가 화폭에 고스란히 담겨 있는 작품이었다. 그 누드화는 구스타프 클림트의 그림과 알퐁스 뮈샤의 일러스트를 동시에 연상케 했다.

2년 전, 한 무리의 괴한들이 바이올렛의 집을 급습했다. 바이올렛을 결박한 괴한들은 그녀가 아끼는 누드화를 비롯해 상당수의 걸작을 훔쳐갔다. OCBC가 도난사건을 맡게 되었고, 마르탱은 수사에 모든 노력을 쏟아부었다.

수사에 착수한 마르탱은 그림을 훔쳐간 자들이 예술품 전문 절도범이 아니며 그림 수집가의 의뢰를 받은 하수인들도 아니라는 사실을 간파해냈다. 즉흥적이고 조잡한 일처리로 보아 노쇠한 부인을 상대로 돈을 쉽게 손에 넣으려 획책한 마약중독자들의 소행으로 보고 수사를 진척시켜 나갔던 게 주효했다.

마약단속반을 그만둔 후로도 계속 연락을 주고받던 몇몇 끄나풀의 정보 덕분에 마르탱은 그림 탈취범의 자취를 더듬어 갈 수 있게 되었다. 마르탱은 끝내 탈취범들이 그림을 보관해놓은 파리 북역 근처의 아지트를 찾아냈다.

마르탱은 수사가 진행되는 동안 나이를 초월해 풍부한 교양미와 우아한 매력을 풍기는 바이올렛의 매력에 탄복했다. 두 사람은 취향과 관심사가 여러 모로 닮기도 했다.

수사는 곧 종결되었지만 노부인은 마르탱에게 경보장치 설치작업을 감독해 달라는 부탁과 함께 그림을 보관하는 방법에 대해서도 조언을 구했다. 부인은 마침 아틀리에를 사용할 세입자를 찾고 있던 중이었다. 그녀의 신임을 얻은 마르탱은 매력적인 아틀리에에서 살 수 있는 기회를 잡게 되었다.

마르탱은 집주인이 깰 새라 발소리를 죽인 채 2층으로 통하는 나선형 계단을 올라갔다. 이제는 그의 집이었지만 과거에는 화가의 아틀리에로 연결되는 계단이었다.

샤워 물줄기 아래에 한참을 서 있다가 침대에 몸을 던진 마르탱은 이내 잠에 곯아떨어졌다. 꿈길이 어지러운 잠이었다.

7. 결투

나는 이제 사람을 바보로 만드는 것이 무엇인지 안다.
그것은 자기가 스스로에게 주는 유익한 조언마저도 따를 수 없는
사람의 무능함이다.
—윌리엄 포크너

"잘 지냈나? 미스터 배드 가이."

명상에 잠겨있던 아키볼드가 다리에 몸을 비벼대는 고양이의 머리를 쓰다듬었다. 녀석은 기분이 좋은 듯 가르랑거리는 소리를 내며 몸을 길게 늘였다. 검정에 다갈색이 섞인 고양이의 털이 햇빛을 받아 거북이 등처럼 반질거렸다.

아키볼드는 고양이를 안은 채 푹신한 소파에 몸을 묻었다. 시가 상자에서 가늘고 긴 코이바 시가를 한 대 꺼내 든 그는 마르탱 보몽에 관한 서류철을 집어 들었다.

사설탐정을 고용해 작성한 그 서류에는 사진, 미행보고서, 전화요금 고지서, 은행 잔고 증명서 등의 자료가 첨부되어 있었다. 파리 경시청의 직인이 찍힌 마르탱의 경력증명서가 눈에 띄었다. 그런 자료들을 빼내려면 불법적인 수단에 호소하는 길밖에 없었다. 경기가 바닥

을 치자 몇몇 부패경찰이 개인정보에 접근할 수 있는 권한을 이용해 이득을 챙기려 들었다.

누구에게나 제 몸값이 있는 법이지. 네 녀석의 몸값은 얼마쯤인지, 어디 한번 말해 봐라.

아키볼드는 그렇게 중얼거리며 날렵한 안경을 코에 걸쳤다.

마르탱 보몽, 1974년 6월 5일 프랑스 남부 앙티브 출생. 아버지에 대해서는 알려진 바 없고, 어머니 밀렌느는 청소업체 직원으로 몇 년 동안 시립도서관 청소부로 일했다. 마르탱은 어머니가 일하는 동안 도서관에서 숙제를 하며 시간을 보내다가 독서에 재미를 붙였다.

1988년 5월 어머니 밀렌느는 니스의 프롬나드 데 장글레 부근에서 교통사고로 사망했고, 열네 살의 마르탱 보몽 역시 중상을 입고 입원했다. 이틀 동안 코마상태에 빠졌던 마르탱은 석 달 후 흉부의 상처 몇 개 외에는 특별한 후유증 없이 퇴원했다.

마르탱 보몽은 대입수학능력시험을 치를 때까지 외조부모와 함께 에브리의 피라미드라는 서민 아파트에서 생활했다. 외조부모는 봉급이 많지 않은 소규모 회사 직원이었다. 보몽의 학교 생활기록부에는 진지하고 성실한 학생으로 문과계열 과목에 특히 뛰어났다는 기록이 남아있다.

1992년, 이과계열 수능시험에 응시해 역사 19점, 철학 17점, 국어 18점, 수학 7점, 물리 6점의 성적으로 합격하는 한편, 음악원 바이올린 콩쿠르에서도 준우승을 차지했다.

같은 해, 장학금을 확보한 마르탱 보몽은 대학기숙사 방을 얻어 조부모의 아파트를 나왔다.

1995년, 소르본대학에서 법학부를 졸업했고, 샌프란시스코에서 2개월간 어학연수를 했다. 미국에 있을 당시 버클리대 카페테리아에서 아르바이트를 했다.

1996년, 법학 석사와 예술사 석사 학위를 동시에 취득했다. 특히 예술사 석사과정은 영화감독 알프레드 히치콕과 그래픽 디자이너 솔 바스의 공동 작업에 관한 논문으로 최고 점수를 획득했다.

1997~1999년, 경찰관 선발시험에 응시해 단번에 합격했다. 칸-에클뤼즈 국립 고등경관학교에서 경찰교육과정을 이수했고, 동기들 중 3등으로 졸업했다.

2000년, 유년 시절에 가장 친했던 친구가 18세 생일을 앞두고 마약 과다복용으로 숨진 사건을 계기로 낭테르의 마약단속반을 자원했다. 곧 재능을 인정받아 파리 나이트클럽 기습작전에서 혁혁한 공을 세우며 부서의 중추인물로 부상했다. 학생 같은 외모 덕분에 대학 내 마약 밀매 소탕작전에서도 주역으로 활약했다. 당시 언론을 떠들썩하게 했던 이 사건으로 경찰은 수천 정의 엑스터시와 코카인 4백 그램 그리고 신종마약인 GBH(감마 하이드록시 부티레이드) 압류에 성공했다.

2002년, 상관을 따라 파리 마약단속반으로 전속한 후 보다 민감한 사건에 투입되었다. 당시는 페르벵 법무장관의 사법개혁이 있기 2년 전으로 무선 감청, 감시가 불법이었으나 마르탱 보몽은 10여 명의 선발된 동료들과 함께 마약 밀매단 내부에 침투하여 작전을 펼쳤다.

법망을 피해 철저한 계급위주의 원칙에 따라 운영되는 폐쇄된 세계에 위장잠입한 감시단은 '좀비'라는 별칭으로 활약하며 마약중독자들의 신임을 얻고자 무기 공급, 가짜 신분증 발행, 마약 구입 및 밀반송뿐만 아니라 코카인 흡입, 헤로인 주사를 맞아가며 다양한 활동을 펼쳤다.

이 시기, 마르탱 보몽은 파트너였던 카린 아넬리와 연인 사이가 되었다. 카린 아넬리는 원거리에서 보몽을 지원하고, 보고서를 작성하는 임무를 맡고 있었다. 업무는 고됐으나 힘들이지 않고 뜻밖의 성과를 얻는 경우도 있었다. 바르셀로나에서 대마가 밀반입된다는 정보를 입수하고 남부 고속도로의 차량을 심문한 결과 대마 200그램과 코카인 4킬로그램, 크리스탈린 메스를 제조하는 불법 실험실을 여러 개 적발했다. 그 사건으로 마르탱 보몽은 초고속 승진기록을 세우며 경위 직함을 달았다.

2003년 말, 마르탱 보몽은 돌연 비밀수사관 역할을 더 이상 감당하기 힘들어했다. 특별히 힘들었던 사건 하나를 마무리하고 나서 휴직을 신청했으나 상부에서는 그의 요청을 들어주지 않는 대신 심리 상담을 받을 것을 명령했다.

마르탱 보몽을 상담한 심리분석가는 그의 상태로 보아 반사회성 성격장애 및 경계성 인격 장애가 의심되며 그의 돌출행동은 히스테리와 비슷한 이중인격 증세로 해석해볼 수 있다는 소견서를 제출했다.

2005년 1월, 일 년 이상 힘겹게 전출을 요구하며 버텨오던 마르탱 보몽은 마침내 OCBC에 전속되었다. 루아조 국장의 지휘 아래 마르탱은 다시 우수한 경찰로 거듭났다. 현재 그는 OCBC 소속 경찰관 중 최다실적을 올렸다.

같은 해, 마르탱 보몽은 프랑스 고등예술학사원에 등록, 우수한 성적으로 학업을 마쳤다. 그는 새로운 일에 열정적으로 임하지만 가끔 극단적인 행동을 보여 주위의 눈총을 사는 편이다.

마르탱 보몽은 동료들과 팀을 이루는 임무에 참여하는 걸 꺼려했고, 언제나 독단적으로 움직이는 걸 선호했으며 대부분의 동료들과 등을 돌렸다. 루아조는 마르탱 보몽의 실적을 존중해 별달리 간섭하지 않았다. 주위에서는 마르탱이 상관을 앞지르려 하지 않는데다 그가 세운 공을 루아조의 몫으로 돌려도 별반 탓하지 않고 눈감아 주었기 때문이라는 평이 지배적이다.

OCBC에서는 눈에 드러나는 성과가 필요했다. 언론의 관심이 집중되는 사건들에 대해서는 더욱 신속한 해결이 절실했다. 피카소의 손녀딸 위드마이어 피카소의 아파트에서 발생한 두 점의 도난 사건도 마르탱 보몽의 활약으로 정보를 입수하고 세 명의 용의자를 검거한 후 심문한 끝에 해결했다.

약 5천만 유로를 호가하는 〈인형을 든 마야〉와 〈재클린의 초상〉은 양호한 상태로 회수되었으며 루아조는 4시간 동안 연속 방영된 텔레비전 뉴스쇼에 출연하는 영광을 누렸다.

아키볼드는 점점 더 증폭되는 호기심을 느끼며 보고서의 페이지들을 넘겼다. 마지막 몇 페이지는 마르탱의 사생활에 관한 내용이 주로 다루어져 있었다.

마르탱 보몽은 범죄자 명단 파일에 두 번 이름을 올렸다. 성매매금지법을 위반했다는 사유였는데, 두 번 다 같은 여성을 상대로 성매매를 했다고 기록되어 있었다. 문제의 여성은 포르트 아스니에르 근방에서 매음행위를 하는 우크라이나 출신의 니코였다. 그러나 사진 속의 두 사람은 매춘부와 고객 관계로 보이지 않았다. 어딘가 모르게 로맨틱한 분위기를 풍겼다.

어느 일요일 오후 두 사람이 뤽상부르 공원을 거니는 모습, 샹드마르스에서 산책하는 모습, 어느 봄날 저녁 튀를리 정원의 대형 관람차에 올라탄 모습, 도핀 광장의 어느 레스토랑에서 다정하게 저녁식사를 하는 모습이 카메라에 잡혔다.

또 한 가지 베일에 싸인 부분이 있었다. 마르탱 보몽은 일주일에 한 번씩 정기적으로 14구에 위치한 청소년 전문병원 솔렌의 집을 방문했다. 마르탱을 미행한 사설탐정은 갖은 노력을 기울였지만 그가 문병하는 어린 환자의 신원을 알아내는 데 실패했다.

아키볼드는 깊은 생각에 잠겼다가 서류철을 닫았다. 마르탱에게 온통 마음을 빼앗겼던 탓에 시가에 불을 붙이는 걸 깜박 잊고 있었다.

어쨌거나 에피의 말은 옳았다. 마르탱은 다른 경찰들과는 뭔가 다른 점이 있었다.

*

마르탱은 얼굴을 간질이는 축축한 혀의 감촉을 느꼈다.

"만돌린! 나 좀 가만히 내버려두지 못하겠니?"

잉글리시 코커 스페니얼은 여러 차례의 경고에도 아랑곳하지 않고 막무가내로 달려들었다. 마르탱은 결국 녀석과 몇 분 동안 놀아주는 수고를 감당했다.

만돌린은 늘 마르탱에게서 떨어질 줄 몰랐다. 좀처럼 외로움을 견디지 못하는 녀석이었다. 잠시라도 혼자 내버려두면 무엇이든 닥치는 대로 물어뜯어야 직성이 풀렸다. 몽파르나스에 있던 어느 용의자의 은신처를 수색할 때였다. 용의자는 이미 며칠 전 자취를 감춰버린 뒤였고, 그가 기르던 개만 남아 문 앞을 지키며 죽어라 짖어댔다.

마르탱은 녀석을 싣고 오르제발에 있는 동물보호소로 차를 몰았다. 달리는 30분 동안 만돌린은 좌석 전체를 침으로 적시고, 사방팔방에 털을 날려댔다. 마침내 동물보호소 주차장에 도착했을 때 녀석은 마르탱을 쳐다보며 서글픈 울음소리를 냈다. 어찌나 불쌍해보이던지, 녀석을 거두어 키우기로 결심하게 된 순간이었다.

마르탱은 시계를 보았다. 정오가 막 지난 시각이었다. 침대에서 몸을 일으킨 그는 웃통을 벗어붙인 사각팬티 바람으로 간이 부엌 쪽으로 걸어갔다.

오래 전 아틀리에로 쓰였던 2층은 칸막이벽 하나 없이 전체가 하나로 트인 공간이었다. 그리 어수선해보이지는 않았지만 일정한 스타일 없이 잡다한 실내는 방주인의 성격을 고스란히 보여주고 있었다. 하얗게 탈색된 나무책장 위에는 만화책 한 질과 플레이아드 고전 전집이 나란히 놓여 있었다. 러시아 대문호들의 소설과 장 자크 상페의 책들도 뒤섞여있었다. 한쪽에서는 다스베이더 피규어가 중국 모자를 쓴 땡땡을 광선 검으로 위협하고 있었다.

방 한쪽 구석에 세워져 있는 헨리 허드슨의 마지막 조각 작품–대리석 덩어리에서 떠오르는 유령 같은 젊은 여자의 얼굴– 발치에는 게임팩더미에 파묻힌 플레이스테이션이 나뒹굴고 있었다. 벽에는 뤽상부르 박물관에서 열리는 모딜리아니 작품전, 보부르 퐁피두센터의 니콜라 드 스타엘 특별전, 그랑 팔레에서 열리는 피카소 작품전 등 각종 전시회 포스터들이 붙어있었고, 책꽂이 옆 철제 선반에는 수백 개의 DVD가 보관되어 있었다.

모두 히치콕, 트뤼포, 루비치, 큐브릭, 타란티노 감독의 작품들이었으며, 피어 투 피어(peer to peer) 프로그램으로 다운받은 미국 미니시리즈, 홍콩영화, 포르노 몇 편도 눈에 띄었다.

마르탱은 냉장고 문을 열고 코크 제로 캔 하나와 버터를 꺼냈다. 식빵을 찾아낸 그는 마르탱 표 특제 토스트를 준비하기로 했다. 반쪽에는 뉴뗄라 초코크림을 바르고, 나머지 반쪽에는 연유를 바른 토스트였다. 달디 단 토스트를 베어 먹는 중간에 그는 에펙소르와 베라트랑을 삼켰다.

악몽 같은 어린 시절의 기억과 살을 벨 것 같은 오한, 과거의 유령들과 미래에 대한 불안을 잠재우기 위한 항우울제와 진정제를 첨가한 가벼운 칵테일이었다. 건강을 위해서라면 운동화를 신고 나가 한 시간 동안 달리기를 하는 편이 낫겠지만 오늘의 이 증세는 그런 방법으로는 해결될 것 같지 않았다. 그는 한 입 가득 넣은 빵을 우물거리며 스피커를 연결시킨 아이팟을 켰다. 작은 화면에 뜬 재생 목록에는 잡다한 음악들이 뒤섞여있었다.

무척이나 날씨가 좋았다. 정원에 화사하게 퍼진 햇살을 보는 순간 갑자기 테라스에 나가 앉고 싶어졌다. 마르탱은 티셔츠를 입었다. 쇄골 아래에 새겨넣은 문신이 티셔츠에 의해 가려졌다. 모래 언덕 위에 별 하나가 떠 있다면 어린 왕자의 맨 마지막 페이지에 있는 그림이 분명했다. 어린 왕자가 나타났다 사라진 바로 그곳은 '이 세상에서 가장 아름답고 쓸쓸한 풍경'일 것이다.

마르탱은 조그만 철제 테이블 위에 랩톱 컴퓨터와 마시다 만 콜라 캔을 얹었다. 그는 생각에 잠긴 얼굴로 컴퓨터의 전원버튼을 누르고 나서 어젯밤에 벌어진 일생일대의 사건을 다시 한 번 떠올려보았다. 아무래도 컴퓨터를 대대적으로 정리해야 할 때가 된 듯했다. 초기화면은 온갖 문서와 다운받은 자료들로 넘쳐났다. 그러나 그렇게 복잡한 화면 한 구석에서 다른 아이콘보다 유난히 밝게 빛나는 아이콘 하나가 퍼뜩 눈에 띄었다. 남십자성 모양의 아이콘에는 간결한 제목이 붙어있었다.

아키볼드.

마르탱은 아이콘을 클릭해 아키볼드에 관한 정보 파일을 열었다. 언론기사 스캔자료, 인터폴에서 발송해준 공문, 프랑스 내에서 발생한 도난사건에 관한 보고서, 도난당한 작품에 대한 사진자료, 뉴스 동영상 등 수십 기가바이트에 달할 만큼 방대한 자료를 담은 파일이었다.

이 자료들 중 어딘가에 아키볼드의 치명적 비밀이 담겨있다고 봐야 했다. 마르탱은 모든 도난사건에는 반드시 감추어진 핵심이 있다고 믿었다. '도둑의 왕' 아키볼드의 약점은 기술적인 부분이 아니라 훔치는 이유에 있었다.

무엇이 아키볼드에게 명화절도를 포기할 수 없게 만드는 것일까?

이 질문에 대한 해답을 찾아내지 못한다면 아키볼드를 결코 잡을 수 없을 것이다. 너무나 막연한 해답이어서 단단히 맥이 빠진 마르탱은 잠시 쉬기 위해 침대로 갔다.

침대에 누운 마르탱은 담배 마는 종이 두 장을 꺼내 침을 발라 종이를 맞붙였다. 그 다음 던힐 담배 한 개비를 침을 발라 붙인 종이에 털어 넣었다. 그 다음에는 알루미늄 호일에 싸두었던 대마를 꺼내 라이터로 한쪽 끝에 불을 붙이고 손으로 비벼 담배 위에 흩뿌렸다. 그토록 어렵사리 만든 대마에 막 불을 붙이려는 순간 그는 알 수 없는 힘에 이끌려 테라스로 나가 컴퓨터 앞에 앉았다. 대마의 유혹보다 아키볼드에 대한 집착이 더 강했던 것이다.

커피를 한 잔 내려 마신 마르탱은 이미 열 번도 더 읽은 서류들을 다시 한 번 차근차근 훑어보기 시작했다. 아키볼드와 직접 대면한 경험이 이전까지 무심코 지나쳤던 어떤 실마리를 찾아내는 데 결정적인 도움이 될 수 있기를 기대했다. 그는 제발 부스러기 같은 흔적이라도 찾아낼 수 있기를 간절히 바라며 자료를 훑어나갔다.

아키볼드의 도난 경력은 28년째로 접어들고 있었다. 매번 과감하고 독창적이며 용의주도한 수법으로 강한 인상을 남기는 게 특징이었다.

1982년, 아키볼드가 시도한 첫 번째 도난 사건이 발생했다. 런던 한복판에 위치한 로이드 은행의 금고를 턴 이 사건은 영국 역사상 가장 큰 피해액수를 기록했다. 남십자성으로 유명한 아키볼드의 명함을 남긴 첫 번째 사건이었다.

1983년, 파리 방돔 광장의 카르티에, 반클리프, 부슈롱 보석상에서 연쇄도난사건이 발생했다. 아키볼드는 변신의 귀재 프레골리에 필적할 만큼 뛰어난 변장술을 발휘하며 세계에서 가장 유명한 보석상에 침입했다. 그 결과 수억 달러의 가치가 있는 보석을 훔쳤다.

1986년, 스웨덴 국립 미술관에서 단 5분 만에 르누아르 작품 두 점과 와토 작품 두 점을 훔쳤다.

1987년, 뉴욕 구겐하임 미술관에서 칸딘스키의 작품 한 점과 몬드리안의 작품 한 점을 훔치는 데 성공했다.

1990년, 앙베르에서 가짜 여권으로 은행여직원을 속여 다이아몬드 상인의 대여금고를 털었다. 은행여직원의 안내로 VIP 금고에 들어간 아키볼드는 2천만 달러 상당의 다이아몬드 서른 개를 훔쳐내 유유히 자취를 감추었다.

1993년, 파리의 전 세계적으로 명성이 높은 고서적상 피에르 베레스의 아파트에 숨어들어가 희귀본을 훔쳐냈다. 도난품은 아르튀르 랭보가 폴 발레리에게 헌정한 《지옥에서의 한 철》 원본이었다.

1998년, 보스턴에서 미국 역사상 가장 대규모로 기록된 예술작품 도난사건이 발생했다. 아키볼드는 레베카 스튜어드 재단에 침입해 렘브란트 작품 두 점, 벨라스케스 작품 한 점, 중국 명나라시대의 도자기 한 점, 로댕의 청동 조각 한 점을 훔쳤다. 피해액은 약 2억 달러에 달했다. FBI는 현재까지 수사를 종결하지 않았고, 보스턴 지방검사는 기자회견 때마다 아키볼드를 감옥에 집어넣기 전까지 일선에서 물러나지 않겠다고 공언했다.

2001년, 필라델피아 은행 금고에 보관되어 있던 영국 식민지 가이아나에서 1856년에 발행한 1페니 마젠타우표가 도난당했다. 고작 1제곱센티미터의 종잇조각에 불과한 그 우표는 세계에서 가장 고가의 우표로 손꼽히고 있으며 우표수집가들 사이에서는 성배와 동급으로 취급돼왔다.

2005년, 아키볼드는 영국에서도 대담한 절도행각을 벌였다. 여왕의 여름별장인 발모럴 성에 침입해 여왕이 아끼는 베르메르의 작품 한 점과 레오나르도 다 빈치의 스케치 열 점을 훔쳐 달아났다. 아키볼드는 런던 경시청 당사자들을 우롱하듯 여왕의 별장 벽면에 '셜록 홈스가 나서야 할 차례'라는 메시지를 남겼다.

2007년, 프랑스 백만장자들도 수난을 겪었다. 프랑소아 피노 소유의 베니스 그라시 궁에서 앤디 워홀 작품 한 점을 도난당했으며, 베르나르 아르노 소유의 바스키아 작품 한 점도 사라졌다.

마르탱은 읽기에 몰입하느라 문 두드리는 소리가 나고 한참 지나서야 누군가가 방문을 노크했다는 사실을 알아차렸다.
"들어오세요!"
그는 대마초를 주머니 안에 넣었다.

*

아키볼드는 그의 방으로 연결되는 유리엘리베이터에서 내려섰다. 주 선실은 상갑판 대부분을 차지했다. 아르데코 풍 가구로 꾸며진 실내는 벽난로가 비치돼 있어 아래층 객실보다 더 아늑했다. 자개와 흑단으로 상감된 기하학적 형태의 가구가 실내분위기를 살리는 데 단단히 한몫해주었다.

아키볼드는 책상 앞에 앉았다. 갑자기 깊은 나락으로 떨어지는 듯한 느낌이었다. 그는 이제 막 시작된 편두통을 쫓아버리기 위해 두 눈을 감고 관자놀이 부근을 지그시 눌렀다. 일을 끝내고 집으로 복귀할 때마다 무기력증이 밀려오곤 했다. 산후우울증과 비슷한 증세였다. 그러나 이번처럼 기진맥진한 적은 단 한 번도 없었다.

아키볼드는 감았던 눈을 떴다. 책상 위에는 그의 앞으로 발송된 크라프트지 봉투가 놓여 있었다. 그는 봉투 끝자락을 만지작거릴 뿐 뜯어볼 엄두를 내지 못했다. 무려 20년 동안이나 매주 받고 있는 봉투였다. 캘리포니아의 사설탐정은 단 한 번도 빼놓지 않고 서류를 보내왔다.

마침내 아키볼드는 봉투를 열고 내용물을 꺼냈다. 리처드슨 만에 인접한 소살리토와 샌프란시스코를 배경으로 한 여자와 그녀가 만나는 사람들을 찍은 사진이었다. 그녀의 하루 일과를 상세하게 정리해놓은 일정표도 있었다. 그밖에 전화통화 내용을 적은 보고서와 우편물 내용, 병원진단서, 약 처방전도 들어있었다.

서른 살 가량 되어 보이는 여자는 꾸밈없는 아름다움과 우수어린 분위기를 동시에 풍겼다. 그녀의 강해 보이면서도 겁에 질린 듯한 눈빛이 인상적이었다.

이제는 용기를 내 용서를 빌어야 하리라. 더 늦기 전에.

*

"이렇게 엉망으로 먹고 지내다가는 병이 나겠어."

마르탱의 소굴에 들이닥친 바이올렛이 단호한 태도로 테라스 테이블 위에 쟁반을 내려놓았다. 노부인이 정성껏 준비한 영국식 아침식사였다. 양파 마멀레이드를 바른 토스트, 수프, 콩팥파이, 석류술 색깔이 나는 말랑말랑한 젤리 따위…….

"으음, 냄새가 끝내주는데요."

마르탱이 인사치레를 했다.

노부인의 음식솜씨는 그리 좋은 편이 아니었지만 마음 씀씀이가 고마웠다. 그가 그녀를 어머니처럼 여기듯 그녀 또한 그를 끔찍이 챙기고 있었다.

"그동안 모아놓은 우편물하고 오늘 아침에 배달된 택배상자를 가져왔네. 곤히 잠든 것 같아 내가 배달 확인증에 대신 서명했지."

그의 앞으로 부쳐오는 우편물이라고 해봐야 전화요금 고지서와 두 달에 한 번씩 발행되는 조형미술전문지가 고작일 것이다.

마르탱은 우편물을 한 쪽으로 밀쳐두고, 택배상자를 집어 들었다.

박달나무로 쪽매붙임을 한 작은 상자였다. 상자를 열자 샴페인 한 병이 들어 있었다.

돔 페리뇽
로제 빈티지 1959

마르탱은 미간을 찌푸리며 혹시 보낸 사람의 명함이 들어있을지도 모른다고 생각하며 상자 안을 꼼꼼히 살폈다. 아무것도 나오지 않았다.
마르탱은 택배를 쌌던 포장지를 다시 한 번 살펴보았다. 택배는 어젯밤 자정 못미처 파리 6구에 있는 택배업체에서 발송한 것으로 돼 있었다. 보낸 사람이 누군지 알 수 없었지만 해코지를 하거나 우롱하려는 목적은 없는 듯했다. 돔 페리뇽은 최고급 샴페인 메이커였다. 게다가 이 정도 빈티지라면 어마어마한 거금을 들였을 것이다.
마르탱은 직관에 이끌려 컴퓨터를 켜고 트레이마(TREIMA)에 접속했다. OCBC에서 운영하는 프로그램으로 세계에서 유일한 전자사진 도서관이었다.
트레이마는 프랑스를 비롯해 세계 전역에서 도난당한 8천만여 점의 예술품과 문화재에 대해 상세한 정보를 제공해주고 있었다. 체계적으로 정리해놓은 도난품 목록 덕분에 수사를 통해 압류한 물품을 즉시 확인해 주인에게 돌려주는 게 가능했다.
마르탱은 현장에서도 수시로 이용할 수 있게 트레이마를 자신의 랩톱 컴퓨터에도 설치해놓았다. 샴페인에 관한 몇 가지 데이터를 입력하자 곧 상세한 답안이 나왔다. 1959년산 돔 페리뇽은 작년에 소더비

사의 경매 직후 도난당한 샴페인이었다.

마르탱은 하이퍼링크를 클릭해 경매 운영 회사가 발송한 공문서를 불러냈다.

돔 페리뇽의 역사적인 낙찰이 이루어진 경매!

지난 4월 25일 최고급 샴페인들이 소더비 경매에 등장했다. 그 중 돔 페리뇽 로제 빈티지 1959년 산 두 병이 84,700달러에 낙찰되었다. 돔 페리뇽의 보석이라 불리는 이 최고급 샴페인은 단 300병만이 제조되었으며, 현재까지 시장에서 상품화된 적은 없다. 300병 중 대부분은 1971년 페르시아제국 건국 기념일에 열린 귀족들의 호화 파티 때 소비되었다.

그 후 자취를 감추었던 돔 페리뇽이 이번 역사적인 경매를 계기로 다시 한 번 세상에 선을 보이게 되었다.

마르탱은 깜짝 놀랐다. 지금 눈앞에 있는 샴페인 한 병의 가격이 무려 4만 달러를 호가한다는 의미였다. 그는 몸이 후끈 달아오르는 걸 느끼며 공문을 읽어내려 갔다.

샴페인 도난사건에 대한 기록도 나와 있었다. 샴페인을 낙찰 받은 새 주인이 샴페인을 인도받기 위해 소더비경매장에 들렀다. 샴페인이 감쪽같이 사라진 그 자리에 달랑 명함 한 장이 놓여 있었다.

마르탱은 이 뜻하지 않은 '선물'을 어떻게 처리할지 고심했다. 물론 주인에게 되돌려주어야 마땅한 도난품이었다. 그러나 샴페인을 보낸 사람이 아키볼드라는 걸 안 이상 한잔 마셔보는 것도 괜찮은 선택일 듯했다.

"바이올렛 부인, 샴페인 한 잔 하실까요?"

"그거, 좋지. 그간 셰리주만 마셔왔는데, 모처럼 좋은 술로 기분전환이나 해볼까?"

노부인은 그렇게 말하며 테라스에 놓인 의자에 앉았다.

마르탱은 눈 딱 감고 한 잔 하기로 작정하며 샴페인 병을 땄다. 50년이 지났는데도 샴페인의 기포가 그대로 살아 있는지 궁금했다.

바이올렛과 건배한 마르탱은 샴페인 잔에 입술을 가져다댔다. 역시 실망시키지 않는 맛이었다. 샴페인을 한 모금 마시는 순간 마르탱은 마치 금을 마시는 듯한, 아니 불로장생의 명약을 마시는 듯한 느낌이 들었다.

이제 막 다시 태어난 사람처럼 생기를 되찾은 마르탱은 하늘을 향해 샴페인 잔을 치켜들었다. 그런 다음 아주 담담한 표정으로 혼잣말을 했다.

"한 사람의 가치는 그의 적이 누구냐에 따라 결정되는 법이지."

한 번의 고배를 마셨지만 싸움은 이제 막 시작되었을 뿐이었다.

*

터틀넥 스웨터 차림의 아키볼드는 요트의 최상부에 만들어놓은 야외 헬스장을 찾았다. '플라이'라고 부르는 헬스장에서는 목에 수건을 두른 채 한 시간째 운동에 열중하고 있는 에피의 모습도 보였다. 역기, 파워플레이트, 샌드백, 러닝머신……. 아키볼드가 샴페인을 권하자 그녀가 미네랄워터 병을 흔들어 보이며 고개를 가로저었다.

에피는 산해진미, 최고급와인, 열정적인 섹스와는 등을 지고 사는 금욕주의자였다. 아키볼드는 바다를 마주하고 있는 안락의자에 등을 깊이 묻었다. 상쾌한 바람이 불어왔고, 구름과 한바탕 힘겨루기를 하듯 석양이 선홍빛으로 물들어 갔다.

얼음통에서 샴페인 병을 꺼내든 아키볼드가 라벨을 확인하며 미소 지었다.

돔 페리뇽
로제 빈티지 1959

아키볼드는 샴페인 잔을 다시 채운 다음 남동쪽으로 잔을 들어올렸다. 그가 프랑스 파리 쪽 그러니까 자신에게 칼을 겨누고 있는 애송이를 향해 건배를 제의했다.

8. 천국의 열쇠

사람의 인생은 저절로 써지는 한 권의 책이다.
우리는 작가가 원하는 바를 언제까지나
이해하지 못하는 소설 속의 등장인물들이다.
—줄리앙 그린

5개월 후

12월 21일 월요일 아침 7시

낭테르, OCBC본부

"국장님, 제 말을 들어보세요."

헝클어진 머리카락, 몇 주째나 깎지 않은 수염 그리고 창백한 안색의 마르탱이 루아조 국장에게 바짝 다가서며 으름장을 놓았다.

루아조는 부하의 협박에 굴복할 수 없다는 듯 사무실 문을 굳게 닫고 그 앞을 막아섰다.

"마르탱, 무슨 일로 날 찾아왔나? 자네는 나를 볼일이 없을 텐데?"

"국장님과 긴히 할 얘기가 있습니다."

"난 할 얘기가 없어. 자넨 2월까지 문화부 소속이란 걸 명심하게."

"그쪽 일은 이제 지긋지긋합니다. 오늘 저에게 뭘 시켰는지 아십니까? 젠장, 루앙 도기 박물관에서 직원교육을 시키랍니다."

"그 일이 어때서? 루앙 도기 박물관이면 아주 괜찮은 곳이지."

"그 정도면 엿은 실컷 먹었으니 이제 원대복귀를 시켜주세요. 제가 절실히 필요한 곳이 바로 OCBC 아닙니까?"

루아조 국장이 펄쩍 뛰며 반박했다.

"자네 스스로 판 무덤이야. 어쨌든 지금은 복귀시킬 수 없으니까 그리 알아. 그리고……."

루아조는 잠시 머뭇거리다가 다시 분통을 터뜨렸다.

"자네, 옷차림이 그게 뭔가? 자넨 고교생이 아니라 경찰이란 걸 명심하게."

마르탱은 한숨을 푹 내쉬었다. 사실 그다지 단정한 옷차림은 아니었다. 낡고 닳은 청바지에 수명이 다한 컨버스화 그리고 가죽점퍼는 무려 10년째 걸치고 다니는 중이었다. 고질적인 수면부족으로 생긴 눈 아래의 다크 서클도 보기 흉했다.

지난 몇 개월은 정말 견디기 힘든 나날들이었다. 수사에서 제외된 그는 요소요소에 심어둔 정보원들과 수시로 접촉하며 은밀하게 단독 수사를 벌여왔다. 마약단속반에 있을 때 했던 방식대로 제대로 된 조직과 끈이 닿는 정보가 입수될 때까지 보잘것없는 밀매상들이 맘껏 활개를 치게 내버려둘 생각이었다.

OCBC 데이터뱅크의 접속코드가 취소되었을 때 마르탱은 할 말을 잃었다. 아키볼드에 관한 수사를 당장 중단해야할 위기에 봉착한 것이다. 전문 해커는 아니었지만 패스워드를 찾아낸 그는 다시 데이터뱅크에 접속해 자료를 열람할 수 있게 되었다.

마르탱은 매일 밤 컴퓨터 앞에서 시간을 보내거나 책을 읽었다. 아키볼드에 관한 자료라면 이미 수없이 검토했다. 새롭게 입수되는 자료는 몇 번씩 반복해서 읽으며 머릿속에 집어넣었다. 그는 아키볼드 사건과 연관이 있는 증인들을 만나보기 위해 자비 출장도 마다하지 않았다. 틈나는 대로 심리학 관련 서적도 닥치는 대로 읽었고, 마약단 속반 시절 그를 이상한 사람 취급했던 정신과의사를 찾아가 상담도 받았다. 표면상 진료를 받고 싶다는 핑계를 댔지만 사실은 아키볼드의 심리 상태를 알아보기 위해서였다.

마르탱은 강박증이라 할 만큼 아키볼드에게 집착했다. 아키볼드처럼 생각했고, 그의 머릿속으로 들어갔고, 아예 아키볼드 맥린이 되었다.

5개월 전부터, 아키볼드는 두문불출해왔다. 더 이상 명화 절도를 하지 않았다. 마르탱은 왠지 불안해지기 시작했다. 무엇부터 시작해야 할지 갈피를 잡을 수 없었다.

마르탱은 아키볼드의 현재 입장을 이해할 수 있을 듯했다.

'모든 게 반 고흐 자화상 때문이야. 무엇을 훔쳐야 할지 아직 정하지 못한 것이지.'

아키볼드는 언제나 그 이전보다 더 강도 높은 절도로 주목받았다. 그가 노리는 작품이 이전 것보다 못한 경우는 단 한 번도 없었다. 이전보다 뛰어난 작품이라야 그의 흥미를 끌었다. 일 자체도 매번 더 고난도라야 아드레날린이 분비되고 보람을 느꼈다.

마냥 기다리는 수밖에 없었다. 다만 공백기가 너무 길었다. 그런데 어젯밤 늦은 시간에 크리스티 경매사에서 보내온 메일 한 통이 상황을 급작스럽게 바꿔놓았다. 크리스마스이브에 샌프란시스코에서 크리스티 경매사가 주최하는 아주 특별한 비밀경매가 열리게 된다는 것이었다.

천하의 아키볼드라면 그런 기회를 놓칠 리 없었다. 그러나 루아조 국장이 미국에 보내주지 않는다면 이제까지 공들인 일은 수포로 돌아가게 된다.

"마르탱 보몽! 넋 놓고 있다가 기차를 놓치겠어."

마르탱은 어깨를 으쓱해보였다. 국장이 자동판매기에 동전을 집어 넣고 멀건 커피가 담긴 종이컵을 뽑아 마르탱에게 건네주었다.

"국장님, 저를 복직시켜 주시면 아주 큰 건 한 가지를 해결하고 돌아오겠습니다. 물론 국장님의 경력에도 큰 도움이 될 겁니다."

루아조의 눈이 번득였다. 독불장군이라서 그렇지 마르탱은 OCBC에서 가장 유능한 형사이자 프랑스에서 가장 뛰어난 지문감식가 중 한 명이기도 했다. 젊고 매력적인 여성들을 골라 무자비하게 강간하고 살해했던 연쇄살인범 기 조르주를 검거할 때에도 마르탱은 뛰어난 지문감식으로 결정적인 수훈을 세웠다.

마르탱은 OCBC에 근무하는 동안 괄목할 만한 성과를 거두었지만 루아조와는 아직 공감대가 형성되지 않았다. 두 사람이 가까워질 수 없는 결정적 이유가 있었다. 루아조는 예술품에 대한 열정이 부족했다. 그는 야심가였고, 현재 직위는 단지 승진을 위한 발판일 뿐이었다.

"캘리포니아에서 무슨 건이 있는지 말해보게."

"아키볼드 체포 건입니다."

"자넨 아직도 그 생각에 빠져있군. 거의 편집증 수준 아닌가?"

"누구에게나 특별히 집착하는 일이 한 가지쯤 있지 않을까요?"

"아키볼드가 프랑스에 있을 때 자네는 혼자 공을 세우기 위해 나와 상의하지 않았어."

"이제 그때 얘긴 그만하세요. 국장님은 아키볼드를 잡고 싶지 않습니까?"

루아조 국장이 대답 대신 사무실 문을 열었다. 랩톱 컴퓨터를 옆구리에 낀 마르탱이 그를 뒤따라 들어갔다.

사무실은 분위기가 썰렁하고 개성이 없었다. 커다란 회의탁자가 덩그렇게 놓여있었고, 공간이 쓸데없이 넓었다. 한마디로 고위직 간부의 전형적인 사무실 분위기였다.

창문 너머 회색빛 하늘 아래로 낭테르의 전경이 한 눈에 들어왔다. 뿌연 안개 속에 잠긴 경찰청 건물을 보고 있자니 어디론가 멀리 사라져버리고 싶은 충동이 스멀스멀 피어올랐다.

마르탱은 벽에 설치된 대형 모니터에 노트북을 연결하고 준비해 온 슬라이드를 띄웠다.

첫 번째 슬라이드는 샌프란시스코 항공사진이었다.

루아조는 사무용 팔걸이의자에 자리 잡고 앉았다.

"아키볼드는 샌프란시스코에서 뭘 노리고 있나? 설마 금문교는 아니겠지?"

"금문교보다 값이 비싼 물건이 작업 대상입니다."

팔짱을 낀 국장이 미간을 찌푸렸다.

"그게 뭔데?"

"천국의 열쇠."

*

뉴욕

스테이튼 아일랜드 병원

16시

병원 2층에 위치한 카페테리아에서는 눈 덮인 작은 공원이 내려다보였다.

구석 쪽 테이블에 앉은 아키볼드는 앞에 놓인 커피 잔에는 손도 대지 않았다. 구부정한 자세로 앉아있는 그의 얼굴에서 피곤한 기색이 역력히 묻어났다.

아키볼드는 요즘 들어 부쩍 혼자라는 느낌에 사로잡혀 있었다. 버림받은 느낌, 파멸로 치닫는 듯한 느낌.

몇 주 전부터 묵지근한 통증이 등과 복부를 관통했다. 체중은 줄고 얼굴은 누렇게 떴으며 그 어떤 음식을 봐도 식욕이 당기지 않았다.

아키볼드는 어젯밤 차일피일 미루다가 결심을 굳히고 병원을 찾아 건강검진을 받았다. 혈액검사, 폐기능 검사, 복부 스캐닝, 위내시경으로 이어지는 검사였다. 병원에서는 오늘 중 검사 결과가 나올 것이고, 담당의사가 소견을 말해줄 거라 했다.

아키볼드는 에너지가 완전히 고갈된 느낌이었다. 두통이 계속 이어졌고, 현기증이 나며 속이 메슥거렸다.

늦은 오후의 카페테리아에는 빈자리가 많았다. 창밖에 매달린 고드름이 벽면에 내걸린 크리스마스 장식과 묘한 조화를 이루었다. 누군가가 카운터에 놓인 라디오의 볼륨을 높였다. 라디오에서 흘러나오는 레너드 코헨의 낮은 목소리에 흠칫 놀란 아키볼드는 식어버린 커피를 한 모금 마신 다음 눈을 감고 눈두덩을 문질렀다. 레너드 코헨의 노래는 그가 떠올리기 싫어하는 추억을 들추어냈다.

1970년대 초의 캘리포니아, 아련한 추억을 담은 태양빛 이미지들이 한꺼번에 떠올랐다. 모든 게 허용되었던 격정의 시대, 기성세대에 반대하는 평화주의자들의 에너지가 꿈틀거리던 시대였다. 모두들 마법에 걸렸던 시대였고, 아키볼드와 발랑틴의 얼굴에도 웃음이 끊이지 않던 시절이었다. 사랑 말고는 그 어떤 것에도 관심 없던 시절이었다. 핑크플로이드와 그레이트풀데드의 시대, 몽환적인 사이키델릭 조명으로 유명한 샌프란시스코 사운드의 시대이기도 했다.

발랑틴의 프랑스 식 억양은 얼마나 그의 가슴을 설레게 했던가. 침대에서의 아침식사, 함께 탔던 유람선, 뜨거운 몸, 터질 것 같던 두 사람의 심장 박동이 아직도 고스란히 느껴지는 듯했다.

발랑틴의 숨결과 체온, 감미로운 키스, 헝클어진 머리, 라벤더 향, 심장박동, 그녀의 피부를 장식했던 보물지도들이 방금 전 본 것처럼 차례로 뇌리를 스쳐 지나갔다.

함께 행복했던 시절, 서서히 색이 바래며 흐려져 가던 그 이미지들이 이제 완전히 사라지고 있었다. 그리고 행복을 잠식하는 독이 삽시간에 온몸으로 퍼져 나갔다.

아키볼드는 소스라치게 놀라며 눈을 떴다. 30년 동안 이어져온 악몽과의 싸움이었다. 단숨에 그를 삼켜버릴 듯한 위협이 지금 이 순간에도 그를 압박해왔다. 그가 도둑이 된 이유도 바로 그 때문이었다. 팽팽한 긴장을 유지할 때만이 끔찍한 악몽에서 벗어날 수 있었다. 그녀의 유령을 피할 수 있는 유일한 방법이었다.

묵지근한 통증이 등과 갈비뼈 아래를 강타하며 온몸으로 퍼져나갔다. 아키볼드는 고통을 완화시키기 위해 몸을 웅크렸다. 너무나 고통스러워 외마디 신음소리가 저절로 터져 나왔다.

아키볼드는 외투 안주머니를 더듬어 위스키 병을 꺼냈다. 마개를 따고 병을 입술로 가져가려는 그의 귀에 어떤 남자의 목소리가 들려왔다.

"내가 선생이라면 그런 짓은 하지 않을 겁니다."

아키볼드는 뭘 잘못하다가 들킨 사람처럼 고개를 들었다. 상대를 단숨에 압도할 만큼 키가 큰 남자가 서류봉투를 겨드랑이에 낀 채 테이블 앞에 서 있었다.

*

"천국의 열쇠라는 게 도대체 뭔가?"

루아조 국장이 물었다.

"온갖 수수께끼로 둘러싸인 전설의 다이아몬드죠."

OCBC 국장실은 이른 아침의 희뿌연 빛에 잠겨 있었다.

마르탱이 키보드를 누르자 오묘한 푸른색에 회색 점이 박힌 계란 모양의 다이아몬드 사진이 화면을 가득 채웠다.

"육십오 캐럿에 길이는 삼 센티인 다이아몬드입니다. 저 다이아몬드가 지난 삼백 년 동안 사람들의 마음을 사로잡을 수 있었던 건 저 오묘한 빛깔 때문이었습니다."

루아조는 호기심을 숨기지 않으며 화면을 뚫어져라 쳐다보았다.

"한데 저 다이아몬드를 소유했던 사람들은 하나같이 불행한 최후를 맞았습니다. 그런 까닭에 더욱 유명해진 보석이죠."

"다이아몬드의 출처는?"

마르탱은 슬라이드를 넘기며 설명을 계속해 나갔다.

"저 다이아몬드는 골콘다라는 인도의 전설적인 광산마을에서 채취했습니다. 장 밥티스트 샤르팡티에라는 밀수업자가 인도의 사원을 약탈할 당시 어떤 여신상에 박혀 있던 저 다이아몬드를 빼내었다고 합니다."

루아조 국장이 설명을 계속해보라는 뜻으로 고개를 끄덕였다.

"샤르팡티에는 다이아몬드를 유럽으로 가져와 앙리4세에게 팔았습니다. 얼마 못가 샤르팡티에는 광견병에 걸린 개에게 온몸을 갈가리 찢겨 죽음을 맞았지요. 앙리4세는 다이아몬드를 하트 모양으로 다듬어 그 당시 정부였던 가브리엘 데스테레, 즉 보포르 공작부인에게 선물했습니다."

허리가 잘록한 금발 미인의 초상화가 화면에 나타났다.

"임신 육 개월이었던 앙리4세의 정부는 갑작스레 호흡곤란증세를 보이다가 사망했습니다. 질투심에 사로잡힌 왕비가 공작부인의 살해를 교사했다는 설과 다이아몬드의 저주를 받아 죽었다는 설이 팽팽하게 맞서오고 있습니다."

"그럼 다이아몬드는 어떻게 되었는가?"

"죽은 공작부인을 매장할 때 같이 묻었다는데 신기하게도 훗날 마리 앙투아네트의 목에 걸려 있었다고 합니다. 왕비가 바렌느에서 체포당할 당시 목에 걸고 있었다는 설이 유력합니다."

"프랑스 대혁명 당시는 어떻게 되었나?"

"마리 앙투아네트의 다른 보석들처럼 성난 시위대에 약탈당했는데 1860년 런던의 어느 부유한 사업가 집에서 다이아몬드를 보유하고 있다는 사실이 알려졌습니다. 몇 년 후 그 가문도 참변을 면하지 못했습니다. 자식들은 방탕한 생활에 빠져들었고, 연이은 자살과 사업 파산으로 가문은 졸지에 몰락하고 말았지요."

모니터에 영국식 대저택, 구식 소총, 런던의 창녀촌, 셜록 홈스 시대에 있었음직한 주사기 사진들이 차례로 지나갔다.

루아조는 이야기에 흠뻑 빠져들었다. 흥미진진한 탐정소설을 읽을 때처럼 다이아몬드 이야기에 매료된 그는 마르탱에게 계속 하라는 신호를 보냈다.

"이십세기 초까지 주기적으로 다이아몬드 주인이 바뀌었습니다. 동유럽의 어느 왕자로부터 다이아몬드를 선물 받은 폴리베르제르 술집의 어느 무희는 권총자살로 생을 마감했고, 압둘하미드 술탄은 다이아몬드를 도난당한 지 몇 달 만에 폐위되어 오스만 튀르크 제국의 황제 자리를 포기했지요."

"자네가 지금 말한 게 모두 증명된 사실들인가?"

루아조가 미심쩍은 표정으로 그렇게 물었다.

"물론입니다. 1920년대에 피에르 카르티에라는 보석상이 다이아몬드를 현재 식으로 연마했죠. 그 후 어느 부유한 은행가가 다이아몬드를 구입해 이사도라 던컨에게 사랑의 증표로 선물했다고 합니다."

"유명한 무용수 이사도라 던컨 말인가?"

"네, 이사도라 던컨은 다이아몬드를 받고 나서 며칠 후 니스에서 시체로 발견되었습니다. 목에 둘렀던 스카프 자락이 오픈카 차바퀴에 끼면서 목을 조르게 되었던 것이지요. 다이아몬드를 선물한 은행가 역시 대공황 당시 전 재산을 잃고 자살로 생을 마감했습니다."

두 차례 세계대전 당시를 풍미했던 스타 무용수의 비극적인 죽음을 알리는 신문 1면의 기사 뒤로 1930년대 대공황 당시의 사진들도 보였다. 무료로 배식해주는 수프를 받기 위해 줄을 선 노숙자들, 파산한 지

몇 시간 만에 건물 꼭대기로 뛰어오른 사업가의 사진도 있었다.
"그 다음은?"
"문제의 다이아몬드를 손에 넣은 미국의 사업가 조 케네디는 그 보석을 태어날 때부터 미국 대통령으로 만들 작정으로 교육시킨 큰아들 조세프의 결혼선물로 주게 되었습니다."
"조세프 케네디라면 1944년 프랑스 노르망디에서 폭탄투하 작전을 수행하던 중 전사한 그 사람인가?"
"그렇습니다. 조세프가 요절한 뒤 동생 존 피츠제럴드 케네디가 형의 정치적인 입지를 물려받게 되었습니다. 예술 애호가였던 존 F. 케네디는 원래 몸도 약했고, 정치보다는 여자와 저널리즘에 관심이 많은 사람이었습니다."
"그럼 JFK도 저주받은 다이아몬드를 소유한 적이 있다는 건가?"
"그 부분에 대해 공식적으로 알려진 사실은 없습니다. 다만 마릴린 먼로의 시신이 발견되었던 밤 그녀의 목에 다이아몬드가 걸려있었다는 설과 JFK가 댈러스에서 암살당할 당시 주머니 안에 들어있었다는 설이 나돌았습니다. 1999년 JFK의 아들 존 케네디 2세가 몰던 경비행기가 대서양에 추락했을 당시 비행기에 동승했던 아내 캐롤린 베셋이 다이아몬드를 지니고 있었다는 설도 있지만 역시 확인된 바 없습니다."
"그럼 현재 다이아몬드의 소유주는 누구로 되어 있나?"
"스테픈 브라우닝이라고 하는 미국의 백만장자 소유로 되어 있습니다. 정확히 말하자면 그가 대주주로 있는 커틀라인 그룹의 소유라고 할 수 있지요. 커틀라인 그룹은 원래 막강한 자금력을 자랑하던 투자회사였는데……."

"……아마도 최근 들어 주가가 급락했지."

루아조가 앞질러 말했다.

마르탱은 대답 대신 커틀라인 그룹의 주가 폭락을 확인시켜주는 차트와 함께 천국의 열쇠의 경매를 알리는 이메일을 보여주었다. 커틀라인 그룹이 다이아몬드를 처분하기로 결정한 것이다.

"도무지 이해할 수 없는 일이야. 수많은 비극을 불러온 문제의 다이아몬드를 왜 모두들 탐내는 걸까?"

"천국의 열쇠는 순수를 상징합니다. 전설에 의하면 그 다이아몬드는 부정하고 탐욕스러운 사람의 수중에 들어갔을 때는 불행을 불러온다고 합니다. 그 반대의 경우 소유자의 장수를 보장하고, 부귀영화를 누리게 해 준답니다."

"그 다이아몬드가 아키볼드와 어떤 관계가 있다는 건가?"

"보석 전문가들은 천국의 열쇠가 세상에서 영원히 사라졌다고 여겼습니다. 아니, 어쨌든 시장에 나오는 일은 없을 거라는 게 업계의 정설이었죠. 그런데 다시 경매에 붙여지게 된 것입니다. 여러 상황을 종합해볼 때 그 다이아몬드의 가격은 천정부지로 치솟을 게 분명합니다. 제가 조사해본 결과 이미 다수의 수집가들이 다이아몬드를 손에 넣기 위해 천문학적인 금액을 준비했습니다. 러시아나 중국의 신흥부호들까지 잔뜩 눈독을 들이고 있습니다. 장담컨대 거래 가격이 최소한 오천만 달러를 호가하게 될 겁니다."

루아조가 여전히 미심쩍은 표정을 지으며 고개를 가로저었으나 마르탱은 반박할 틈을 주지 않았다.

"천국의 열쇠는 보통 다이아몬드와 다릅니다. 보석의 전설이라고 할 수 있지요. 현재 아키볼드의 관심을 끌 수 있는 유일한 물건이기도 합니다."

"그렇게 단정하는 근거는 뭔가?"

이렇게 된 이상 마르탱은 강하게 밀어붙이기로 결심했다.

"딱히 근거로 내세울 건 없습니다. 다만 저는 아키볼드를 누구보다 깊이 이해할뿐더러 잘 알고 있다고 자부합니다. 저는 절치부심하며 아키볼드와 똑같이 느끼고 생각하기 위해 애써왔습니다. 아키볼드는 다이아몬드를 훔치려 할 것이고, 어떤 방법을 동원할 것인지에 대해서도 알고 있습니다. 물론 어떻게 막을지에 대해서도 잘 알고 있습니다. 제가 FBI와 접촉할 수 있도록 허락해 주십시오. 미국에서 거리낌 없이 수사에 임할 수 있도록 조처를 취해 주십시오."

"분명한 근거도 없고, 수사 기획서도 제출하지 않은 채 움직이겠다는 말인가? 그건 말도 안 된다는 걸 자네도 잘 알고 있잖은가?"

"FBI의 예술품 범죄 담당 팀은 우리 실력을 잘 알고 있습니다. 작년에 호퍼 도난 사건 때 FBI요원을 우리 팀에 배속시켜 여러모로 도움을 베푼 사실은 기억하시죠? FBI도 우리를 신뢰할 겁니다."

루아조는 고개를 가로저었다.

"그때와는 상황이 달라졌어. 그땐 전화도청 내용, 미행, 사진 같은 근거들이 충분했었지. 이번에는 자네가 주장하는 그 알쏭달쏭한 전설 말고는 근거 자료가 없잖은가?"

둘 사이에 긴 침묵이 흘렀다. 아직 철부지 10대 소년 같은 얼굴의 마르탱은 유리로 된 상사의 책상에 걸터앉아 도전적인 태도로 담배를 붙여 물었다.

루아조 국장이 다 이해한다는 표정으로 마르탱을 쳐다보았다. 오늘 아침에는 부하의 태도가 조금도 거슬리지 않았다. 다만 마르탱에게서 분노와 슬픔이 느껴졌을 뿐이었다.

"젠장, 자네가 원하는 건 뭔가?"

루아조가 일부러 목소리를 높였다.

질문이 담배연기에 섞여 허공을 맴돌았다.

루아조가 다시 한 번 말했다.

"자네가 아키볼드를 잡는다고 해. 그 결과 뭐가 달라지지? 그것으로 자네 인생문제가 단 한 가지라도 해결될 수 있을까?"

마르탱이 반격을 가했다.

"그럼 국장님이 원하시는 건 뭡니까?"

"솔직히 말해줄까? 난 원하는 것도, 찾는 것도 없다네. 이미 난 충분히 찾았다고 생각하니까. 일정한 나이가 지나게 되면 삶이라는 게임의 목적은 쟁취에서 수호로 바뀌게 된다네. 나는 이제 내가 가진 걸 지키고 싶을 뿐이지."

"국장님은 뭘 쟁취하셨는데요?"

"내 잃어버린 반쪽, 모든 사람들이 찾고 싶어 하는 것이지."

마르탱은 더 이상 알고 싶지 않았다. 최근 루아조가 부인과 아이들을 버리고 경찰학교를 막 졸업한 젊은 여자 경관과 살기 시작했다는 소문은 익히 들어 알고 있었다.

사십대의 단순한 욕정일까? 눈이 먼 사랑의 열정일까? 아니면 진지한 사랑일까?

문득 카린이 생각났다. 그녀가 자동응답기에 남긴 메시지를 들었지만 답장해주지 못했다.

혹시 카린이 내가 잃어버린 반쪽은 아닐까?

단언하지만 그렇지는 않다. 뱀에게 물린 자국에서 독이 퍼져나가듯

잃어버린 반쪽이라는 표현이 마르탱의 머릿속을 잠식해왔다. 그의 혈관에 차디찬 독을 한 방울씩 주입하고, 심장을 보호하는 벽에 갈라진 틈새를 내면서……. 아주 잠깐 동안 현기증이 날 때처럼 눈앞이 아득해지더니 다리에 힘이 풀려나갔다.

마르탱은 눈을 감고 15년 전 비오는 날 아침 샌프란시스코 국제공항으로 거슬러 올라갔다. 한데 뒤섞였던 젖은 머리카락, 눈물과 빗물이 반반이던 얼굴에서 빛나던 초록색 두 눈 그리고 애원하던 그 목소리.

조금만 더 있어줘! 조금만 더 있어줘!

*

뉴욕
스테이튼 아일랜드 병원 카페테리아
가렛 굿리치 박사는 아키볼드가 받은 여러 가지 검사결과를 테이블 위에 펼쳐놓았다. 그가 여러 차례 경고했지만 아키볼드는 개의치 않고 위스키를 들이켰다. 일종의 반발심이기도 했다. 지금껏 그에게 명령을 내리는 사람은 아무도 없었다. 누군가 명령을 내린다고 해도 무조건 따르지는 않았을 것이다.

아키볼드는 위스키 병마개를 닫고 굿리치 박사의 눈을 똑바로 쳐다보았다. 두 남자 모두 강한 카리스마와 누구도 꺾을 수 없는 고집스런 면모가 엿보였다.

"내가 곧 죽게 되겠죠?"
늘 그랬듯 아키볼드는 솔직한 대화를 원했다.

굿리치 박사가 아키볼드의 눈을 빤히 들여다보았다. 그는 나이가 비슷한 이 남자에게서 묘한 동질감을 느꼈다.

내가 저 사람 입장이라면 뭘 기대할까? 에둘러 말해주기를 바랄까, 아니면 잔인한 진실을 원할까?

박사는 직설화법을 택했다.

"당신의 췌장에 악성 종양이 퍼졌습니다. 이미 림프절과 간에까지 전이되었죠."

놀랐지만, 아키볼드는 태연한 표정을 유지했다.

굿리치 박사가 말을 이어나갔다.

"이미 손을 쓸 수 없을 만큼 암세포가 퍼졌습니다. 상태가 대단히 좋지 않다는 뜻입니다. 초음파내시경수술이나 화학치료로 복부통증을 완화시키는 방법도 있지만 만약 저라면 진통제 처방을 택하겠습니다. 앞으로 삼 개월을 넘길 수 있는 확률은 제로에 가깝습니다."

아키볼드는 심장이 터질 듯 빠르게 뛰는 걸 느꼈다. 모든 게 명확했다. 이제 막다른 골목에 몰려 있고, 빠져나갈 출구를 알고 있는 마지막 싸움을 시작할 차례였다.

두 사람은 한참 동안 말없이 앉아 있었다. 굿리치 박사가 자리에서 일어나더니 카운터에서 술잔을 들고 돌아왔다. 위스키를 한 잔 가득 따라 마신 그가 아키볼드에게도 잔을 건넸다.

아키볼드는 살날이 얼마 남지 않았다는 말을 듣는 순간 오히려 두려움에서 벗어났다. 최악일지도 모른다는 두려움이 최악이라는 사실을 확인하는 것보다 훨씬 더 무서운 법이니까.

최대의 적, 그것은 두려움이다.

언제나.

9. 마드모아젤 오

그는 유리눈물을 흘렸어요.
눈물방울은 땅에 닿아
음악이 되었죠.
천사 같고 유령 같은 음악이.
—미셸 폴나레프
(유리눈물을 흘리는 사나이 중에서)

생라자르 역

20시 10분

　루앙 역을 출발한 기차는 삼십 분이나 늦게 파리에 도착했다. 파업 때문이었는지, 기술적인 결함이었는지, 철로에 사고가 발생했는지는 알 수 없었다.

　마르탱은 굳이 기차가 연착한 이유를 알고 싶지 않았다. 그는 맨 먼저 플랫폼에 내려섰다. 파카 주머니에 양 손을 찔러 넣고, 머리에 후드를 뒤집어 쓴 마르탱은 아이팟의 볼륨을 최대한 높인 다음 인파를 헤치며 앞으로 나아갔다. 도심의 번잡함과 뼛속까지 스며드는 추위로부터 한시바삐 벗어나고 싶은 마음뿐이었다.

　에스컬레이터를 타고 내려오는데 누군가가 거의 몸이 닿을 정도로 바짝 따라붙는 듯한 느낌이 들었다. 고개를 돌려보니 씨름선수라고 해도 좋을 만큼 몸집이 어마어마하게 큰 동양인이 버티고 서 있었다. 이태리제 명품 양복으로 몸을 감싼 데다 검은 안경을 쓴 그는 오우삼 감독의 영화에서 방금 전 튀어나온 인물 같았다.

거구의 동양인 사내를 동행인 듯한 날렵한 몸매의 여자가 뒤따랐다. 허리를 잘록하게 묶은 트렌치코트 차림의 젊은 여자가 여왕 같은 자태로 계단을 내려와 마르탱과 같은 칸에 섰다. 귀를 울리는 음악소리 때문에 그는 여자의 입술 움직임을 보고서야 말을 알아들을 수 있었다.

"굿 이브닝, 미스터 보몽."

마르탱은 이어폰을 빼고 눈을 가늘게 떴다. 누군지 생각날 듯 말듯 한 여자였다.

"오문진이에요. 저 몰라요?"

여자가 악수를 청하며 자신을 소개했다.

그 이름만으로는 아무것도 기억해낼 수 없지만 순간적으로 뇌리를 스치는 생각이 있었다.

마드모아젤 오! 서울의 표범!

"우리는 아직 할 얘기가 남아 있지 않던가요? 우선, 마르탱이라고 불러도 되겠죠?"

할 얘기?

그 순간 마르탱은 잔뜩 미간을 찌푸렸다. 아름다운 한국 여성이 내민 손을 한참동안 쳐다보고 있던 그는 결심한 듯 가볍게 악수를 나누었다.

"갑자기 벙어리가 된 건 아니죠?"

오문진이 마르탱의 곁으로 더 가까이 다가서며 물었다.

그녀가 대단히 위험한 여자라는 걸 잘 알았기에 마르탱은 말을 아꼈다. 겉으로 드러나보이는 그녀의 매력과 상냥한 태도 뒤에는 그 무엇으로도 채울 수 없는 야망과 그 누구보다도 냉혹한 독기가 숨겨져 있었다.

마드모아젤 오는 서울지검 검사로 활동하던 당시 50여 명의 형사를 지휘하여 서울을 근거지로 활동하던 범죄조직들을 상당수 와해시켰다. 그녀는 성매매와 폭력 행위를 근절시키기 위해 '깨끗한 손' 작전을 진두지휘했다. 그 결과 '삼인방'이라 불리던 거물급 보스 세 명과 다수의 조직원들을 철창에 집어넣었다.

오문진은 하루아침에 여걸이라는 명성을 얻게 되었지만 매일이다시피 조폭들의 협박에 시달려야만 했다. 언제 어디서든 보디가드를 대동해야 할 입장이 된 것이다.

결국 검사 옷을 벗은 오문진은 잠깐 동안 변호사로 일하다가 세계에서 가장 규모가 큰 보험회사인 로이즈 브라더스 미국 지사에 입사했다.

마르탱도 얼마 전에 그 소식을 들은 적이 있었다.

"저와 저녁식사를 같이 할 시간은 있겠죠? 당신을 설득해야 할 일이 있어서요."

"뭘 설득한다는 겁니까?"

"당신은 예나 지금이나 목소리가 좋군요."

"제가 묻는 말에 대답부터 하시죠."

마르탱의 목소리에 짜증이 묻어났다.

"나와 함께 일하지 않을래요? 그 문제를 설득할 생각인데."

"당신과 함께 할 일은 없을 텐데?"

마르탱이 고개를 가로저으며 말했다.

"당신은 지금 당신의 가치를 몰라주는 사람들을 위해 일하고 있어요."

마르탱은 그녀를 향해 돌아섰다. 수많은 사람들로 붐볐지만 당당한 풍채의 보디가드가 그들을 보호해주고 있었다.

"우리가 힘을 합치면 어쩌면 기회가……"

"무슨 기회요?"

"아키볼드 맥린을 잡을 수 있는 기회."

*

차창을 짙게 선팅한 벤틀리가 생라자르 가와 오스만 대로를 가로질러 콩코르드광장을 향해 달리고 있었다. 자동차 안에서는 방금 막 세차한 듯 청결한 냄새가 났다. 바흐의 장중한 미사곡이 흐르는 가운데 거구의 사내는 험악한 인상과 달리 부드럽게 차를 몰았다.

마르탱은 샹젤리제 거리의 가로수를 밝히는 수천 개의 푸른 색 전구를 바라보았다. 나무들이 마치 푸른색 폭포의 물길 아래 서 있는 듯했다.

오문진은 옆에 앉은 마르탱을 바라보았다. 긴 머리, 면도한 지 사흘은 족히 지났을 듯한 수염, 가장자리에 털이 달린 카키색 파카후드, 브이넥 스웨터, 입술 부근에 붙인 반창고가 눈에 들어왔다. 로맨틱하면서도 하드코어적인 매력이 묻어나는 인상이었다.

센 강을 건넌 차는 우회전을 해 오르세 강변로를 지나 쉬프렌 가로 접어들었다. 오문진은 문득 한기를 느꼈다. 냉혹하기 짝이 없는 살인범들 앞에서도 눈 하나 깜박하지 않았고, 폭력조직 두목에게 가차 없이 사형을 구형했던 그녀였다. 몇 년 전부터 폭력조직의 교사를 받은 살인청부업자들이 시시때때로 공격해왔지만 그때마다 교묘한 방법으로 위험에서 벗어나며 건재를 과시해왔다.

한데 이 프랑스 남자와 나란히 앉는 순간 문득 두려움이 느껴졌다. 그녀는 예기치 않게 찾아온 감정의 동요가 부담스러웠다. 그녀는 사람들의 빈틈을 찾아내고 숨겨진 상처를 집어내 자기 사람을 만드는 탁월한 능력을 인정받아 엄청난 보수를 받고 로이드 브라더스 사에 스카우트되었다. 그녀는 마르탱에 대해 많은 걸 알고 있다고 자신했다. 로이드 브라더스 사가 몇 달 전부터 마르탱에게 사설탐정을 붙여놓았기 때문이다.

오문진은 마르탱을 뒷조사한 서류를 모두 읽었고, 그가 주고받은 이메일 내용을 점검했고, 그의 컴퓨터 하드디스크를 열어 보았고, 모든 유무선 통화를 도청했다. 그녀는 이미 다 알고 시작하는 전장에 뛰어들었다고 믿었다. 그러나 이 남자가 이토록 매력적이라는 사실은 미처 깨닫지 못했다.

오문진은 몇 초 동안 눈을 감고 마음을 차분히 가라앉혔다. 사람의 감정이 총탄보다도, 날선 단도보다도 더 위험하다는 사실을 잘 알고 있기 때문이었다.

벤틀리가 샹드마르스 근처에서 멈춰 섰다. 거구의 사내가 차 문을 열어주었다. 수은주는 0도를 가리키고 있었고, 진눈깨비 섞인 바람이 몰아쳐 체감온도는 그 이상으로 쌀쌀했다.

"혹시 고소공포증 같은 건 없겠죠?"

오문진이 푸른 조명을 받고 선 에펠탑을 가리키며 물었다.

마르탱은 던힐 한 개비에 불을 붙여 한 모금 빨아들인 다음 진주빛 깔 소용돌이 모양의 연기를 내뿜었다.
"그럴 리가요? 내 취미가 번지점프라는 걸 모르셨군요."
마르탱이 대답했다.

*

마르탱은 오문진의 뒤에서 에펠탑 앞 광장을 가로질러 쥘 베른 레스토랑 전용입구로 들어섰다. 두 사람은 지배인이 안내하는 대로 몰트 십자가 모양의 홀을 가로질러 걸어갔다.
코코아 색 카펫, 은은하게 퍼져나가는 피아노 선율, 이탈리아 풍 디자인의 의자, 숨 막히게 아름다운 전망은 한 마디로 환상적이었다. 안내받은 테이블에서는 트로카데로 광장과 파리 시내를 밝힌 조명등이 한눈에 내려다보였다.
주문을 끝낸 마르탱은 오문진이 가방 안에서 꺼내 건네준 베이지색 봉투를 열었다.
봉투 안에는 로이드 브라더스 보험그룹이 마르탱 보몽 앞으로 발행한 수표가 들어있었다. 수표에 적힌 금액은 무려 25만 유로였다. 경찰관 월급을 10년 동안 고스란히 모아야 손에 쥘 수 있는 거금이었다.

마르탱 : (수표를 오문진의 앞으로 밀어놓으며) 원하는 게 뭡니까?
오문진 : 수고비를 선불로 받는다고 생각하세요. 환영의 의미로 주는 보너스라고 생각해도 좋아요. 그 정도 액수면 경찰직을 미련 없이 그만둘 수 있지 않을까요?

마르탱은 대답하지 않았다.

오문진이 철판에 구운 생자크 조갯살 맛을 음미하는 동안 마르탱은 올리브기름에 절여 '보드카로 맛을 내고 레몬과 캐비아를 곁들인' 연어 살을 물끄러미 쳐다보고 있을 뿐이었다.

잠시 후.

마르탱 : 내게 바라는 게 뭔지 말해 봐요.

오문진 : 이미 말씀드렸는데요. 아키볼드를 잡을 수 있게 협조해주세요.

마르탱 : 왜 하필 나를 선택했죠?

오문진 : 당신이 아키볼드의 얼굴을 본 유일한 경찰관이니까. 아니, 그에게 유일하게 총을 겨눈 사람이기도 하죠. 그의 머릿속에 들어가기 위해 밤새 고민하고, 그와 당신의 인생이 운명적으로 얽혀있다고 확신하는 사람이니까.

마르탱 : 그런 얘기를 대체 누구한테 들은 겁니까?

오문진 : (핑크빛 샴페인을 입술로 가져가며) 마르탱, 확실하게 해두죠. 난 당신에 대해 모든 걸 알고 있어요. 당신 할머니의 브래지어 사이즈, 초등학교 때 담임선생님 이름, 직장에서 벌어지는 사소한 갈등, 애인 없는 삭막한 생활, 담배종이에 대마를 말아 피우며 자주 접속하는 포르노 사이트까지 줄줄이 꿰고 있죠.

마르탱은 놀라지 않을 수 없었다. 몇 주 전부터 누군가에게 미행당하는 느낌이었고, 컴퓨터가 해킹당하고 있다는 의구심이 들었다. 누군가 뒤를 캐고 있다는 생각에 마르탱은 니코, 카미유 그리고 아키볼드에 관한 비밀 서류들을 보호하기 위한 조처를 취해두었다.

오문진은 모든 걸 알고 있다고 생각할지 모르지만, 사실 그녀는 마르탱의 인생에서 가장 중요한 핵심을 놓치고 있었다.

오문진은 살짝 웃음을 흘리는 마르탱의 표정을 보고 뭔가 잘못된 길로 들어섰다는 걸 직감했다. 그가 협박만으로는 협조를 얻어낼 수 없는 부류라는 걸 그제야 알아차린 것이다.

이제 마지막 카드를 꺼내들 차례였다.

오문진: 당신은 아키볼드에 관해 모든 걸 알고 있다고 믿겠지만 사실은 그렇지 않아요.

마르탱 (완강한 태도로) 어디 그렇지 않은 이유를 들어볼까요?

오문진: 당신은 아키볼드가 천재적인 도둑이라 생각하죠? 하지만 우리가 아는 한 그는 납치범에 불과해요.

마르탱이 눈살을 찌푸렸다.

오문진: 공식적으로 예술작품 절도는 존재하지 않죠. 그걸 인정하게 되면 연관된 사람들이 크게 다치기 때문에 아무도 그 사실을 입에 올리지 못해요. 그 어떤 보험회사도, 그 어떤 미술관도 한 작품을 되찾기 위해 어마어마한 대가를 지불한다는 사실을 발설하지 않죠.

마르탱: (어깨를 으쓱하며) 현실에서는 전혀 다른 이야기라고 알고 있습니다만.

오문진: 아키볼드 맥린은 그 분야의 대가라고 할 수 있어요. 특별한 애착을 가진 몇 작품은 예외이지만 아키볼드는 천정부지로 치솟은 작품의 대가를 보험사와 흥정하죠. 놀라운 건 그가 그렇게 번 돈을 어디에다 쓰는가 하는 것인데……

오문진은 의도적으로 잠시 시간을 끌었다. 마르탱은 웨이터가 방금 테이블 위에 올려놓고 간 송로버섯을 곁들인 새우구이 요리를 맛보는 척하며 동요하는 모습을 보이지 않으려 애썼다.

새우 살을 씹으며 마르탱은 마치 미술관에 전시된 예술작품을 감상하듯 오문진을 자세히 살폈다. 그녀의 피부는 놀라울 만큼 맑았고, 핑크빛이 감돌았다. 밑단에 프릴장식을 단 검정 스커트와 흰 블라우스를 입었기 때문인지 모델처럼 큰 키에 날씬한 몸매를 한 그녀는 같은 동양계인 궁리보다 오드리 헵번을 더 닮아보였다.

오문진 : 아키볼드는 사회시스템을 필터삼아 돈세탁을 했죠. 몇몇 자선단체의 회계장부에서 그의 자금이 흘러들어간 흔적을 발견했어요. 당신도 국세청 자료를 검색해보면 금방 알 수 있을 겁니다.

오문진이 블랙베리 폰을 마르탱에게 건넸다. 화면에 비정부단체의 목록이 나열된 미 국세청 자료가 띄워져 있었다. 마르탱은 몇 개 단체의 이름을 알아보았다. 국경 없는 비행협회, 의사비행협회, 플라잉 닥터스, 희망의 날개…….

소용돌이처럼 날리던 눈송이들이 두 사람이 앉은 테이블 바로 옆 유리벽에 부딪히며 사그라졌다. 오문진이 이야기를 계속했지만 마르탱은 더 이상 듣지 않았다.

그러니까 아키볼드는 예술에 대한 열정을 박애라는 목적에 이용하는 현대판 로빈 후드였다. 이미 그의 머릿속에는 수 천 가지 가설이 세워졌다. 그 모든 가설은 하나의 질문으로 연결돼 있었다.

그는 대체 무슨 잘못을 저질렀기에 그런 식으로 용서를 구하는 것일까?

오문진 : 로이드 브라더스 사에 대해 아시죠?

마르탱이 고개를 끄덕였다. 로이드 브라더스는 예술계에서는 필적할 상대가 없는 거대 보험회사였다. 몇 년 간 주요 경쟁사들을 흡수해 종합보험사로 거듭난 이후 시장의 대형 계약을 싹쓸이하며 독점적인 위치를 확보해가고 있었다.

오문진 : 5년 전부터 로이드 브라더스는 아키볼드가 훔쳐간 명화의 보험료로 어마어마한 액수를 부담해왔어요.

마르탱 : (어깨를 으쓱하며) 그거야 로이드 브라더스 문제지, 내 문제가…….

오문진 : 특히 올해에는 도난횟수가 늘어 로이드 브라더스는 재정적인 어려움을 겪었죠. 갑자기 수 천만 유로를 만들어 내야 했으니 그럴 만도 하죠.

마르탱 : (빈정거리는 투로) 세계적으로 경제도 어려우니까.

오문진 : (화를 억누르려 애쓰며) 아키볼드는 더 이상 용납할 수 없는 수준에 도달했어요. FBI도 마찬가지로 생각하죠. 그 동안 우리는 연방정부와 공동 작업을 벌여 왔어요. 조만간 아키볼드 건을 완전히 해결할 계획이 세워졌어요.

마르탱 : 글쎄요, 어떻게 해결하겠다는 건지 몹시 궁금하군요.

오문진 : 로이드 브라더스는 경매에 붙일 저 유명한 다이아몬드에 대한 보험 가입을 받아들였어요. 당신과 마찬가지로 나 또한 아키볼드가 다이아몬드를 훔치러 올 거라 확신해요. 물론 아무리 아키볼드라고 해도 이번만큼은 쉽게 성공하지 못하겠죠. 마르탱 보몽, 바로 당신이 그를 막을 수 있을 테니까.

오문진은 마르탱에게 질문할 틈을 주지 않고 테이블 위에 비행기 표를 올려놓았다.

오문진 : FBI와 협조해가며 일한다면 당신에게도 큰 도움이 될 거예요. 저 또한 FBI와 일하고 있죠. 당신이 제 파트너가 돼주길 바라요. 십오 분 내에 할지 말지를 결정해줘요. 십오 분 동안 결정내리지 못하

면 없던 일로 하겠어요.

마르탱은 비행기 표를 들여다보았다. 모레 날짜로 된 샌프란시스코행 편도 티켓이었다. 오문진의 방식대로 압박을 가해오고 있었다. 여태껏 이런 식의 일처리로 재미를 톡톡히 본 게 틀림없었다. 하지만 마르탱에게는 히든카드가 있었다.

마르탱 : 미국 영토 내에서 무기소지를 허용하는 FBI의 허가서를 얻어준다면 고려해볼 수도 있죠. 필요한 경우, 제가 아키볼드에게 무력을 행사할 수 있다는 예외조항이 반드시 명기되어 있어야만 합니다.

오문진 : 그건 불가능해요.

마르탱 : 미국은 뭐든 협상 가능한 나라가 아닌가요? 그게 바로 미국의 장점이자 약점이지 않습니까?

오문진 : 하지만 그 제안을 곧이곧대로 받아들이는 건 불가능해요.

마르탱 : FBI, 미 국세청, 미군을 총동원한다고 해도 당신들은 아키볼드를 잡을 수 없습니다. 당신들이 아키볼드의 범행 동기나 수법에 대해 아는 게 뭐가 있죠? 그가 어떤 인생을 살아왔는지 알아요? 그것 봐요. 아무것도 모르잖아요.

마르탱은 주머니에서 투명한 비닐봉투를 꺼냈다. 그 안에는 샴페인 라벨이 들어있었다.

마르탱 : 당신들은 절대로 구할 수 없는 자료입니다. 바로 아키볼드의 지문이 저 라벨에 묻어 있죠.

오문진은 믿지 못하겠다는 듯 몹시 놀란 눈으로 마르탱을 쳐다보았다.

마르탱 : 육 개월 전 아키볼드가 내게 샴페인을 보내왔습니다. 일종의 게임으로 받아들였는데 아키볼드가 그만 어이없는 실수를 저질렀

더군요. 샴페인 라벨에 지문을 남겨놓은 겁니다. 이미 전자 지문조회 프로그램으로 조회를 끝냈습니다. 이제 유로닥(Eurodac)을 조회해 볼 생각입니다. FBI의 종합자동지문신원확인시스템(IAFIS)을 조회하는 게 보다 확실할 겁니다.

오문진은 마르탱이 비닐봉투를 넘겨주기를 바라며 손을 뻗었다.

몇 초 동안 두 사람은 서로를 노려보았다.

결국 마르탱이 마지막 타협조건을 내놓았다.

마르탱 : 미국에서 내 손으로 아키볼드를 잡아도 좋다는 미 연방정부의 허가서를 얻어준다면 아키볼드의 지문을 넘겨주겠습니다.

마르탱이 디저트로 나온 초콜릿 수플레에는 손도 대지 않은 채 자리에서 일어서며 경고했다.

내가 줄 수 있는 시간은 오 분입니다. 오 분 동안 생각해보고 답변해주세요.

10. 인생의 소용돌이

이제 두 사람이 다시 떠났네.
인생의 소용돌이 속에서
얼싸 안은 두 사람
얼싸 안은 두 사람은
돌고 또 돌고……
—조르주 들르뤼 작곡
—시뤼스 바시악(세르주 레즈바니) 작사

에펠탑

쥘 베른 레스토랑

22시 3분

지배인의 안내를 받으며 레스토랑 출구를 향해 걸어가던 마르탱은 주방으로 통하는 커다란 유리문 앞에 멈춰 섰다.

모든 게 호화스러울 뿐인 고급 레스토랑에서 어디로 튈지 모르는 자유전자 같은 괴짜를 다루어 본 적은 없으리라.

규칙을 무시하고 금지구역에 들어간 마르탱은 냉장고 문을 열어 코카 캔을 하나 꺼내들고는 유유히 홀을 빠져나왔다. 엘리베이터로 일 층까지 내려온 마르탱은 파카의 지퍼를 끝까지 올린 다음 귀에 이어폰을 꽂았다. 언제나 똑같은 랩, 고교시절과 대학시절 들었던 강렬하고도 공격적인 1990년대 음악들이었다. 세월과 함께 신앙처럼 되어

버린 노래들 〈나는 방아쇠를 당긴다〉, 〈폭탄 아래의 파리〉, 〈네 총을 내려놔〉…….

그 음악들은 온전히 그의 것이었다. 빈민 아파트 단지에 사는 한 아이를 위로해준 음악, 때로는 폭발하고 때로는 사그라들던 분노의 음악, 신혼여행객들을 맞을 준비를 하는 고급 레스토랑에서는 자리를 찾을 수 없었던 한 외로운 남자의 음악이었다.

*

샹 드 마르스의 공기는 살을 에는 듯 차가웠다.

마르탱은 양 손을 비비며 브랑리 강변로를 향해 걸었다. 저항할 수 없는 강의 유혹에 이끌려 그는 에펠탑과 트로카데로 광장을 잇는 이에나 다리를 마주보고 섰다. 거기 센 강의 기슭에서 그는 거룻배들과 개똥벌레들이 어우러져 펼치는 발레 공연을 넋을 잃고 바라보았다. 눈송이가 바람에 어지러이 맴돌았다. 솜처럼 폭신폭신하던 눈발은 어느새 코카인 가루처럼 잘게 부서지고 있었다.

마르탱은 주머니에 넣어둔 비행기 표를 꺼냈다. 조금 전, 이 티켓을 자연스럽게 주머니에 넣기 위해 온통 주의를 기울였다.

샌프란시스코, 단지 그 도시를 떠올렸을 뿐인데도 온몸이 전율하는 듯했다. 곧이어 서로 상반된 느낌이 그를 엄습해왔다. 무기력하게 굴복할 수밖에 없는 추억과 중심을 잃을까 봐 두려워 양 발을 바닥에 단단히 붙인 채 싸워야 하는 황폐한 느낌이 서로 뒤엉킨 채 맞서고 있었다.

가브리엘의 따뜻한 품에서 처음으로 다른 사람과의 일체감을 맛보았다. 이제는 신화가 되어버린 그 여름날의 기억, 그 공허한 이미지들이 부유하는 먼지처럼 피어올랐다.

사랑의 감정은 왜 끊기 힘든 마약과도 같은 걸까? 왜 사람들은 서로 사랑하면서 상대에게 고통을 주는 걸까?

마르탱은 어떤 흑인이 틀어놓은 오르골 소리 때문에 현실로 돌아왔다. 트뤼포 감독의 아름다운 영화 〈쥘 앤 짐〉에서 잔 모로가 부른 노래였다.

마르탱은 노래 제목을 기억해냈다.

〈인생의 소용돌이〉

맞아, 인생이란 어린 시절에 타고 돌던 목마처럼 우리를 황홀하게 하는 소용돌이인 거야. 좁은 침대에서 둘이 꼭 끌어안고 잠이 들 때, 긴긴 사랑을 나누고 정오에 일어나 늦은 아침을 먹을 때, 우리를 취하게 만드는 사랑의 소용돌이지.

무시무시한 태풍이 불어와 거친 파도에 휩쓸렸을 때, 결국엔 혼자서 그 파도를 이겨내야 한다는 사실을 깨닫게 하는 절망의 소용돌이. 그리고 두려움을 깨닫게 하는.

"마틴!"

영어 발음식으로 그의 이름을 부르는 여자의 목소리가 들려왔다. 몇 미터 뒤, 거구 사내의 호위 아래 서 있던 오문진이 그에게 가까이 다가오라는 뜻으로 손짓을 했다.

마르탱은 그녀가 곧 굴복하리라는 사실을, 이미 그 자신이 이겼다는 사실을 알았다.

미국에서 아키볼드의 추적을 계속할 수 있는 권한을 손에 쥐게 될 것이다. 세상에서 가장 대범한 도둑과의 싸움을 계속할 수 있는 권한……. 아키볼드와의 싸움은 그를 무너지지 않게 지탱해 주는 목표이자 삶의 의미였다. 이 세상에 저마다 따라야 할 운명이 있다고 믿게 해 주는 유일한 것. 그리고 그의 운명은 아키볼드를 잡는 것이었다. 이성적으로 설명할 수는 없지만 몇 년 전부터 그의 몸에 쐐기처럼 박혀 있는 믿음이었다.

마르탱은 샴페인 병에서 채취한 지문으로 목표를 이룰 수 있으리라 확신했다. 실수라고 하기에는 너무나 확실하게 찍혀있는 지문이어서 단서라기보다는 미끼라는 인상을 지울 수 없었다. 아키볼드는 적어도 그런 실수를 저지를 만한 인물이 아니었다. 그렇다면 그 지문은 마르탱이 찾아낸 게 아니라 아키볼드가 찍어 준 것이나 다름없었다.

얼마 전부터 게임의 규칙이 바뀌었다. 마르탱이 아키볼드를 뒤쫓는 게 아니라 아키볼드가 마르탱을 유인해오고 있었다.

하지만 왜?

11. 당신이 떠날 그날

하지만 무엇보다 잔인한 것은
인생을 기술적으로 살아내려면 가장 소중한 사람들에게
함께 있어서 너무나 기쁘다는 사실을 숨겨야 한다는 것이다.
그렇지 않으면 그들을 잃게 되므로.
—체사레 파베세

다음날, 12월 21일 화요일

파리경시청

10시 40분

사표를 던지려는 순간, 마르탱은 온몸에 소름이 돋는 듯한 느낌에 사로잡혔다. 노트르담 성당 바로 옆, 오르페브르 강변로 36번지에 위치한 이 건물에 첫 발을 내딛던 한 청년의 모습이 새삼 떠올랐기 때문이다.

마르탱은 좁은 복도를 따라 걷는 자신의 모습을, 한 세기 전 지어진 계단을 내려가 전설 속 경찰들의 유령을 찾는 자신의 모습을 떠올렸다. 건물은 너무 낡고 좁아 신세대 경찰들에게는 어울리지 않았다. 그러나 이 건물 안에서 일했던 모든 경찰들의 마음속에서는 중요한 자리를 차지하고 있는 곳이었다.

마약단속반과 OCBC 시절을 합해 10년이라는 세월을 흘려보낸 울타리, 단 한 번도 진정으로 소속감을 느껴보지 못했던 울타리, 한 식구라는 감정을 느낄 수 없었던 울타리였다. 그러나 모든 걸 던져버리고 떠나기란 그리 쉽지 않았다.

그로부터 30분 후, 마르탱은 파리경시청을 빠져나왔다. 황금색 태양빛이 센 강변에 늘어선 건물들의 지붕 위로 흩뿌려졌다. 마르탱은 경찰배지와 신분증, 경찰복 그리고 수갑을 모두 반납했다. 그러자 완전히 벌거벗은 느낌이었다. 허전하기도 했고, 무거운 짐을 벗은 듯 홀가분하기도 했다. 이제 그는 경찰이 아니었고, 새로운 상황에 빨리 익숙해져야만 했다.

*

청소년 전문 병원
포르르와얄 대로
15시 30분

솔렌의 집은 유리로 만든 거대한 여객선 같았다. 건물은 찾아오는 모든 사람들을 반가이 맞아주겠다는 듯 양 팔을 활짝 펼친 형태로 서 있었다.

마르탱은 초록식물이 무성한 광장을 지나 병동으로 통하는 정원의 작은 오솔길로 접어들었다. 그는 3년 전부터 매주 한 번씩 이곳을 찾았다.

병원 홀은 넓고 환했다. 600평방미터인 바닥에는 원목마루가 깔려 있었고, 어마어마하게 높은 천장에는 청소년 문제를 표현한 커다란 포스터들이 매달려 있었다.

마르탱은 이곳에 올 때마다 이상할 정도로 마음이 편했다. 널찍한 공간과 투명한 건물 전면 그리고 아름다운 환경이 갇혀있다는 느낌을 모두 몰아내주었다.

마르탱은 4층으로 올라갔다. 복도를 따라 영상도서관, 주방, 무용실, 음악실, 라디오스튜디오 등 문화 치료실이 차례로 나타났다. 그는 예술과 문화 행위로 사람을 치료할 수 있다는 것을 굳게 믿었다. 창조 과정은 사람의 상처난 마음을 치유해주는 묘약이니까.

마르탱은 살짝 열린 틈새로 미술실 안쪽을 들여다보았다.

"소냐, 잘 지냈지?"

"마르탱, 어서 와. 생각보다 좀 일찍 왔네."

흰 가운을 입은 젊은 여자가 마르탱을 맞이했다.

소냐는 허물없이 마르탱의 뺨에 입을 맞추며 안으로 들어오라고 손짓했다. 미술실은 입원환자들이 그린 미술 작품들로 가득했다. 매번 마르탱은 그 작품들이 발산하는 힘에 깊은 감동을 받았다. 죽음의 그림자가 떠도는 듯한 불안한 그림, 위로를 건네는 천사 석고상, 세상을 끝낼 것 같은 악마, 거식증으로 입원했을 당시를 표현한 뼈만 앙상한 소녀의 모습 그리고 6개월 후 건강한 모습이 서로 비교되고 있었다.

미술실에서 보는 천사와 악마에는 승리를 장담할 수 없는 자기 자신과의 싸움에 매달리는 아이들의 모습이 담겨 있었다.

모든 인생이 그러하듯이……

"어이, 마르탱. 작업대 옮기는 것 좀 도와줄래?"

마르탱은 선뜻 그러겠다고 대답했다.

"상담이 끝났을까?"

"응, 당신이 올라갈 거라 얘기해 두었어."

"나와 같이 가줄 거지?"

"마르탱, 당신은 다 큰 어른이야."

"소냐, 할 얘기가 있어서 그래."

소냐는 마르탱을 따라 복도로 나섰다. 그가 에스컬레이터 버튼을 누르자 그녀가 면박을 주었다.

"이런 게으름뱅이, 난 계단으로 올라갈게. 늦게 온 사람이 밥 사기야."

말이 미처 끝나기도 전에 그녀는 옥상으로 연결된 계단 쪽으로 달려가 한 걸음에 네 계단씩 뛰어 오르기 시작했다.

마르탱은 힘겹게 그녀를 붙잡아 벽으로 밀어붙였다.

"꼭 해야 할 말이 있어."

"날 사랑한다고? 그럼 안 된다는 거 잘 알잖아. 난 이미 남자친구가……."

"좀 진지해질 수 없어?"

마르탱이 잡았던 손을 놓으며 애원하듯 말했다.

"무슨 얘길 하고 싶은 거야? 멀리 떠난다고? 하지만 그 말을 들을 사람은 내가 아닌 것 같은데? 카미유에게 얘길 해야지."

*

마르탱이 소아정신과 과장인 소냐 하젭을 처음 만난 건 그녀가 OCBC 본부로 그를 찾아왔던 3년 전이었다. 날씬한 몸매에 앳된 얼굴의 소냐는 새카만 머리카락을 뒤로 모아 고무줄로 묶고 있었다. 청바지에 가죽점퍼 차림이었던 그녀는 마르탱보다 나이가 많았지만 겨우 한두 살 차이였다. 그녀도 마르탱처럼 청바지에 가죽점퍼를 즐겨 입었다. 처음 만난 이후로 그녀는 마르탱에게 누이 같은 존재로 자리매김했다.

소냐의 하루 일과는 거식증 환자, 병적 허기증 환자, 우울증 환자들과의 싸움이 주를 이루었다. 자살기도로 이어질 게 뻔한 청소년의 이상 행동도 주의 깊게 지켜보아야 했다.

소냐와 처음 몇 마디를 나누어본 마르탱은 그녀가 정말 좋은 사람이라는 인상을 받았다.

"지금 제가 밝히려는 건 법으로 엄격하게 금지되어 있을뿐더러 제 직업윤리에도 어긋나는 것이에요."

마르탱은 그녀의 강직한 성격과 굳은 결심을 짐작케 하는 첫마디가 마음에 들었다.

"저는 직장을 잃을 각오로 당신에게 이 모든 이야기를……"

"그런 위험을 왜 감수하려는 겁니까?"

"한 소녀의 병을 낫게 해줄 수도 있다고 생각하기 때문이에요."

마르탱은 눈살을 찌푸렸다. 그런 일에 자신이 연관되어 있다는 게 이해할 수 없었다.

"카미유라고 혹시 기억나세요?"

마르탱은 어깨를 으쓱해보였다.

"카미유라는 이름을 가진 여자들은 많이 알고 있습니다만……"

"물론 여자들이야 많이 아시겠죠, 카사노바 씨. 하지만 제가 말하는 카미유는 다섯 살짜리 여자아이예요."

마르탱은 아주 잠깐 동안 눈을 감았다.

그 잠깐 동안 그 모든 기억이 앞을 다투어 떠올랐다.

*

2000년 겨울

제느빌리에르 북쪽 루스 구

길이 200미터에 높이 20층쯤 되는 건물들이 나란히 서 있었다. 매연으로 뿌연 하늘에서는 가랑비가 내렸다. 오후 5시밖에 안되었으나 주변은 온통 한밤중처럼 어두웠다.

파란색 푸조 309가 C동 건물 앞에 멈춰 섰다.

마르탱은 동료 두 명과 함께 마약딜러의 애인이 사는 집으로 확인된 아파트를 수색하기 위해 나왔다.

문을 두드렸지만 대답이 없었다. 동료 한 명이 총으로 자물쇠를 날려버렸다. 권총을 움켜쥔 마르탱은 가장 먼저 아파트 안으로 뛰어 들어갔다.

여자는 매트리스 위에 길게 누워 있었다. 열에 들뜬 그녀의 동공은 이미 충분히 확장되어 있었고, 칼로 손목을 그은 흔적이 뚜렷하게 보였다. 실내복은 피와 오줌 범벅이었고, 코카인을 흡입한 흔적도 남아있었다. 콜라 페트병에 빅 크리스털 볼펜 대롱이 빨대 대신 꽂혀 있었다.

마르탱은 여자에게로 달려갔고, 동료들은 앰뷸런스를 불렀다. 그는 손을 쓰기에는 이미 늦었다는 사실을 깨달았다. 여자의 숨이 멎으려 하고 있었다. 앰뷸런스가 도착했을 때 그녀는 이미 이 세상 사람이 아니었다.

가택수색을 했으나 특별한 물건을 발견하지 못했다. 대마초 여남은 개와 약간의 코카인이 전부였다. 보람이라고는 없는 하루였다. 낭테르의 본부로 돌아와 보고서를 썼다. 토하고 싶고, 소리 내어 엉엉 울고 싶고, 뛰쳐나가 소리라도 맘껏 지르고 싶었다. 집으로 돌아와서도 잠이 오지 않았다. 뭔가 아주 중요한 걸 놓쳤다는 느낌이 들었다. 여자의 마지막 눈길이 자꾸만 뇌리를 떠나지 않았다.

빌어먹을 밤이었다.

자리에서 벌떡 일어난 마르탱은 차를 몰고 교외를 향해 달렸다. 외곽순환도로, 생투앙, 제느빌리에르, 루스 구까지 내처 달려 죽은 여자의 아파트로 들어섰다. 차에서 내려 아파트 단지를 잠깐 헤매다가 경계의 눈초리를 보내는 아랍계 아이들에게 몇 마디 질문을 한 다음 아파트로 올라갔다.

마르탱은 구체적으로 무엇을 찾는지 몰랐지만 분명 뭔가를 찾아 헤매고 있었다. 방, 부엌, 화장실을 모두 뒤졌다. 생각나지 않았지만 반드시 뭔가를 찾아내야 했다. 아파트 입구로 내려온 그는 우체통을 뒤지고 엘리베이터의 천장을 자세히 살폈다. 분명 찾아야 할 게 있는데 뭔지 떠오르지 않았다. 기분이 스산해지는 밤이었다. 날도 추운데 망할 놈의 비까지 추적추적 내리고 있었다.

마르탱은 주차장을 가득 메운 차와 스쿠터, 컨테이너들을 두루 살피고 다녔다.

뭔가 찾아야 했다. 누군가를…….

어떤 외침을 들었던 것일까? 직관일까?

마르탱은 쓰레기통을 열고 그 안을 뒤지기 시작했다. 몸이 떨려왔다. 분명 여기에 뭔가 있다. 그 누군가가 바로 여기에!

마르탱은 커다란 슈퍼마켓용 비닐봉투를 찾아냈다. 그 안에는 태어난 지 몇 시간밖에 되지 않은 아기가 벌거벗은 채 반쯤 언 상태로 스웨터와 수건에 싸여 있었다. 머리에는 아직 태반이 그대로 묻어 있었다.

숨을 쉬지 않는 걸까?

아직 숨이 붙어 있었다. 잘은 모르겠지만 그런 느낌이 들었다. 앰뷸런스를 기다릴 여유가 없었다. 마르탱은 갓난아기를 외투로 감싸 조수석에 누인 다음 사이렌을 울리며 동쪽으로 차를 몰아 앙브르아즈 파레를 향해 달렸다. 조금 전, 여자의 실내복을 적신 피는 면도칼로 그은 손목에서 흐른 피뿐만이 아니었다. 아기를 낳으며 흘린 피도 섞여 있었을 것이다.

멍청한 응급요원들 같으니! 출산에 대해 전혀 눈치 채지 못했단 말인가!

마르탱은 병원에 전화를 걸어 상황을 설명하고 곧 도착한다고 말해두었다. 아이를 흘깃 쳐다보았다. 여자아이였다. 아니, 그런 것 같았다. 아기가 너무 작아 신기한 한편 겁이 나기도 했다.

얼마나 오랫동안 엄마 뱃속에 있었을까? 일곱 달? 여덟 달?

병원에 도착해 입원수속을 밟아야 했다.

아기 이름은? 대답할 수 없었다.

마르탱은 아기 엄마 이름을 기억해내려 애썼지만 결국 생각나지 않았다. 그때 유일하게 떠오르는 여자 이름이 '카미유'였다. 의료진들이 아기를 데려간 후에도 그는 오래도록 병원에 머물렀다. 아무런 보상도 없는 기다림이었다.

마르탱은 다음날 다시 병원을 찾았다. 병원에서는 아기가 마약 중독자처럼 금단증세를 보이고 있다고 했다. 아기가 그렇게 작은 이유가 궁금해 의사에게 물었다. 코카인 때문에 태반에 산소와 영양이 제대로 공급되지 않아 발육이 늦어졌기 때문이라고 했다.

그 다음 날에도 마르탱은 병원에 갔다. 아기는 태어나자마자 생존과 싸우고 있었다. 그는 가능하다면 아기와 함께 싸워주고 싶었다.

세 번째 날, 병원 측에서는 가장 힘든 고비는 넘겼지만 아기가 HIV에 감염되었고, 심한 후유증을 앓게 될 거라 했다. 최악의 경우 기형으로 자랄지도 모른다고 했다.

네 번째 날, 마르탱은 병원 대신 초라한 바에서 보드카를 마시며 밤을 꼬박 새웠다. 카미유는 가브리엘이 가장 마음에 든다고 말했던 여자 아이 이름이었다. 딸을 낳으면 붙여주고 싶다던 이름.

다섯째 날, 마르탱은 출근하지 않았다.

여섯째 날, 마르탱은 그 일을 기억 깊숙한 곳에 파묻고 다시는 카미유에 대해 생각하지 않기로 했다.

그리고 세월이 흘러갔다.

어느 날 아침, 소녀가 마르탱의 사무실을 찾아왔다.

*

병원 옥상은 전망 좋은 테라스로 꾸며져 있었다. 나무가 무성한 정원 주위로 테이블 몇 개와 버드나무를 엮어 만든 의자가 놓여 있었다.

짧은 머리에 살짝 들린 들창코를 한 열 살쯤 되는 귀여운 소녀가 다니구치 지로의 만화 《머나먼 고향》에 푹 빠져 있었다.

"카미유, 안녕."

"마르탱!"

책에서 눈을 뗀 아이가 반갑게 달려와 마르탱의 품에 안겼다.

마르탱은 아이의 팔을 잡고 제자리에서 빙글빙글 맴을 돌다가 번쩍 들어 올려 무동을 태웠다. 만날 때마다 해왔던 둘만의 의식이었다.

3년 전, 카미유는 입양된 집에서 어려운 시기를 보내고 있었다. 어렸을 때부터 카미유를 지켜본 정신과 전문의 소냐가 아이에게 출생과 관련된 진실을 이야기해 주었다. 이야기를 모두 들은 카미유는 목숨을 구해준 경찰관 아저씨를 꼭 만나게 해달라고 졸라댔다.

소냐가 장담했던 것처럼 마르탱과의 만남은 카미유에게 좋은 영향을 미쳤다. 그날 이후 마르탱과 카미유는 매주 수요일만 되면 같은 장소에서 만나왔다.

카미유는 예뻤고, 에너지가 넘쳤으며, 밝고 활달했다. 아이를 볼 때마다 마르탱은 생명의 신비를 보았고 환희를 느꼈다. 산다는 게 그리 비참하지만은 않으며, 살다보면 더러 예기치 않은 선물을 받을 때도 있다는 걸 알게 되었다.

카미유가 기형이 될 위험도 사라졌고, HIV도 자취를 감추었다. 아이가 자신을 희생자로 낙인찍은 운명의 불순한 음모를 이겨낸 것이다.

"날씨가 추운데, 안으로 들어갈까?"

마르탱이 양손을 비비며 아이에게 물었다.

"아니, 햇볕을 더 쬐고 싶어. 사실 난 추운 게 좋아. 추우면 생기가 돌거든."

마르탱은 아이의 옆에 앉아 먼 곳을 바라보았다. 끝없는 바다 같은 파리의 지붕들이 멀리 내려다보였다.

"그 만화책, 재미있니?"

"정말 짱이야. 추천해 줘서 고마워."

"천만에, 재미있다니 다행이구나."

마르탱은 배낭을 열고 몇 달 전 카미유에게 선물했던 초록 사과색깔의 작은 아이팟을 꺼냈다.

"자, 좋은 음악으로 꽉 채웠어. 마빈 게이, 더 큐어, U2, 자크 브렐……."

"난 비욘세하고 브리트니 스피어스가 더 좋은데."

"스파이스걸스는 아니고?"

마르탱이 의자를 가까이 끌어오며 진지한 목소리로 말을 이었다.

"할 이야기가 있어, 카미유."

아이가 긴장된 눈빛으로 마르탱을 쳐다보았다. 겨우 균형을 잡은 인생에 위협이 되는 뭔가가 감지되었기 때문이리라.

"혹시 눈에서 멀어지면 마음에서도 멀어진다는 속담을 들어봤니?"

아이가 고개를 끄덕였다.

마르탱이 그 속담이 그들 둘 사이에는 절대로 적용될 수 없는 이유를 설명하는 동안, 빛을 향해 날아간 한 천사가 양 날개로 겨울날 하루의 마지막 태양빛을 쓰다듬고 있었다.

12. 눈물 한 방울만 흘리게 해줘

사람에게는 약한 면이 있어야 한다.
약한 면은 우리를 서로 가깝게 해 주지만
강하기만 하면 서로 멀어진다.
—장 클로드 카리에르

클레베 가
오토바이가 밤공기를 가르며 달렸다.
에뜨왈 광장
마르탱은 헬멧 바이저 위로 흘러내리는 빗물을 닦았다.
프랑스를 떠나기 전 마지막으로 해야 할 일이 있었다.
바그람 가
마지막으로 만나야 할 사람.
꼭 다시 만나야 할
한 여자……

*

마르탱이 니코를 처음 만난 건 어느 평일 날 저녁이었다. 윌리스에 있는 대형마트 까르푸의 계산대에 줄을 서 있을 때였다. 마르탱이 그곳에 간 건 정말 우연이었다. 조부모님이 뷔르 쉬르 이베트에 있는 양로원으로 거처를 옮겼고, 그 분들과 사이가 그리 좋은 편은 아니었지만 마르탱은 한 달에 한 번은 반드시 양로원을 찾았다.

주로 이런 저런 잔소리를 듣다가 돌아오는 게 전부였다. 그 날은 돌아오는 길에 장을 보기 위해 마트에 들렀다. 페스토 소스 스파게티, 튜브에 든 연유, 코카제로, 새로 나온 마이클 코널리의 소설책 〈식스 핏 언더〉 마지막 시즌 DVD세트…….

바로 앞에 서 있는 젊은 여자가 마르탱의 시선을 끌었다. 큰 키에 금발머리, 예쁘장한 얼굴을 한 여자의 눈빛이 어딘가 모르게 몹시 불안해 보였다. 마르탱은 계산원과 몇 마디를 주고받는 여자의 말투에 슬라브 계열의 악센트가 섞여있다는 걸 알 수 있었다. 그리고 그녀의 눈 속에서 빛이 바랬지만 여전히 매력적으로 빛나는 별을 발견했다. 기억 속 누군가를 생각나게 해주는 예쁜 눈빛이었다.

여자는 물건 값을 치르고 빠른 걸음으로 멀어져갔다. 마르탱은 놓치지 않기 위해 장본 물건을 계산대 위에 그대로 놓아두고 여자를 쫓아갔다. 예상치 못한 갑작스러운 충동이었다.

"아가씨!"

여자가 뒤를 돌아보았을 때, 마르탱은 사냥꾼을 마주한 홍학의 모습이 그럴 수도 있겠다고 생각했다. 그는 두려워하지 말라고 이야기 해주고 싶었지만 그 말 대신 경찰신분증을 꺼내들고 이렇게 말했다.

"경찰입니다. 잠시 검문이 있겠습니다. 신분증을 제시해주십시오."

*

30분 후, 여자를 옆자리에 태운 마르탱은 그녀가 친구와 함께 산다는 도니에르 아파트 단지의 어느 건물 앞에 차를 멈춰 세웠다. 여자의 이름은 스베트라나라고 했다. 벨벳언더그라운드와 함께 노래를 불렀던 싱어를 닮았다는 이유로 모두들 그녀를 이름 대신 '니코'라고 불렀다.

스베트라나는 키에프에서 인생에 그다지 도움 되지 않는 예술사 학사학위를 따고 우크라이나를 떠나 모스크바로 갔다. 작은 에이전시 소속으로 모델 일을 하며 어렵사리 생활을 이어가던 그녀는 서구에서의 황금빛 미래를 열어주겠다고 유혹하는 브로커를 만나게 되었다.

사기꾼에게 속아 도착한 에덴동산에서 그녀는 거리로 쫓겨나 몸을 파는 여자로 전락했다. 하루하루 지날수록 그녀는 점점 더 깊은 나락으로 추락해갔다.

마르탱은 니코에게 화대가 얼마냐고 물었다. 그녀는 눈을 내리깔지도 않은 채 무심하게 대답했다. 어떤 서비스를 원하느냐에 따라 50유로에서 200유로까지 받는다고 했다.

마르탱은 200유로를 그녀에게 쥐어주며 명령조로 말했다.

"눈을 감고 내가 하는 대로 가만히 있어요."

"차……안에서요?"

"그래요."

니코는 두 눈을 감았다.

마르탱은 시동을 켜고 가장 좋아하는 CD를 틀었다. 엘라 피츠제럴드와 루이 암스트롱의 듀엣곡이 흘러나오는 가운데 그는 차를 몰고 파리로 통하는 118번 국도로 접어들었다.

　예상이 많이 빗나갔지만 니코는 그가 하는 대로 내버려두기로 했다. 그녀는 두 눈을 꼭 감고 엘라와 루이의 목소리에 몸을 맡겼다.

　30분 후, 두 사람은 콩코르드 광장의 대 관람차에 올라 있었다. 니코가 긴장을 풀기까지는 시간이 좀 더 걸렸다. 얼마 후에도 그녀는 지금 일어나고 있는 일에 대해 확신을 갖지 못했다. 그러나 인생을 살면서 배운 게 있다면 순간을 즐기라는 것이었다.

　니코는 샹젤리제 거리를 밝힌 전구들이 빙글빙글 돌아가며 춤을 추는 모습에 어린애처럼 환호성을 질렀다. 두 사람이 탄 관람차가 제일 높은 지점까지 올라갔을 때, 그녀는 제단에 바쳐진 제물처럼 고개를 뒤로 젖혔다.

　마르탱은 그녀의 눈 속을 가득 채운 별들이 반짝이는 조명과 한데 뒤섞이는 걸 바라보았다.

　잠시 후, 마르탱은 그녀를 바사노 가에 있는 작은 레스토랑에 데려가 버섯 라비올리와 딱딱한 옥수수 빵을 함께 먹었다. 그리고 다시 윌리스에 있는 그녀의 집 앞으로 돌아왔다.

　니코의 손이 마르탱의 다리를 더듬었다. 무릎, 허벅지, 그리고……. "그만."

마르탱은 그녀의 손 위에 손을 포개며 말했다.

차에서 내린 니코는 마르탱이 멀어져가는 모습을 지켜보았다. 그녀는 잠시 행복했지만 동시에 불행하기도 했다.

*

마르탱은 돌아오는 주에도 니코를 만났고, 그 후 일 년 동안 일정한 간격을 두고 주기적인 만남을 유지했다. 그녀를 만날 때마다 드는 비용은 언제나 200유로, 변함없는 가격이었다. 마르탱은 사랑에 빠지지 않기 위해 그 돈을 지불했고, 니코는 사랑의 환상을 품지 않기 위해 그 돈을 받았다.

마르탱은 그들이 함께 만나는 시간 만큼은 그녀를 비참한 생각에서 벗어나게 해주고 싶었다. 손님을 만나 자동차 안에서 코카인을 흡입하고, 호텔에서 급하게 일을 치르는 게 니코에게 주어진 일상이었다. 감옥에 갇힌 듯한 느낌, 삶의 노예로 전락한 듯한 자괴감을 떨쳐버리기 위해 그녀는 코카인과 헤로인에 의존해왔다.

마르탱은 그녀와 함께 보낸 저녁 시간을 모두 기억하고 있었다. 시청 앞 광장에서 스케이트를 타던 저녁, 불리온느에서 겨울 서커스를 구경하던 저녁, 프랑스 스타디움에서 폴리스의 콘서트에 열광하던 저녁, 그랑 팔레에서 피카소와 쿠르베의 작품을 보던 저녁, 마리니 극장에서 《자기 앞의 생》을 관람하던 저녁…….

마르탱의 휴대폰에는 특별한 저녁을 보낸 다음날 그녀가 보낸 메일이 간직되어 있었다. 그가 한 번도 답해주지 않은 메일이.

바보같이…….

*

발신 : svetlana.shapalova@hotmail.fr
제목 : 인생은 살 가치가 없다
날짜 : 2008년 2월 12일 08:03

수신 : martin.beaumont1974@gmail.com

날씨가 추워. 지금 난 지하철을 타고 일하러 나가는 중이야. 한 손으로 바퀴달린 가방을 끌고 있지. 나도 모르게 당신이 준 책을 꼭 끌어안고 있어. 귀에 꽂은 이어폰에선 당신 덕분에 알게 된 세르주 갱스부르의 노래가 흘러나와. 그가 노래하길 사랑이 없으면 인생은 살 가치가 없다고 하네.

어제 저녁에는 정말 고마웠어. 그렇게 멋진 레스토랑은 생전 처음이었어. 잠시 동안이나마 파리가 내 것 같았지. 당신의 입가에 떠돌던 그 친절한 미소, 당신과 나눈 인생의 한 순간, 하늘을 훨훨 나는 것 같았어. 몸은 피곤했지만 난 너무나 행복했지. 너무나.

고마워. 고마워. 정말로 고마워!

I'm yours.

당신의 신데렐라.

*

말셰르브 대로

비에 젖은 아스팔트 위를 질주하던 오토바이가 베르티에 대로를 지나 외곽순환도로로 접어들었다.

포르트다스니에르 가

마르탱은 속도를 늦추며 헬멧의 바이저를 올렸다.

빅토르 위고 가

차도 중앙에서 유턴했다.

1부 · 파리의 하늘 아래 159

비가 내리는 가운데 야하게 치장한 동구권 출신의 아가씨 세 명이 광고판 주변을 서성거리며 고객을 기다리고 있었다. 마르탱은 속도를 늦추며 그들에게로 다가갔다. 호객행위를 하러 다가서던 니코가 그를 알아보고는 걸음을 멈춰 섰다.

마르탱은 그녀에게 헬멧을 건넸다. 여윌 대로 여윈 몸에 눈이 푹 꺼진 그녀는 몸을 떨었다. 불면증에 시달리고 있는 게 분명했다. 아마 수입의 대부분을 마약을 사는 데 쏟아 붓고 있을 것이다.

"타!"

니코는 고개를 가로저으며 도망쳤다. 그가 무슨 생각을 하는지 알 수 있었기에 더욱 두려웠다. 그녀를 거리의 여자가 되게 한 마피아의 무시무시한 보복을 생각하자니 끔찍했다. 그들은 고향에 남아있는 가족들을 괴롭힐 것이다.

마르탱은 니코가 보다 희망적으로 살아가기 위해서는 그 모든 두려움을 극복해야만 한다고 생각했다. 그는 달아나는 그녀를 붙잡았다. 몸이 너무나 허약해 저항할 힘조차 없어보였.

마르탱은 그녀의 어깨를 감싸 안고 오토바이를 세워둔 곳까지 끌다시피 데려왔다.

"괜찮을 거야. 아니, 내가 괜찮게 만들어줄 테니까 걱정 마."

*

한 시간 후 몽파르나스 아베 그레고아르 가의 후미진 곳에 위치한 호텔 방에서 마르탱은 샤워를 하고 나온 니코의 차가운 몸을 타월로 감싸고 마사지해주었다. 금단현상 때문에 그녀는 이를 심하게 부딪치며 몸을 떨었고, 평정을 찾지 못한 눈동자는 쉴 새 없이 움직였다. 팔은 온통 가려움을 참지 못해 피가 날 정도로 긁어댄 상처투성이였다. 얼마나 굶었는지 그녀의 배에서는 꼬르륵 소리가 났다.

니코가 욕실로 들어가기 전, 마르탱은 금단현상을 약화시켜준다는 메타돈을 세 숟가락이나 먹었다. 소냐의 설명대로라면 30분에서 60분 이내에 진통효과를 볼 수 있다고 했다.

마르탱은 약효가 퍼져나가기를 기다리며 니코에게 이불을 덮어주고 손을 꼭 쥐어주었다. 그녀는 서서히 안정을 찾아갔다.

*

"마르탱, 왜 그랬어?"

니코가 슬라브 악센트가 섞인 말투로 물었다.

침대에 누운 그녀의 모습은 조금 전보다 훨씬 안정돼 보였다. 물론 화학적인 효과로 잠시 얻어낸 안정이었지만 이미 평화로운 삶을 향해 첫 발자국을 떼어놓은 것이나 다름없었다.

"당신 혼자서 그 수렁 속에서 빠져나올 수는 없을 테니까."

"하지만 그들은 곧 날 다시 찾아낼 거야."

"이번에는 내가 그들이 맘대로 하도록 내버려두지 않아."

마르탱은 가죽배낭에서 여권 하나를 꺼냈다.

"이제부터 당신 이름은 스베트라나가 아니라 타니아냐. 고향은 키에프가 아니라 상트페테르부르크고. 내 말이 무슨 뜻인지 알겠지?"

니코에게 새로운 신분을 만들어주는 것, 마르탱이 경찰 신분으로 해줄 수 있었던 마지막 일이었다.

"두 번째,"

마르탱이 침대 위에 비행기 티켓을 내려놓으며 말했다.

"내일 아침, 당신은 파리를 떠나 제네바로 곧장 가야 해. 잔 다르크 요양원에서 당분간 재활 치료를 받아야 하니까."

"하지만 어떻게……."

"돈 문제라면 걱정하지 마. 내가 다 알아서 해결해두었으니까."

마르탱은 니코가 무슨 질문을 할지 이미 다 알고 있었다. 오늘 오후, 그동안 부어온 주택부금을 몽땅 털어 잔 다르크 요양원에 송금했다.

그 다음으로 마르탱은 소냐의 명함을 건넸다.

"무슨 문제가 생기면 이 전화번호로 연락해. 내 친구인데 정신과 전문의야. 소냐는 언제라도 당신을 도울 준비가 되어있으니까 결코 부담스러워 해선 안 돼."

니코의 눈에 눈물이 맺혔다. 그 눈물로 상처가 씻겨 나가고 마음이 안정되었으며 영원히 꺼진 줄 알았던 맑은 눈빛이 되살아났다.

"마르탱, 왜 나한테 이런 친절을 베푸는 거야?"

마르탱은 그녀의 입술 위에 가만히 손가락을 가져다댔다. 모든 질문에 반드시 대답을 들을 수는 없다는 사실을 알려주기 위해. 이제 시간이 늦었으니 잠을 자야 한다는 사실을 일깨워주기 위해.

마르탱은 니코의 곁에 누워 그녀의 손을 꼭 잡았다. 그리고 그녀가 잠들 때까지 잠자코 기다려주었다.

*

에손에 있는 빈민 주거단지 작은 아파트의 초인종 바로 위에 슬라브 풍 이름이 초라하게 붙어 있었다. 아파트 내부가 모두 회색이어서 슬픈 느낌을 주었다.

방 한쪽을 차지하고 있는 책장 위에는 마르탱이 권해 주었던 몇 권의 책과 좋아하는 음악을 담아 선물한 아이팟이 놓여 있었다.

벽면에 붙여놓은 영화 포스터들이 시선을 끌었다. 〈연인들〉, 〈밤은 우리의 것〉, 〈야생 속으로〉, 올 한 해 동안 그들 두 사람이 함께 본 영화였다.

침대 아래의 아름다운 오르골 상자를 열자 귀에 익숙한 멜로디가 방 안을 아련한 향수로 가득 채웠다. 상자 안에는 어린 시절에 우크라이나에서 찍은 그녀의 빛바랜 사진이 몇 장 들어 있었다.

그리고 작은 자갈들…….

상자 깊숙이 간직된 봉투 안에는 만날 때마다 마르탱이 건넸던 돈이 고스란히 들어 있었다. 그녀는 헤로인을 구하기 위해 별의별 짓을 다할 때조차 그 돈에는 일절 손대지 않았다.

마르탱이 인생에 들어온 때부터, 그녀는 두 사람의 만남횟수와 똑같은 수의 작은 자갈을 모았다. 아주 특별한 만남이었다는 걸 기억하기 위해 그리고 그녀 역시 아주 조금은, 그의 인생에 들어와 있다는 걸 기억하기 위해.

13. 아쉬운 부분

하루가 지나고 또 하루가 지나도
죽었다고 생각한 사랑은
결국 죽지 않는다.
-세르주 갱스부르

그녀

샌프란시스코

아침 7시

이미 아침 햇살이 잔뜩 비쳐들고 있었지만 입맛이 깔깔한데다 머리가 무거웠다. 축 처진 몸 때문인지 암담한 마음은 끝내 활짝 펴지지 않았다.

가브리엘은 침대 옆 자리에 잠든 남자를 깨우지 않기 위해 소리 없이 몸을 일으켰다. 미스터……벌써 이름도 잊었다. 그의 친환경 4륜구동, 최첨단 전문직, 바다가 내려다보이는 아파트는 충분히 매력적이었지만 더 이상 보고 싶은 생각이 없었다.

소지품을 주섬주섬 챙겨들고 욕실로 들어간 가브리엘은 서둘러 옷을 챙겨 입었다. 물 빠진 청바지, 검은색 터틀넥 스웨터, 허리를 매는 가죽점퍼, 높은 굽의 부츠.

가브리엘은 부엌에 있는 냉장고에서 작은 미네랄워터를 꺼냈다. 무엇보다 담배 한 개비가 간절했다. 그리고 항우울제 한 알과 렉소밀 한 알이면 뱃속을 가득 채우고 있는 공허감과 자살충동을 불러일으키는 고독감을 떨쳐버릴 수 있을 것 같았다.

마리나 쪽으로 활짝 열린 전망창으로 햇살이 쏟아져 들어왔다. 태평양과 앨커트래즈 섬이 한눈에 들어왔다. 밝은 빛에 이끌린 가브리엘은 현관문을 나와 잔디밭이 깔린 정원을 가로질러 걸어갔다. 한차례 불어온 바람이 여객선의 긴 고동소리를 전해주었다.

가브리엘은 해변으로 나가 신발을 벗고 파도를 따라 몇 걸음 걸었다. 발에 닿는 모래 느낌이 미지근했다. 아침 햇살이 머리카락을 부드럽게 어루만졌다. 멀리서 바라보는 그녀는 무척이나 행복해 보였다. 마치 행복에 겨워 춤을 추는 것 같았다. 그러나 갈가리 찢긴 그녀의 마음은 얼음 사막처럼 냉랭할 뿐이었다.

오늘 아침, 가브리엘은 서른세 번째 생일을 맞았다. 매년 그래왔지만 오늘도 혼자였다.

철저하게.

가브리엘은 양 팔을 활짝 펴고 거세게 부는 바닷바람에 얼굴을 내맡겼다. 그녀는 현재 몸 상태가 그리 좋지 않다는 사실을 잘 알고 있었다.

난 왜 너의 손을 놓아버렸던 걸까?

마치 바람 앞의 불꽃처럼 눈앞이 아찔해지는가 싶더니 온몸이 떨려왔다. 이대로 꺼질 수는 없었다. 더 이상 추락할 수는 없었다. 그러나 불행하게도 땅에 부딪혀 온몸이 박살나기 전에 잡아 줄 사람이 아무도 없었다.

*

그

파리

새벽1시

마르탱은 어슴푸레한 빛에 젖어든 호텔 방에 누워 있었다. 니코와 팔짱을 낀 채 침대에 누운 지 한참이나 지났지만 잠이 오지 않았다. 니코는 곤히 잠들어 있었고, 이대로 누워있다가는 밤을 꼬박 새워야 할 것 같았다. 불면의 밤에는 이미 익숙해진 지 오래였다. 소리 없이 몸을 일으킨 그는 깊이 잠든 그녀를 살펴보고 나서 이불을 어깨 위로 끌어당겨 덮어주었다. 그런 다음 점퍼를 걸쳐 입고 방을 나왔다.

엘리베이터에 올라탔을 때 갑자기 모든 게 혼란스러워졌다. 발 아래에 깊은 심연이 입을 떡 벌린 채 위협을 가해오는 듯한 느낌이었다. 정체를 알 수 없는 허전함이 밀려왔고, 뱃속 저 깊은 곳에서부터 부풀어 오른 공이 금세 터져버릴 것 같았다.

마르탱은 황금색으로 장식한 홀을 지나 호텔 직원에게 인사를 건네고는 거리로 나왔다.

여전히 비가 내리고 있었다. 오토바이에 올라 탄 그는 시동을 켜고 요란한 소리와 함께 밤공기를 가르며 달리기 시작했다. 경찰이라는 직업을 선택하면서 위험한 순간을 숱하게 넘겼고, 가끔은 만용을 부려 모험을 자초하기도 했다.

오늘밤은 그 어떤 위험도 극복할 수 있을 것 같은 느낌과 곧 무너져

버릴 것 같은 느낌이 각각 반반씩이었다. 러시안룰렛 게임에 임하듯 중압감이 밀려들었다. 벼랑과 벼랑 사이에 늘어뜨린 줄을 타는 곡예사의 심정이었다.

뱃속 저 깊은 곳에서부터 부풀어 오른 공 때문에 숨 쉬기가 힘들었다. 마르탱은 부풀어 오른 공의 정체가 내면에서 끓고 있는 분노라 믿었다. 그는 그 공의 정체가 사랑일 수도 있다는 것을 미처 깨닫지 못했다.

*

그녀

샌프란시스코

아침 7시 30분

혼자만의 세계에 빠져있던 가브리엘은 개 짖는 소리에 문득 정신을 차렸다. 눈을 떠 보니 래브라도 한 마리가 그녀의 다리에 코를 비비며 주위를 맴돌고 있었다. 녀석의 머리를 쓰다듬으며 잠시 시간을 보낸 그녀는 바닷가를 따라 그림 같은 집들이 줄지어 늘어선 마리나의 인도로 올라왔다. 멀리서도 그녀의 자동차는 쉽게 눈에 띄었다.

빨간 립스틱 빛깔의 머스탱 카브리올레, 1968년 식으로 엄마에게 물려받은 유산이었다. 석유파동이나 지구온난화 따위의 말을 모르던 시절에 개발돼 친환경과는 거리가 먼 차였다. 남들이 아무리 시대 흐름에 역행하는 차라고 떠들어대도 상관없었다. 그녀에게 카브리올레는 세월이 흘러도 여전히 매력적인 차였다.

가브리엘은 차의 시동을 켜고 마리나 대로와 레드우드 고속도로를 달려 금문교 위로 올라섰다. 그녀는 매일이다시피 오가는 금문교가 너무나 좋았다. 강렬한 느낌의 주홍색과 하늘을 정복하려는 듯 높이 솟은 두 개의 거대한 탑이 언제나 그녀의 마음을 사로잡았다. 이 도시에 사는 사람들이 대개 그러하듯 그녀 또한 이 다리에 큰 자부심을 느끼고 있었다.

가브리엘은 훨씬 가벼워진 마음으로 루 리드의 카세트를 오디오에 넣고 볼륨을 높였다. 〈워크 온 더 와이드 사이드〉가 경쾌하게 울려 퍼졌다.

머리카락이 바람에 날렸고, 마치 바다 위를 나는 듯했다. 빛이 손에 닿을 것처럼 기분이 가벼웠는데 갑작스레 고통이 밀려오며 그녀는 다시 한 번 짙은 공허감 속으로 침잠해갔다.

가브리엘은 속도를 늦추는 대신 가속페달을 힘껏 밟았다.

만일 내가 이대로 바다에 떨어진다 해도, 나를 그리워하는 사람은 아무도 없겠지.

*

그

파리

새벽 1시 30분

아이팟의 이어폰으로 귀를 틀어막은 마르탱은 사납게 할퀴는 바람에 얼굴을 내맡긴 채 외곽순환도로를 달렸다. 그의 오토바이는 세차게 퍼붓는 비에 얼음판처럼 미끄러워진 도로 위를 달려 포르트 드 뱅센느와 포르트 드 바뇰레를 지나 포르트 드 팡텡을 향해 달렸다.

수백 개의 불빛이 빠른 속도로 지나치며 시야를 어지럽혔다. 이어폰에서는 자크 브렐의 목소리가 흘러나왔다. 별을 잡겠다는 미망에 사로잡힌 한 남자의 노래, 늙은 연인들의 광적인 사랑, 암스테르담이나 함부르크 혹은 다른 어딘가의 거리를 헤매는 매춘부를 이야기하는 노래.

속도를 높인 마르탱은 잘 보이지도 않는 장애물을 어림짐작해가며 자동차들 사이를 빠져나갔다. 그는 미지근한 빗물에 흠뻑 젖은 채 열에 들떠 길에 몸을 맡겼다. 마치 술 취한 사람 같았다.

속도를 한껏 더 높이고 목숨을 걸고 운명에 도전해보고 싶었다. 보이지 않는 손이 그를 어딘가로, 혹은 누군가에게로 이끌어주기를 기대하면서.

*

그들

두 사람이 그들을 갈라놓은 바다를 사이에 두고 서로를 향해 달려가고 있었다.

두 개의 유성이 충돌을 앞두고 있었다.

너무나 오랫동안 미루어온 재회, 그래서 너무나 위험한 만남이었다.

'사랑'과 '죽음'은 같은 두 음절의 단어이므로.

제 2 부
샌프란시스코의 거리

14. 발랑틴

두 사람이 사랑에 빠지면
행복한 결말을 기대할 수 없다.
-어니스트 헤밍웨이

다음날
12월 22일
대서양 상공
"샴페인을 드릴까요?"
2만 피트 상공, 샌프란시스코 행 714기가 한 마리 은빛 새처럼 구름의 바다 위를 날고 있었다.
마르탱은 승무원의 샴페인 권유를 정중하게 거절했다. 일등석의 승객들 대부분은 무화과가 든 푸아그라를 빵 위에 얹어 맛있게 먹고 있었다. 옆 좌석의 오문진은 씨름선수 보디가드가 지켜보는 가운데 마티니 블랑코를 홀짝거렸다.
"당신이 옳았어요."
오문진이 서류가방에서 봉투를 꺼내며 말했다.

마르탱은 그녀의 손에 들려 있는 서류봉투를 흘깃 쳐다보았다. 봉투에는 FBI의 이니셜과 함께 일급기밀문서라는 직인이 찍혀있었다.
"아키볼드의 지문분석 결과인가요?"
오문진이 봉투 안에 든 서류를 어서 꺼내보라고 눈짓하며 말했다.
"조셉A 블랙웰을 소개하죠. 죄수번호 IB070779, 1981년까지 산 쿠엔틴 교도소에 수감되어 있었던 사람이에요."
아키볼드의 신상 관련 서류를 마주한 마르탱은 전율을 느꼈다. 등줄기를 타고 오소소한 소름이 돋았다. 봉투를 열고 서류를 꺼낸 그의 얼굴에 놀라움으로 가득한 한줄기 빛이 스쳐지나갔다.

*

서류 봉투에는 1975년 12월 23일에서 24일로 넘어가는 밤, 폭행치사혐의로 체포되어 샌프란시스코 경찰서에 잡혀온 조셉 아키볼드 블랙웰이라는 남자의 사진이 들어 있었다. 초췌한 얼굴에 눈 밑에 다크서클이 선연하게 잡힌 30대 남자는 고통으로 일그러진 표정을 짓고 있었다.
마르탱은 보고서를 재빨리 읽어 내려갔다.
조셉 아키볼드 블랙웰은 에든버러의 빈민가 파운틴브리지에서 삯바느질로 생계를 꾸려가는 어머니와 그림을 한 점도 팔아본 적 없는 무명화가 아버지 사이에서 태어났다. 명석한 두뇌에 예술적 재능이 뛰어났지만 열네 살 때 학교를 그만두고 여러 직업을 전전했다. 그 후 그는 미장이, 기계공, 관에 옻칠하는 칠사 등 닥치는 대로 일했다.
스무 살에 영국공군에 입대해 정비사로 복무하던 중 항공기 조종면

허를 취득했다. 5년 후, 호주 중부지역에서 항공기로 환자들을 왕진하는 플라잉 닥터스 소속 비행사가 되었다.

아키볼드가 비행사로 일할 당시 찍은 몇 장의 사진이 들어있었다. 호주의 관목 숲에 착륙한 구식 세스나기 옆에서 얼굴이 검게 탄 아키볼드가 포즈를 취하고 있었다.

그 후 아키볼드는 '희망의 날개'라는 구호단체에 소속되어 다양한 활동을 펼쳤다. 그 당시의 활동사항도 참고사진에 나와 있었다. 나이지리아 동부 비아프라에서 응급상황에 처한 아이들을 후송하고, 피난민들의 정화조를 실어 나르고, 니카라과에 의약품을 수송하고, 지진이 발생한 시칠리아에 파견되는 구조대를 이송하는 사진이었다. 한마디로 하늘로 향하는 희망의 사다리를 놓는 작업이었다. 거세게 타오르는 화염 위에 몇 방울의 물을 붓는 작업이기도 했다. 아무것도 바꾸지 못할 수도 있지만 모든 걸 한꺼번에 바꿀 수도 있는 작업이었다.

마르탱은 최면에 걸린 사람처럼 사진을 한 장씩 차례차례 넘겨보며 복잡한 생각에 빠져들었다. 아키볼드는 한때나마 인류를 위해 의로운 싸움을 수행했다. 그의 움푹 팬 볼과 강인한 눈빛에서는 짙은 우수와 세상에 대한 원망, 사랑에 대한 목마름이 동시에 묻어나는 느낌이었다.

마지막 사진 두 장은 다른 것들과 사뭇 분위기가 달랐다. 아키볼드가 모래사장에서 젊은 여인을 다정하게 안고 있었다. 그들 뒤에는 푸른 바다와 정상에 눈이 덮인 산 그리고 마르탱이 너무나 잘 아는 도시의 성벽이 배경이 되어주고 있었다.

사진 뒷면에는 만년필로 쓴 프랑스어 메모가 적혀있었다.

언제까지나
내 곁에 있어줘요.
사랑해요, 발랑틴.
-1974년 1월, 앙티브에서.

마르탱이 태어나던 바로 그 해에 아키볼드는 코트다쥐르 지방에서 휴가를 보낸 게 틀림없었다. 아키볼드와 얽혀있는 질긴 운명의 끈을 실감나게 하는 사진이었다.

마르탱은 타인의 사생활을 훔쳐보는 게 꺼림칙했지만 부득이 아키볼드의 여자를 눈여겨 살펴보았다. 바람에 날리는 긴 머리칼에 얼굴이 반쯤 가려져 있었지만 추호도 의심할 여지가 없는 미인이었다. 최고를 추구하는 아키볼드의 취향은 그림에만 국한된 게 아닌 듯했다.

또 다른 사진 한 장은 아키볼드가 어느 지방의 레스토랑 테라스에 앉아 있는 모습이었다. 얼굴을 비추고 있는 햇살 때문인지 다른 때보다 표정이 훨씬 부드러워 보였다. 긴장이 풀린 무방비 상태의 얼굴, 삶을 두려워하지 않는 남자의 얼굴, 한 여자의 사랑스런 미소 말고는 더 이상 바랄 게 없는 행복한 남자의 얼굴이었다. 그 사진에는 메모가 적혀있지 않았지만 보나마나 발랑틴이 찍은 사진이리라.

아키볼드는 대체 무슨 짓을 저질렀기에 감옥에 가게 된 것일까?

서류에는 경찰 심문기록과 고소장 그리고 사건 보고서가 첨부되어 있었다.

사건은 1975년 12월의 어느 날 밤에 일어났다.

더없이 행복할 수도 있었던 그날 밤은 모든 비극의 서막이 되고 말았다.

샌프란시스코

1975년 12월 23일 월요일

새벽 5시

"여보, 배가 아파요."

아키볼드는 소스라치게 놀라 눈을 번쩍 떴다.

발랑틴이 고통으로 몸을 뒤틀었다. 임신 6개월째에 접어든 그녀는 얼마 전부터 위장이 타들어가는 것 같은 고통을 호소하며 몹시 괴로워했다. 의사는 단순한 위장염이라 진단했지만 발랑틴의 병세는 하루가 다르게 악화되어가고 있었다.

"병원에 가봐야겠어."

아키볼드가 벌떡 일어나 앉으며 말했다. 아프리카에서 임무를 마치고 돌아와 한밤중에 잠깐 동안 눈을 붙였던 참이었다. 전례 없는 강추위가 들이닥친 탓에 귀환이 예정보다 3일이나 늦어진 것이다.

크리스마스 휴가를 맞아 눈보라가 몰아치고 길이 얼어붙어 도로며 항공로가 온통 마비되었다. 캘리포니아 지역도 예외는 아니어서 도로의 일부 구간이 폐쇄되었다. 샌프란시스코의 얼어붙은 도로는 엿새째 풀리지 않았다. 이전에는 단 한 번도 없었던 기상 이변이었다. 다행스럽게 전기 라디에이터가 충분한 열을 내주었기 때문에 그들의 보트하우스는 그럭저럭 지낼만했다.

발랑틴은 남편의 부축을 받으며 간신히 몸을 일으켰다. 양 발이 퉁퉁 부어오르고 통증이 심해 수시로 구토가 치밀었다.

두 사람은 힘겹게 밖으로 나왔다. 소살리토의 작은 항구는 아직 짙은 어둠에 휩싸여 있었다. 보트하우스 앞에는 얼마 전 아키볼드가 발랑틴에게 선물한 카브리올레가 성에에 뒤덮인 채 세워져 있었다.

아키볼드는 아내를 좌석에 앉히고 손톱으로 앞 유리에 낀 성에를 긁어냈다.

"여보, 트렁크에 성에 긁는 기구가 있어."

아키볼드는 아내의 말이 떨어지자마자 기구를 꺼내 앞 유리의 성에를 벗겨냈다. 서둘러 일을 마친 그는 부랴부랴 자동차에 올라 요란한 엔진소리와 함께 병원을 향해 출발했다.

"레녹스병원으로 가는 게 낫겠어. 더 이상 모험하긴 싫어."

"그냥 미션병원으로 가. 어차피 아기를 낳을 병원이잖아."

발랑틴의 말에도 일리는 있었지만 담당의사인 알리스터는 아무래도 믿음이 가지 않았다. 필요 이상으로 오만하고 자만심으로 가득한 그 의사와는 도무지 대화가 통하지 않았다.

"레녹스병원에는 엘리엇 쿠퍼 박사가 있잖아. 그 분이 우리에게 친절을 베풀어줄 거야."

"엘리엇 박사는 심장외과전문의잖아."

아키볼드는 발랑틴에게로 시선을 돌렸다. 고통스러운 가운데에서도 발랑틴은 희미하게 미소를 지었다.

한 번도 틀린 적 없는 아내의 말이었기에 아키볼드는 골든게이트를 향해 달렸다.

"여보, 음악을 듣고 싶어."

"하지만 발랑틴, 당신은……."

"어서 라디오를 켜봐. 음악이 고통을 멎게 할 수도 있잖아."

라디오에서는 레너드 코헨의 목소리가 흘러나왔다. 그들이 디비라데로 스트리트와 퍼시픽하이츠를 지나 아이트 애쉬베리에 도착할 때까지 레너드 코헨의 음악이 두 사람과 동행했다. 극심한 고통과 두통, 구토에 시달려온 날들이었지만 발랑틴은 여전히 아름다웠다.

그때까지 그날 들은 레너드 코헨의 노래가 그들 부부가 함께 듣는 마지막 노래라는 사실을 알지 못했다.

*

빨간색 머스탱 카브리올레가 카스트로에 도착했다. 성적차별에 반대하는 동성애자 권리 보호법이 승인된 이후 '게이 지구'라는 별명이 붙은 구역이었다.

아키볼드는 돌로레스 파크를 지나 히스패닉 계통 주민들이 모여 사는 미션 지구에 도착했다. 그 어떤 가이드북에도 실리지 않아 관광객들의 관심에서는 벗어나 있었지만 사실상 샌프란시스코에서 가장 유서 깊은 구역이었다. 1776년, 스페인 정복자들이 미션 지구에 최초로 성당을 짓고 프란체스코회 포교의 중심지로 삼았던 곳이었다.

아키볼드는 구질구질한 거리 풍경과 폭력이 난무하는 이 구역을 그다지 좋아하지 않았다. 그러나 발랑틴은 다양한 문화적 색채와 열정적인 분위기를 풍기는 이 구역을 마음에 들어 했다.

장장 몇 개월 동안이나 계속되고 있는 교외선 철도 공사 때문에 병원 주차장으로 들어가려면 건물을 한 바퀴 돌아 뒷문을 이용해야만 했다. 타코와 케사디야를 파는 선술집 간판 불빛이 깜박거렸다. 창문이 꼭꼭 닫혀있었지만 어디선가 칠리와 부리토, 녹인 버터를 바른 옥

수수 냄새가 풍겨 나왔다.

　마침내 응급실로 들어선 그들은 체계적이지 못한 병원 서비스에 경악했다. 사람들이 득실대는 대기실만 보아도 이 병원이 얼마나 비효율적으로 돌아가는지 능히 짐작할 수 있었다. 병원 홀은 무료 진료소의 차례를 기다리는 마약중독자들과 거지들로 넘쳐났다.

　샌프란시스코의 어두운 이면이었다. 사회적 무관심 속에 노숙자의 숫자는 나날이 불어나고 있었다. 베트남에서 돌아온 상이군인들이 정신병원 복도를 서성이거나 박스 안 혹은 지하철역 벤치에서 잠을 자곤 했다. 무엇보다 심각한 문제는 마약이었다.

　샌프란시스코는 히피운동의 중심지였던 대가를 톡톡히 치르고 있었다. LSD와 헤로인은 히피 운동가들이 기대했던 것처럼 정신세계를 고양시켜 주거나 의식의 해방을 가져다주지 못했다. 그저 눈 아래에 시커먼 그늘이 드리워진 마약중독자들을 양산해냈을 뿐이었다. 샌프란시스코는 팔뚝에 주사바늘을 꽂고 구토를 하며 길거리에 쓰러지는 좀비들의 천국이었다.

　"여기서는 진료가 불가능해. 어서 다른 병원을 찾아봐야겠어."

　아키볼드가 발랑틴 쪽으로 고개를 돌리며 말했다.

　뭐라고 대답하려던 발랑틴이 갑자기 숨을 헐떡이다가 그대로 쓰러졌다.

*

　"결과가 어떻게 나왔습니까?"

　아키볼드는 알리스터 박사를 똑바로 노려보았다. 방금 전 발랑틴의 검사 결과가 나왔다.

두 남자의 나이는 엇비슷했다. 경우에 따라 의형제가 될 수도 있고, 그 누구보다 친한 친구가 될 수도 있었지만 그들은 처음 만난 순간부터 서로에게 적대감을 느꼈다.

한 사람은 빈민가 출신이고, 다른 한 사람은 명문가들이 모여 사는 비콘 힐 출신이었다.

한 사람은 점퍼차림이고, 다른 한 사람은 넥타이를 맨 신사차림이었다.

한 사람에게는 다양한 경험이 있었고, 다른 한 사람에게는 명문대학 졸업장이 있었다.

한 사람은 사랑했고, 다른 한 사람은 사랑받길 원했다.

한 사람은 키가 크거나 잘 생기진 않았지만 진정한 남자였다.

다른 한 사람은 훤칠하고 잘 생겼지만 진실한 말보다는 겉치레를 중시했다.

한 사람은 세상을 위해 봉사했다. 다른 한 사람은 세상으로부터 많은 걸 받았지만 그 누구에게도 고맙다는 말을 해본 적이 없었다.

한 사람은 오랜 세월 고독과 싸워왔다. 다른 한 사람은 대학 시절에 만난 첫사랑과 결혼했지만 엑스레이 촬영실의 어두컴컴한 조명아래에서 실습 나온 간호사들을 희롱했다.

한 사람은 다른 한 사람을 혐오했으며 상대도 마찬가지였다.

"검사 결과가 어떻게 나왔는지 물었습니다."

아키볼드가 기다리다 못해 초조하게 물었다.

"피 검사 결과를 보니 혈소판 수치가 낮아졌습니다. 최소 십오만은 되어야 하는데 사만이 나왔군요. 간수치 역시 좋지 않습니다만……"

"당장 어떤 조치를 취해야 합니까?"

"우선 진통제를 투여한 다음 혈소판 수치를 높여야 하니까 수혈을 할 생각입니다."

"그 다음에는 뭘 해야 합니까?"

"기다려야죠."

"뭘 기다리란 말입니까? 혈압도 높고 소변에서 알부민도 검출됐다고 하지 않았습니까? 게다가 환자는 경련을 일으키다가 정신을 잃고 쓰러졌습니다. 제가 보건대 급간 증세가 분명합니다."

"꼭 그렇다고 단정할 수야 없지요."

"제왕절개 수술을 해야 합니다."

알리스터는 고개를 가로저었다.

"부인의 상태가 안정되면 태아에게도 별 문제가 없을 겁니다. 현재는 증세도 미약할뿐더러 더 악화될 거라 예측할만한 근거가 없습니다."

"증세가 미약하다고 했습니까? 지금 농담하는 겁니까?"

"자중하세요. 선생은 환자의 보호자이지 의사가 아닙니다."

"수많은 여자들이 급간증세로 목숨을 잃고 있습니다. 장담하지만 그런 사례라면 선생보다 내가 더 많이 보았을 겁니다. 아프리카에서는 아주 흔한 일이니까요."

"여긴 아프리카가 아니라 미국입니다. 게다가 당신 부인은 현재 임신 이십오 주밖에 되지 않았습니다. 지금 제왕절개를 하면 태아가 위험할 수도 있습니다."

아키볼드의 표정이 순간 하얗게 굳어졌다.

"아내만 구할 수 있다면 아이는 상관하지 않겠습니다."

"의사 입장으로 그럴 수는 없습니다. 태아와 산모의 생명을 모두 구할 수 있을 때까지 인내심을 발휘해야 합니다."

"당장 제왕절개를 해 주세요. 지금 당신이 할 일은 그것밖에 없습니다."

"이미 부인과도 의논했습니다. 상황이 좋지는 않지만 제왕절개는 원치 않는다고 하시더군요."

"환자가 결정할 문제가 아닙니다."

"결정은 담당 의사인 제가 합니다. 그리고 당장은 제왕절개를 해야 할 이유가 없다고 생각합니다."

*

병실로 돌아온 아키볼드는 발랑틴의 곁에 앉았다. 그녀의 얼굴을 조심스럽게 쓰다듬으며 불가능해 보였던 사랑을 이루기 위해 두 사람이 걸어왔던 지난 날을 떠올려보았다. 둘이 힘을 합쳐 극복해온 모든 난관, 둘이었기 때문에 이겨낼 수 있었던 두려운 순간들에 대해…….

"여보, 제왕절개는 안 돼."

발랑틴이 애원하듯 말했다.

피부가 누렇게 뜬 데다 검은 그늘이 드리운 눈에는 눈물이 가득 맺혀 있었다.

"겨우 이십오 주밖에 지나지 않았어. 조금만 더 기다리게 해줘."

발랑틴과 좋을 때나 힘들 때나 건강할 때나 아플 때나 늘 곁에 있어 주겠다고 약속했다. 아무리 어려운 일이 있더라도 언제나 곁을 지키며 함께 늙어가자고 약속했다. 그러나 사람은 늘 지키지 못할 약속을 한다.
"난 기다릴 거야. 아기가 좀 더 자랄 때까지."
발랑틴은 암담한 눈으로 아키볼드를 바라보았다.
"더 기다리다가는 당신 목숨이 위험해져."
발랑틴은 숨이 넘어갈 것 같은 고통을 참으며 힘겹게 아키볼드의 팔을 붙잡았다.
"당신도 좋아할 거야. 우리 아기가 뱃속에서 힘차게 움직이고 있어. 우리 아기의 생명이 느껴져. 틀림없이 딸일 거야. 난 확실히 알 수 있어. 아기를 정말 많이 사랑해 줘야 해."
아키볼드가 미처 대답할 새도 없이 발랑틴의 눈이 돌아가더니 순식간에 안면근육과 팔이 뒤틀리기 시작했다.

*

"당장 제왕절개를 하란 말이야!"
분노를 억제하지 못한 아키볼드가 당황한 얼굴로 나타난 알리스터에게 달려들었다.

*

침대에 누운 발랑틴은 어금니를 악물었다. 팔과 다리가 뻣뻣해지고 호흡이 가빠오는가 싶더니 숨이 턱턱 막히기 시작했다.

*

안정제를 거부하는 마약중독자들이 길길이 날뛰는 데에 이골이 나 있던 경비원이 이번에는 권총을 손에 들고 아키볼드의 뒤쪽으로 살금살금 다가왔다. 마약중독자는 아니었지만 아키볼드도 그들과 똑같이 대해줄 작정이었다.

등 뒤에서 인기척을 느낀 아키볼드가 갑자기 자세를 낮추며 뒷발차기로 경비원의 다리를 걷어차 바닥에 쓰러뜨렸다. 그런 다음 무기를 재빨리 빼앗아들었다.

*

발랑틴이 발작적인 경련을 일으켰다. 벌어진 입술 사이로 부글거리는 거품과 피가 섞인 침이 흘러나왔다. 그 침이 기도를 막기 시작했다.

*

"환자가 경련을 일으키고 있어. 어서 제왕절개를 하란 말이야!"
단지 권총으로 의사를 위협하려던 것뿐이었다. 그러나 난데없이 총알이 발사되었다. 훗날 법정에 출두한 경비원은 권총의 격발 장치에 문제가 있었다고 진술했다. 그러나 재판 결과는 바뀌지 않았다. 9밀리 탄환이 오른쪽 폐부를 관통하는 순간 알리스터 박사는 현장에서 즉사했다.
아키볼드는 소스라치게 놀라며 황급히 권총을 내려놓았다. 병원은 삽시간에 아수라장이 되었다. 의식을 잃은 발랑틴은 코마상태에 빠져들었다. 곧 들이닥친 경찰이 아키볼드를 바닥에 꿇어앉히고, 팔목에 수갑을 채웠다.

아키볼드는 경찰에 연행되는 순간에도 발랑틴이 누워있는 병실에서 눈을 떼지 못했다. 병실 안에서 담당 간호사가 다급하게 외치는 소리를 들은 듯했다.

"아기가 나오고 있어요."

이어서 들려온 간호사의 목소리로 환청이 아니라는 사실을 알 수 있었다.

"여자아기예요."

*

그해 12월, 미션병원의 산부인과 의료진은 예정보다 3개월 먼저 세상의 빛을 본 아기를 받아 안았다. 몸무게는 510그램, 키는 30센티미터가 채 되지 않았다. 아기의 피부는 혈관이 다 들여다보일 정도로 투명했다.

급하게 불려와 아기를 받아낸 의사는 죽은 듯 움직이지 않는 신생아에게 소생술을 시도하기 전에 잠깐 동안 주저하지 않을 수 없었다. 그는 필요한 조치를 모두 취한다고 해도 아기가 며칠을 넘기지 못할 거라 생각했다.

세상에 나오자마자 인공호흡기를 단 신생아는 인큐베이터에서 삶과의 지난한 싸움을 시작했다. 아기를 맡은 산파의 이름은 로잘리타 비가로사였다. 20년 동안 신생아를 돌봐온 까닭에 모두들 그녀를 마마라 불렀다. 마마는 세 시간에 한 번씩 아직 덜 자란 아기의 폐를 씻기고, 자발적으로 호흡할 수 있게 도왔다.

마마는 매일 아침 출근에 앞서 미션 돌로레스의 성당에 들러 작은 촛불을 밝혀들고 아기가 살 수 있게 해 달라고 기도했다. 며칠 후 마마는 신생아에게 '기적의 아기'라는 별명을 붙일 수 있게 되었다.

마마는 신원확인용 팔찌에 신생아의 이름을 기록할 때 아기가 끝내 죽음을 이기고 살아남기 위해서는 천사들의 도움이 절대적으로 필요하리라 생각하며 이름을 어떻게 지을지 한참 동안 궁리했다.

마침내 마마는 아기에게 천사의 이름을 붙여주었다.

가브리엘.

15. 나의 분신

사람의 영혼 안에는 자기도 모르는 사이에
너무나 집착하는 것들이 있다.
집착하는 것 없이 산다는 사람은 실패할까봐
혹은 고통스러울까봐
그것을 손에 넣는 것을 하루하루 미루고 있는 것일 뿐이다.
—마르셀 프루스트

승객 여러분, 우리 비행기는 곧 샌프란시스코 국제공항에 착륙할 예정입니다. 안전벨트를 착용해주시고 좌석 등받이를 세워주시기 바랍니다.

충격에서 헤어나지 못한 마르탱의 귀에는 승무원의 안내방송이 들어오지 않았다.

가브리엘이라는 이름……태어난 해…….

손바닥이 축축해지고 심장박동이 빨라지기 시작했다. 마르탱은 재판결과를 기록한 보고서를 빠른 속도로 읽어 내려갔다. 아키볼드는 알리스터 박사에게 치명적인 상해를 입힌 혐의로 징역 10년형을 선고받았다.

산 쿠엔틴 교도소의 재소자 기록 복사본에는 그가 모범적인 수감생활로 감형을 받았고, 스탠포드대학 교수의 자원봉사 차원에서 진행된 예술사 수업에 꾸준히 참석하였으며, 늘 교도소 도서관에서 시간을 보냈다고 기록돼 있었다.

무엇보다 가장 놀라운 점은 아키볼드가 복역하는 동안 단 한 번도 면회자가 없었다는 사실이었다. 따라서 단 한 번도 딸의 안부를 전해 듣지 못했다.

1981년 11월, 탈옥한 아키볼드는 어디론가 자취를 감추었다. 그렇게 돌연 사라졌던 조셉 A. 블랙웰이 아키볼드 맥린이 되어 돌아온 것이다.

마르탱은 서류의 마지막 장을 넘겨보았다. 어제 날짜로 된 서류는 연방정부에서 진행한 수사기록의 복사본이었다. 그 서류에 궁금해 미칠 지경이었고, 동시에 보기가 두려웠던 사진 한 장이 붙어 있었다.

검은 선글라스에 빨간 립스틱 색깔의 머스탱을 운전하는 젊은 여자는 그가 한시도 잊지 못했던 가브리엘이 분명했다. 초록빛 눈과 반짝거리는 긴 머리의 주인공…….그해 여름 빗속에서 그 초록눈을 빛내며 '조금만 더 있어줘' 라고 말했던 바로 그 가브리엘이 거기에 있었다.

마르탱은 마음의 동요를 감추기 위해 현창으로 눈을 돌렸다. 저 멀리 펼쳐져 있을 캘리포니아 바다와 샌프란시스코 해변에서 부서질 하얀 파도를 떠올리며.

마르탱은 자신이 아키볼드와 닮은꼴이라는 생각이 들었다. 한 여자와의 이루지 못한 사랑 때문에 오랜 세월을 괴로워하며 살아왔다는 점에서 그들은 똑같은 아픔을 간직해온 셈이었다. 아키볼드를 체포하는 건 단순히 범죄자를 잡는 것 이상의 의미를 내포하고 있다는 생각이 들었다.

마르탱은 아키볼드에 대한 수사가 자기 자신을 분석하는 치료 과정일 수도 있으리라 생각했다. 긴 의자에 누워 심리 상담을 받는 게 아니라 자신의 과거, 깊숙한 곳에 숨겨진 자아와 두려움을 직접 대면하는 것.

*

자물쇠를 따는 데에는 불과 1초도 걸리지 않았다. 네 개의 기둥으로 집 건물 전체를 받친 필로티 구조물이었다. 마치 유서 깊은 성소에 첫발을 들여놓을 때처럼 가슴이 떨려오며 뱃속 깊은 곳으로부터 뜨거운 기운이 치밀어 올랐다. 33년 전 12월, 그의 인생을 악몽으로 밀어 넣었던 바로 그 저주의 날, 이 집에서 눈을 뜬 이후로 첫 방문이었다.

아키볼드는 조심스럽게 집안으로 들어섰다. 집안 곳곳에 발랑틴과의 추억이 깃들어 있었다. 함께 페인트칠을 했던 흰색 가구들, 동화 같은 카멜 마을에서 구입했던 장롱, 몬터레이 창고세일에서 발견한 전신거울이 발랑틴을 대신해 그를 맞았다.

살짝 열린 문틈 새로 들어온 산들바람이 커튼자락을 날렸다. 아키볼드는 부엌으로 들어갔다. 사랑이 넘치던 점심 식사, 그가 가장 자신 있게 요리할 수 있었던 페스토 소스 스파게티, 건배를 외치며 맞부딪쳤던 와인 잔, 깔깔거리며 터지던 웃음소리와 달콤한 입맞춤의 기억이 새록새록 떠오르며 그를 고통스럽게 했다.

아키볼드는 추억을 떨쳐버리기 위해 수도꼭지를 틀고 가벼운 세수를 했다. 이틀 전에는 암세포가 체력을 극도로 떨어뜨려 손가락 하나 까딱할 수 없었다. 오늘은 그나마 몸 상태가 좋았다. 복용량을 늘린 진통제가 효력을 발휘하며 잠시나마 통증을 잊게 만들었다. 어쩌면 가브리엘과 대화를 나눌 수 있을지도 몰랐다.

처음이자 마지막으로.

*

아키볼드는 아빠가 되었다는 사실을 제대로 인지하지 못한 채 감옥에 갇혔다. 발랑틴을 잃은 충격 때문에 그는 반미치광이가 되다시피 했다.

가브리엘은 프랑스에서 미국 소노마 계곡의 포도농장으로 시집온 외할머니에게 맡겨졌다. 그녀는 자라면서 아빠가 등산을 갔다가 실족사 했고, 몇몇 친척들이 스코틀랜드에 산다는 말을 전해 들었을 뿐이었다.

탈옥에 성공한 아키볼드는 곧장 가브리엘을 찾아 나섰다. 딸은 벌써 학교에 다닐 만큼 성장해 있었다. 그는 멀리서나마 딸의 얼굴을 보려고 학교 앞으로 찾아갔다. 막상 딸을 보는 순간 반가운 한편 왠지모를 두려움이 엄습해왔다.

발랑틴이 저 아이를 낳다가 숨을 거두었어. 지난 날, 저 아이를 얼마나 원망했던가?

발랑틴이 고통스러워하던 모습과 의사를 향해 총을 빼들었던 순간이 뇌리를 스쳐지나갔다. 다시는 떠올리기 싫은 끔찍한 기억이었다. 그렇지만 딸을 볼 때마다 부지불식간에 떠오를 기억이기도 했다.

온몸에서 힘이 빠져 달아나는 듯했다. 혼란스러운 감정을 조절할 자신이 없었다. 이럴 바에야 차라리 조용히 사라지는 편이 나을 거라는 생각이 들었다. 그는 이제야 딸 앞에 나타나 큰 충격을 주는 것보다는 멀리서 지켜보며 도움을 주는 편을 택했다.

그는 완벽하게 사라지는 방법을 잘 알고 있었다.

*

산 쿠엔틴 교도소
1977년 10월
"그럼 무사히 빠져나왔단 말입니까?"
"그렇다니까. 하지만 그땐 내 폐가 멀쩡했었지."
한방에 수감된 아키볼드와 이완 캠벨은 각자에게 배당된 침상에 앉아 생각나는 대로 지난 이야기를 나누었다. 주로 이야기하는 쪽은 캠벨이었고, 아키볼드는 묵묵히 들어주는 쪽이었다.

두 사람은 몇 달 전부터 같은 방을 써왔다. 처음에는 서먹했지만 둘 다 스코틀랜드 출신이어서 빠르게 공감대가 형성되었다.

이완 캠벨은 명화절도 혐의로 수년째 복역 중이었다. 수감된 이후 삶의 의미를 잃었던 아키볼드는 전염성 강한 캠벨의 웃음 덕분에 조금이나마 기력을 회복할 수 있었다.

"요즘처럼 보안시스템이 완벽하게 갖추어져 있었더라면 아마 어림도 없었을걸요."

"이봐, 보안시스템도 사람이 만들었어. 어딘가 반드시 허점이 있다는 뜻이지. 자네가 생각하기에는 유명한 그림 위에 파리 한 마리만 앉아도 경찰이 떼로 달려들 것 같지? 영화에서나 그렇지 실제는 많이 달라. 아직도 미술관을 털 수 있는 방법은 많아. 빈틈을 찾아내 공략하면 되지."

"영감님은 빈틈을 잘 안단 말씀입니까?"

"알고 있지. 그럼, 그렇고 말고……."

늙은 도둑은 뿌듯한 표정으로 아키볼드를 쳐다보았다.

"내가 자네에게 기막힌 기술을 전수해줄까?"

아키볼드는 고개를 가로저으며 냉소적인 표정을 지었다.

"저는 말년을 영감님처럼 감옥에서 보내고 싶지 않습니다."

아키볼드는 더 이상 토론할 가치가 없다는 듯 침상에 누워 읽던 소설을 다시 읽어나가기 시작했다. 알렉상드르 뒤마의 《몽테크리스토 백작》이었다.

"지금은 흥미가 없을지 모르지. 나중에 다시 얘기하세."

*

그 후 몇 개월 동안 아키볼드는 피나는 훈련을 통해 세계 최고의 절도 기술을 습득했다. 이완 캠벨의 기술은 완벽에 가까웠다. 그는 아키볼드에게 누구보다 뛰어난 재능이 있다는 걸 발견한 후 매일이다시피 기술 전수에 매진했다. 아키볼드가 기술을 완벽하게 익혀갈 무렵 이완 캠벨은 폐암으로 숨을 거두었다.

아키볼드는 절치부심하며 익힌 절도기술을 써먹기로 결심했다. 조셉 아키볼드 블랙웰이 명화 절도범 아키볼드 맥린으로 거듭나는 순간이었다. 경찰의 추격을 뿌리치려면 도둑은 한시도 경계를 늦춰서는 안 된다. 수시로 신원과 은신처를 바꿔야 하는 건 필수였다.

아키볼드는 감옥에 있는 동안 신체를 강인하게 단련시키는 한편 마인드컨트롤을 익혀 사사로운 감정에 얽매여 일을 그르치는 경우가 없도록 가상훈련에 매진했다.

 탈옥에 성공해 절도범이 된 아키볼드는 언제나 냉혹할 만큼 완벽하게 일을 처리했고, 빈틈없이 심신을 관리해나갔지만 그의 마음 한 구석에 가시처럼 걸려 있는 딸의 존재를 외면할 수는 없었다.

 아키볼드는 매일 밤 똑같은 악몽에 시달렸다. 그 악몽은 언제나 발랑틴의 간청으로 끝났다.

 "아기를 사랑해 줘. 아기를 정말 많이 사랑해 줘야 해."

 그 꿈은 마치 발랑틴이 그가 가야할 길을 알려주기 위해 다른 세상에서 보내오는 신호 같았다.

 가브리엘의 열네 번째 생일날, 아키볼드는 딸아이를 만나 진실을 이야기하기로 결심했다. 그러나 마음만 간절할 뿐 용기가 나지 않았다. 그 자신이 줄곧 유지했던 냉담한 태도를 딸에게 어떻게 이해시켜야 할지 알 수 없었다. 가브리엘이 제 엄마인 발랑틴의 곧은 성품을 빼닮았다면 범죄를 저지르며 살아가는 아비를 두 팔 벌려 환영하지 않을 것이란 점도 그를 주저하게 만드는 요인이었다. 딸과 말 한 마디 나누지 못한 채 쫓겨나듯 돌아서게 될까봐 전전긍긍하던 아키볼드는 한 가지 묘안을 떠올렸다.

 1990년 12월 23일, 가브리엘을 공항까지 데려다 준 택시 운전사는 바로 아키볼드였다.

 1991년 12월 23일, 쇼핑몰 엘리베이터에 함께 갇혀있던 노신사도 바로 아키볼드였다.

 1992년 12월 23일, 마켓 스트리트에서 그녀가 1달러짜리 지폐를 건넸던 거리의 색소폰 연주자도 바로 아키볼드였다.

1993년 12월 23일, 누군가 전하라 했다며 장미 천 송이를 배달한 꽃집 주인 역시 아키볼드였다.

매년 생일 때마다 가브리엘 앞에 익명으로 등장해야 한다는 건 그에게 고통과 상처가 되었다. 그때마다 이번에야말로 통한의 세월을 끝내고 모든 걸 솔직하게 고백해야 한다고 결심했지만 매번 실행에 옮기지 못하고 돌아서곤 했다.

가브리엘과의 만남은 그에게 짙은 부성애를 일깨웠다. 그는 딸아이의 신변보호를 위해 사설탐정을 고용했다. 남을 시켜 딸을 관찰하는 건 분명 떳떳하지 못한 일이었지만 보이지 않는 곳에서나마 딸의 수호천사 역할을 해주고 싶었다.

아키볼드는 딸의 부족한 은행잔고와 폭력적인 남자친구, 예기치 못한 병원비 문제를 몰래 해결해주기도 했다. 아비로서 아무것도 하지 않는 것보다는 나았지만 여전히 너무 부족하다는 생각이 그를 끈질기게 괴롭혔다. 하지만 돌이킬 수 없을 만큼 일이 꼬여 있었고, 더 이상 선택의 여지가 없어보였다.

*

아키볼드는 냉장고에서 코로나 병을 꺼내 마개를 땄다.

맥주를 손에 들고 거실을 천천히 돌아보며 방 안의 물건 하나하나를 유심히 살펴보던 그의 눈빛이 호기심으로 밝게 빛났다. 딸아이가 무슨 책을 읽고 있는지, 어떤 영화를 좋아하는지 한눈에 알 수 있었다.

가브리엘이 두고나간 블랙베리 폰이 눈에 띄었다. 아키볼드는 충전 중인 휴대폰을 빼내 문자메시지와 SMS를 확인해보았다. 파티에서 만난 너절한 사내 녀석이 보낸 메시지, 술 한 잔 하러 나오라는 친구들의 메시지, 이름을 밝히지 않은 누군가가 보낸 시시껄렁한 메시지가 들어 있었다.

아키볼드는 딸아이가 하찮은 녀석들에게 전화번호를 가르쳐 주는 이유를 알 수 없었다. 책꽂이에 놓인 사진은 단 두 장뿐이었다. 첫 번째는 그가 너무나도 잘 알고 있는 사진이었다. 발랑틴이 앙티브 해변가 바위 위에서 부서지는 파도를 배경으로 활짝 웃고 있었다. 앙티브에서 휴가를 보낼 때 그가 직접 찍어준 사진이었다. 두 번째 사진의 주인공인 20대 청년도 익숙한 얼굴이었다. 바로 1995년 여름에 찍은 마르탱 보몽의 사진…….

몇 달 동안 쫓고 쫓기는 게임을 벌이고 있는 마르탱 보몽의 사진이 딸의 집에 있다는 건 대단한 아이러니가 아닐 수 없었다.

아키볼드는 사진을 자세히 들여다보기 위해 안경을 썼다. 마르탱보몽의 사진이라면 이미 열 장도 넘게 봤지만 그 사진들과는 느낌이 많이 달랐다. 아무것도 거리낄 게 없다는 듯 무장해제된 편안한 얼굴, 살아가는 게 전혀 두렵지 않다는 듯 자신감 넘치는 얼굴, 한 여자의 미소를 바라보며 행복해하는 얼굴, 사랑의 바다에 풍덩 빠진 얼굴이었다.

반사적으로 사진틀을 열자 사진 뒤쪽에서 네 번 접은 편지가 빠져나와 바닥에 떨어졌다. 아키볼드는 편지를 펼쳐보았다. 1995년 8월 26일에 마르탱 보몽이 딸에게 보낸 편지였다.

가브리엘
나, 내일 프랑스로 돌아가. 너에게 그 말을 전하고 싶었어.
캘리포니아에 머무는 동안 내게 의미 있었던 시간이라면 학교 카페테리아에서 너와 함께 나눈 책 영화 음악 이야기 그리고 세상을 바꿔보자는 이야기를 하며 보냈던 그 얼마 되지 않는 순간들뿐이었어. 단지 그 말을 전하고 싶었어.

아키볼드는 오랫동안 그 자리에 선 채 편지를 거듭해서 읽어나갔다. 편지를 다 읽은 그는 처음처럼 편지와 사진을 사진틀에 잘 갈무리해 넣고 책장 위에 그대로 올려놓았다.
아키볼드가 사진 속 마르탱의 눈을 똑바로 쳐다보며 한 마디 했다.
"애송이 녀석, 네 배짱이 얼마나 두둑한지 어디 한 번 두고 보겠다."

16. 캘리포니아여 내가 왔노라

우리의 인생 지도는 겹겹이 접혀있어서
우리는 지도를 가로지르는 큰 길 하나밖에 보지 못한다.
그러나 그 길은 언제나 새로운 작은 길로 연결된다.
—장 콕토

샌프란시스코

따사로운 햇살이 비추고 상쾌한 바람이 부는 날이었다. 하늘은 봄처럼 맑았고, 카오디오에서는 비치보이스의 노래가 흘러나왔다.

렌트한 로드스터의 운전대를 잡은 마르탱은 빅토리아풍 저택들이 늘어선 가파른 골목길을 급히 달려 내려갔다. 크리스마스를 불과 이틀 앞둔 날이었지만 하늘에는 햇살이 가득했고, 드넓은 바다가 바로 가까이 있다는 걸 느낄 수 있었다. 마치 지중해 근처의 어느 도시에 와 있는 듯했다.

샌프란시스코는 도시 전체를 파스텔 톤으로 새로 덧칠한 듯한 인상을 풍겼지만 긴장이 풀린 분위기와 사람을 취하게 만드는 매력은 여전했다.

마르탱은 고스란히 기억하고 있었다. 항구에서 들려오는 시끌벅적

한 소리, 신선한 바다 냄새, 1950년대에서 방금 튀어나온 듯한 톱니바퀴 케이블카, 나무 장식과 놋쇠로 만든 종…….

마르탱은 버락 오바마를 지지한다는 깃발을 단 전기버스를 추월해 언덕으로 둘러싸인 터키 색 만을 바라보며 마리나를 향해 달렸다. 그는 금문교를 건너는 동안 백미러에 비친 해안도시 경관을 감상했다. 곧 소살리토로 이어지는 좁은 커브길이 나타났다. 한때 히피들의 본거지였던 산허리에는 고급저택들이 들어선 지 오래였다. 그러나 마르탱의 눈에 호화로운 풍경 따위는 일체 들어오지 않았다. 오직 가브리엘을 만난다는 단 한 가지 생각만이 그의 머리를 온통 채우고 있었다.

그들의 사랑 이야기는 1995년 샌프란시스코의 여름 햇살 아래에서 시작되었다. 그 서글픈 사랑 이야기는 크리스마스 날 밤, 추위와 고통 속에 찾아들었던 맨해튼의 어느 카페에서 끝났어야 했다. 13년이 훌쩍 지나 버린 지금, 운명의 여신은 카드를 다시 섞어 두 사람 중 어느 누구도 기대하지 않던 한 판을 벌일 준비를 하고 있었다.

*

"이런 빌어먹을! 카뷰레터가 또 고장났잖아."

가브리엘이 연장통을 닫으며 불만을 터뜨렸다.

수상비행기의 모터 위에 앉아있던 그녀는 고양이처럼 날렵하게 바닥으로 뛰어내렸다.

"그리 심각해할 것 없어. 고치면 되지."

써니가 그녀를 위로했다.

"아저씨야 심각할 일이 뭐가 있겠어요? 저 비행기로 고객들을 실어

나르지 못하면 저 많은 청구서들을 어떻게 갚을지 생각해봤어요?"

"세스나기가 있잖아."

"세스나기에는 좌석이 세 개밖에 없어요. 수입이 절반으로 줄어든 다고 봐야죠."

허리춤에 양 손을 걸친 가브리엘이 골칫거리를 바라보며 한숨을 푹 내쉬었다. 남십자성 호라는 이름이 붙은 구식 라테코에르 28기는 모터 하나짜리 수상비행기였다. 반짝이는 포도주 색 기체 덕분에 해변을 산책하는 사람들의 시선을 끌었다.

한 눈에 보기에도 이제 수상비행기가 있어야 할 곳은 바다 위가 아니라 박물관인 듯했다.

가브리엘은 그간 모아둔 돈과 수개월 동안의 주말 시간을 몽땅 쏟아 부어 비행기 부품을 수리했다. 보트하우스와 머스탱 그리고 이 수상비행기는 어머니로부터 물려받은 유산으로 그녀에게는 그 무엇보다 소중한 보물이었다.

가브리엘은 수상비행기를 기둥에 잡아맨 밧줄을 확인하고 나서 통나무집으로 들어갔다. 써니는 수상비행기의 탑승 예약 매표소로 쓰고 있는 그 통나무집에서 관광객들을 상대로 아이스크림과 음료수를 팔았다. 소나무 숲으로 둘러싸인 만의 끝 지점은 잔잔한 호수 같았다. 하루가 저물어가고 있었다. 햇살은 부드럽고, 공기는 맑았으며 푸른 하늘이 잔물결 이는 수면 위에 반사되고 있었다.

가브리엘은 10년 전부터 이 작은 공원에서 일을 해 왔다. 그녀는 두 대의 수상비행기로 관광객들에게 잊을 수 없는 비행경험을 제공할 수 있게 되었다. 한때 히피였던 써니가 충실한 보조자 역할을 맡아 주었다. 그는 이미 오래 전에 쉬어야 할 나이였지만 히피다운 알록달록한 옷차림, 긴 꽁지머리, 반세기를 묵은 문신으로 은퇴를 늦추고 있었다. 그가 전 세계 수천 명의 젊은이들이 모여들었던 '사랑의 여름'을 비롯해 1960년대 샌프란시스코의 히피 운동 이야기를 생생하게 들려주면 관광객들은 누구나 깊이 빠져들지 않을 수 없었다.

여름에는 해수욕과 카약, 요트 그리고 제트스키를 즐기는 사람들로 넘쳐났다. 그러나 겨울날 오후에는 왜가리와 가마우지, 홍학이 사이좋게 노니는 평화로운 풍경이 연출되었다.

가브리엘은 걱정스러운 표정으로 바에 걸터앉아 써니가 건넨 미네랄워터를 병째 들이켰다.

"비행기에 문제가 있나?"

가브리엘은 목소리가 나는 쪽을 돌아보았다. 나이가 지긋한 남자 하나가 차가운 코로나를 홀짝이며 비행기를 바라보고 있었다. 60대쯤으로 보이는 남자의 머리카락은 부스스했고, 수염은 사흘쯤 깎지 않은 듯 너저분했다. 청바지에 검은색 터틀넥 스웨터와 트위드 스포츠 재킷을 받쳐 입은 캐주얼 차림이었으나 어딘가 모르게 젠틀한 이미지를 풍겼다. 고리타분한 노인네 타입도 아니었고, 그렇다고 겉멋에 치중하는 스타일도 아니었다. 젊은 여자들에게 괜히 집적거리는 제비 타입은 더더욱 아니었다.

"모터가 아가씨 말을 듣지 않고 제멋대로 구는 것 같던데?"

"네, 바로 맞추셨어요."

가브리엘이 옆에 놓인 의자에 앉으며 대답했다.

노인이 건배를 하자는 듯 그녀를 향해 생수 병을 들어보였다.

"써니, 맥주 한 병만 가져다주세요. 이 신사분이 사는 거예요."

가브리엘이 어려운 세상을 사는 법칙이었다. 상대보다 한 발 앞서

가기, 상대의 허를 찌른 다음 반응을 살피기, 상대의 반응 따위는 아예 무시하면서 유리한 위치를 선점하기.

노신사가 어색한 미소를 지으며 자신을 소개했다.

"난 아키볼드라고 하지."

"가브리엘이에요."

가브리엘이 반갑다는 뜻으로 코로나 병을 들어보였다. 맥주를 한 모금 마신 그녀는 초록색 레몬 조각을 깨물었다.

상대방의 시선을 느낀 그녀가 눈을 들었다. 노신사는 너절한 놈팡이들처럼 그녀의 가슴을 쳐다보거나 엉덩이나 도톰한 입술을 흘끔거리는 실례는 하지 않았다. 그저 가만히 눈을 들여다 볼 뿐이었다. 그런 그의 얼굴에 왠지 모를 애정이 묻어나 있었다. 손녀를 대하는 할아버지의 애정이나 아내를 대하는 남편의 애정은 아니었다. 그런 보편적인 애정과는 뭔가 달랐다. 진정성이 그대로 가슴까지 밀어닥치는 애정이었고, 난생처음 경험하는 애정 이상의 그 무엇이었다.

가브리엘은 언어철학 수업시간에 배운 내용을 떠올렸다. 헤겔이 설파하기를 우리의 생각은 우리가 사용하는 단어로 모두 표현될 수 있다고 했다. 생각의 가장 진실한 면이 단어에 깃들어 있다고도 했다. 그러나 그녀에게 접근하는 남자들의 입에서 흘러나오는 말은 죄다 공허하기 짝이 없었다. 대부분 남자들은 책임지지도 못할 감언이설과 사랑의 암호, 비열한 약속을 남발하기 일쑤였다. 상상력이 터무니없이 부족한 이야기들이었다. 그런 까닭에 가브리엘은 상대의 말이 아니라 몸짓이나 눈빛, 얼굴 표정, 태도에 주목해왔다.

이 아키볼드라는 노신사는 과장되게 너스레를 떨거나 사탕 발린 말을 한 마디도 하지 않는다는 점만 봐도 믿어도 좋을 듯했다. 뭔가 의구심이 일다가도 마음이 놓였고, 모든 게 낯설 뿐이었지만 어딘가 모르게 익숙한 느낌이었다.

*

마르탱은 GPS가 안내하는 대로 가브리엘이 일하며 살아간다는 해변에 도착했다. 소나무 아래에 차를 세운 그는 한참 동안 머뭇거릴 뿐 차마 내리지 못했다. FBI의 보고서에는 아키볼드가 딸을 만나고 있다는 내용이 없었다. 언젠가 가브리엘이 아버지를 한 번도 만난 적 없다고 이야기하는 걸 듣기도 했다. 그렇다면 굳이 의구심을 가질 필요가 없을 듯했다.

아키볼드는 머지않아 다이아몬드를 노리고 샌프란시스코에 도착할 것이다. 버튼을 누르자 로드스터의 알루미늄 지붕이 위로 덮이고 있었다. 차에서 내려 문을 잠그려던 마르탱은 차체에 비친 자신의 모습을 금세 알아보지 못했다.

로이드 브라더스는 철저하게 준비를 갖춰놓고 그를 맞이했다. 호텔 옷장에는 몸에 딱 맞는 스말토 양복 세 벌이 걸려 있었다. 소매며 어깨선이 그야말로 완벽하게 맞아떨어졌다. 더욱 놀라왔던 건 미용사가 그를 기다리고 있었다는 것이다. 머리와 수염이 덥수룩했던 프랑스 경찰 마르탱은 미용사의 손놀림에 따라 텔레비전 시리즈의 주인공으로 거듭났다.

마르탱은 외모의 변화가 낯설기만 했다. 마치 다른 사람의 몸 속에 들어와 있는 듯한 느낌이었다. 그는 더 이상 신경질적인 표정으로 파리의 골목길을 누비던 경찰이 아니었다. 하긴, 그는 아주 오래 전부터 자기 자신이 낯설었다. 가브리엘을 떠난 후로는…….

마르탱은 보트하우스 쪽으로 발걸음을 옮겼다. 햇볕이 따사롭고 평화로운 그곳은 그가 어린 시절을 보낸 프랑스의 프로방스 지방을 떠올리게 했다. 갈매기만 있으면 그림이 보다 완벽해질 것 같았다.

마르탱은 해변에 있는 통나무집을 향해 걸어갔다.

그러나 그의 눈앞에 펼쳐진 장면은…….

*

"아름다운 아가씨, 내가 모터를 한 번 봐줘도 되겠소?"

아키볼드가 부드러운 목소리로 말했다.

"모터 전문가라도 되시나요?"

"아니, 난 미술 쪽 일을 하고 있지. 다만 모터를 고쳐본 경험이라면 그 누구보다도 많다고 자부할 수 있어."

"전문가가 아닌 이상 괜히 수고하실 필요 없어요. 워낙 변덕이 심한 고물 비행기라……."

가브리엘이 미소를 지으며 대답했다.

"나도 알아요, 라테코에르 28.3."

가브리엘은 깜짝 놀라며 눈을 크게 떴다. 그녀의 못 믿겠다는 표정을 보며 아키볼드가 태연하게 말을 이었다.

"모터는 원래 히스파노였을 텐데 뭐로 교체한 거요?"

"슈브롤레 모터요."

"640마력?"

"네, 맞……맞아요."

더욱 더 의심이 갔다. 기계에 대해 그렇게까지 잘 아는 사람을 전에는 한 번도 만난 적이 없었다.
"내가 한 번 봐도 되겠소?"
가브리엘은 기름때로 새까매진 손을 내보이며 호의를 거절하려고 했다.
"아마 온몸에 기름때가 시커멓게 묻을 텐데요?"
그러나 이미 재킷을 벗어붙인 아키볼드는 스웨터 소매를 걷어 올리고 있었다.
"제가 부탁한 게 아니라 당신이 원한 일이니까 나중에 딴소리하기 없기예요?"
가브리엘이 미심쩍은 표정으로 연장통을 내밀었다.
아키볼드는 단숨에 수상비행기 기체 위로 올라갔다. 마치 평생 동안 해온 일처럼 능숙해 보이는 동작이었다.
"만약 내가 모터를 고쳐주면 그 대가로 뭘 해줄 생각이오? 혹시 저녁식사는 어떻소?"
가브리엘의 심장이 빠르게 뛰기 시작했다. 마치 온몸에 찬 물을 뒤집어쓴 것 같은 실망감이 온몸으로 퍼져 나갔다. 남자들의 유혹에 쉽게 넘어갈 듯한 인상을 풍긴다는 건 그리 유쾌한 일이 못되었다. 방법은 제각기 달랐지만 여태까지 만나본 남자들 중 예외는 단 한 사람도 없었다. 저녁식사를 원하는 걸 보면 이 남자도 크게 다르지 않아 보였다.
아무리 그렇더라도 미리부터 동요나 실망의 기색을 내비칠 필요는 없었다.
"아무리 점잖아 보여도 남자들이 원하는 건 결국 다 똑같군요. 간단

한 저녁식사, 가벼운 한 잔 그리고 그 다음은 키스……."

가브리엘이 농담조로 말했다.

아키볼드가 못들은 척하자 그녀가 발끈했다.

"결국 당신도 다른 남자들과 다를 바 없다는 걸 인정하는 건가요?"

"나라면 다를 수도 있지 않겠소?"

"아무튼 모터를 고쳐주면 제가 저녁을 사겠어요."

가브리엘이 심통 난 표정을 지으며 말했다.

*

마르탱은 황급히 카브리올레 안으로 몸을 숨겼다. 가슴이 쿵쾅거리며 뛰기 시작했다. 그는 조수석 앞 사물함을 열고 오문진이 준 글록 19 구경 파라벨럼을 집어 들었다.

오문진은 약속대로 권총 한 자루와 무기 사용을 허가한다는 미 정부의 허가서를 준비해주었다. 사물함에는 손전등, 신호탄, 사냥용 칼 그리고 쌍안경도 들어있었다. 그는 쌍안경을 꺼내 보트하우스 쪽을 바라보았다.

가브리엘이 아키볼드와 뭔가 이야기를 나누고 있었다. 그녀는 꽈배기 무늬가 들어간 스웨터에 해진 부츠컷 청바지 차림이었다. 13년 동안 한 번도 만나지 못했는데 방금 전 헤어진 것처럼 익숙한 모습이었다.

금발에 가까운 밤색 머리카락이 눈을 가리는데도 그녀는 굳이 머리를 쓸어 올리지 않았다. 서녘으로 저물어가는 햇빛이 조화가 잘 된 그녀의 얼굴을 돋보이게 했다. 순간적으로 그녀 안에서 뭔가 빛나는가 싶더니 곧 꺼져버렸다.

 마르탱은 아직 그녀에 대한 사랑이 식지 않았음을 깨달았다. 그 오랜 세월과 그 먼 거리로도 막을 수 없을 만큼 간절한 사랑이 다시금 활활 불을 지피고 있었다. 그러나 죽고 싶을 만큼의 고통을 안겨주었던 그 사랑을 진정 사랑이라 할 수 있을지 의문이었다.

*

 모터가 목에 걸린 나사못을 빼내려는 듯 쿨럭거리더니 평소처럼 요란한 소리를 내며 제 호흡을 되찾았다.
 아키볼드는 조심스레 비행기에서 내려 걸레로 손에 묻은 기름때를 닦아냈다.
 "카뷰레터가 아니라 실린더가 문제였소. 당분간은 괜찮겠지만 곧 교체해야 할 정도로 노후화되었어요."
 아키볼드는 재킷을 다시 입고 스웨터를 매만진 다음 미소를 지으며 가브리엘을 향해 돌아섰다.
 "저녁식사는 농담으로 꺼낸 얘기니까 괘념치 말아요. 아가씨가 꼭 저녁을 사야 한다고 우긴다면 얘기가 달라지겠지만……."
 순간적으로 당황한 가브리엘은 어떻게 대답해야 할지 몰라 머뭇거렸다. 시간을 좀 더 지속시키며 남자에 대해 뭔가 더 알아보고 싶었지만 속마음을 들키기는 싫었다.
 "그럼 저녁식사는 없던 일로 할까요?"
 선선히 고개를 끄덕이며 헬멧을 집어든 아키볼드가 그녀에게 작별인사를 건넸다.

"그럼, 잘 지내요, 가브리엘."
"모터 수리는 정말 고마웠어요. 안녕히 가세요."
통나무집을 나간 아키볼드가 주차장쪽으로 멀어져갔다.
가브리엘은 왠지 그와 헤어지는 게 안타까웠다. 듣고 있으면 마음이 편안해지는 그의 목소리를 좀 더 듣고 싶었다. 그의 어떤 부분이 마음을 뒤흔드는지에 대해서도 좀 더 알아보고 싶었다. 그러나 용기가 나지 않았다.
오토바이에 올라탄 아키볼드가 그녀를 향해 소리쳤다.
"왜 아가씨는 마음에 들지 않는 남자들하고만 데이트를 하는 거요?"
"글쎄요."
가브리엘이 내심 흠칫 놀라며 대답했다.
"왜 그러는지 그 이유를 정말 모르는 거요?"
"사랑하는 사람을 잃는 게 겁이 나기 때문이겠죠."
가브리엘은 더 이상 저항하지 않기로 결심했다. 그는 그녀의 마음을 앞서서 읽고 있었다. 마음의 균열과 깊은 수렁, 수치, 피가 흐르는 껍질, 깊은 상처까지 모두 꿰뚫어보고 있었다.
아키볼드는 헬멧의 바이저를 올리고 마지막으로 가브리엘을 바라보았다. 기둥 한 가운데에 서 있는 딸아이는 한없이 약해보였다. 바람이 불면 나무이파리처럼 곧 날아가 버릴 것 같았다.
두 사람 사이에 감정의 물결이 출렁거렸다. 도저히 피할 수 없는 불가항력 같은 감정이었다.
아키볼드가 시동을 걸자 4기통 엔진이 진동하기 시작했다. 오토바이가 막 출발하려고 할 때, 가브리엘이 갑자기 달려와 뒷자리에 올라

앉았다. 아키볼드는 자신의 허리를 안고 있는 가브리엘의 팔과 어깨에 닿는 머리카락의 감촉을 느꼈다.
 오토바이는 전속력으로 저물어가는 태양을 향해 달려갔다.

17. 타인의 갈증

우리는 마음속에 각자 아름다운 방을 가지고 있다.
나는 그 방을 벽으로 봉쇄했으나 그 방은 파괴되지 않았다.
―구스타브 플로베르

마르탱은 전속력으로 차를 몰아 아키볼드의 오토바이를 뒤쫓았다. 파리라면 사이렌을 울리고 동료들에게 비상사태를 알릴 수 있었겠지만 여긴 샌프란시스코였다.

알루미늄과 크롬, 강철로 된 육중한 크기의 야마하 오토바이는 자동차 사이를 교묘하게 빠져나갔다. 반대편 차선에서 차들이 꼬리에 꼬리를 물었으나 도심방향은 한결 소통이 원활했다.

아키볼드는 제한속도를 유지했다. 고속도로순찰대나 다른 오토바이들의 관심을 끌 이유가 없었을 뿐더러 헬멧을 쓰지 않은 딸을 보호할 필요가 있었기 때문이다.

마르탱은 방금 전에 목격한 광경을 어떻게 해석해야 할지 종잡을 수 없었다.

가브리엘이 아키볼드를 만난 게 처음일까? 가브리엘은 과연 자기 아버지에 관한 진실을 모두 알고 있을까?

다리를 벗어난 오토바이는 나무가 무성한 프레시디오를 지나 마리나를 따라 달렸다. 관광객들은 그림엽서 같은 사진을 기대하며 하늘을 붉게 물들인 석양을 배경으로 셔터를 눌러대느라 여념이 없었다. 오토바이를 따라 달리는 마르탱의 입장에서는 석양빛이 도무지 반갑지 않았다.

결국 마르탱은 러시아 힐 근처에서 아키볼드의 오토바이를 놓쳐버리고 말았다. 그러나 몇 분 뒤, 이탈리아 지구의 초입을 지나는 육중한 오토바이가 다시 눈에 띄었다.

이제 4기통 엔진의 오토바이는 바다와 면한 엠바르카데로 간선도로를 달리고 있었다. 산업지구였던 이 지역은 1989년에 발생한 지진 이후 극적으로 변신했다. 화물 창고를 허무는 대신 야자나무를 심어놓은 넓은 해안도로는 자전거 족과 롤러스케이트 족들로 늘 북적거렸다.

아키볼드는 여객선터미널을 지나고 있었다. 터미널에 우뚝 솟은 70미터 높이의 시계탑은 이 지역을 강타했던 지진에도 끄떡없이 견뎌냈다. 시계탑의 벽돌 아치와 대리석으로 덮인 바닥 때문에 스페인이나 포르투갈 분위기를 풍겼다.

오토바이는 바다 위에 떠 있는 레스토랑으로 연결된 선착장으로 접어들었다. 허를 찔린 마르탱은 버스 주차 구역에 급히 차를 세웠다.

아키볼드는 주차관리인에게 오토바이를 맡기고 레스토랑 매니저의 안내를 받아 테라스에 위치한 테이블에 자리를 잡았다.

밤이 내린 하늘을 배경으로 도심의 고층건물들이 화려하게 빛났다. 저 멀리 텔레그래프 힐 위에는 코이트 타워가 도시 전체를 보호하는 검처럼 불을 밝히고 서 있었다.

아주 잠깐 지포 라이터 불꽃이 차 내부를 밝혔다. 운전석에 앉은 마르탱이 담배연기를 길게 내뿜었다.

쌍안경으로 아키볼드를 주시하며 적절한 때를 기다려야 했다. 그러나 이제는 상황이 달라져 있었다. 지금 그가 노리고 있는 상대는 가공할 도둑이 아니라 가브리엘의 아버지이자 발랑틴의 남편이었다.

*

여기서 대체 뭘 하는 거야?

가브리엘은 거울을 바라보며 마음속으로 자기 자신을 다그쳤다. 마음을 가라앉힐 시간이 필요했던 그녀는 레스토랑에 오자마자 화장실을 찾았다.

원인을 알 수 없는 불가항력의 힘에 이끌려 노신사를 따라왔지만 그렇게 즉흥적인 행동을 했던 이유가 무엇이었을까?

가브리엘은 생각에 열중한 채 손을 씻고 급하게 머리를 매만졌다. 고급 레스토랑에서 저녁식사를 하는 줄 알았다면 이런 차림새로는 오지 않았을 것이다.

요즘 들어 부쩍 컨디션이 좋지 않았다. 일이 많고 저녁 외출이 잦은 탓에 결과적으로 잠이 부족했다. 엄마가 만든 자선단체인 '희망의 날개'에서 줄곧 자원봉사를 해왔고, 소방서 자원봉사활동도 계속해왔다. 화재가 발생할 때마다 헬기를 동원해 인근 호수와 하천에서 물을 퍼다 나르는 일이었다.
　가브리엘은 보람된 삶을 영위하고 싶다는 소망이 그 누구보다 강했다. 이웃을 위해 바쁘게 뛰어다니며 봉사하고, 삶에 긍정적 의미를 부여하기 위해 노력해온 건 바로 그런 이유 때문이었다. 그러나 무리한 활동에는 도피의 의미도 내포돼 있다는 걸 부인하지 못했다.
　가브리엘은 목숨이 다할 때까지, 전구에 몸을 부딪치는 불나방처럼 몸이 지쳐 쓰러질 때까지 움직임을 멈추지 않을 생각이었다. 잠시도 날갯짓을 멈추지 말 것, 힘이 다할 때까지, 온몸이 타 없어질 때까지 활동해야하는 또 다른 이유가 있었다. 그녀는 누군가 자신을 안아줄 든든한 팔과 따스하게 품어줄 가슴이 필요하다고 고백하는 실수를 원천봉쇄할 생각이었다.

　가브리엘은 마스카라를 꺼내 붙인 다음 풍성한 속눈썹이 돋보이도록 화장했다. 언제나 화장할 것, 예뻐 보이기 위해서가 아니라 본모습을 감추어야 하니까.
　가브리엘은 뺨 위로 흘러내린 눈물 한 방울을 손으로 얼른 훔쳐내고는 아키볼드가 기다리는 테라스를 향해 걸어갔다.

*

　마르탱은 두 사람을 더욱 정확하게 보기 위해 망원경의 초점을 맞추었다.
　하늘과 바다 사이에 떠 있는 레스토랑 테라스에서 식사하는 고객들은 파노라마처럼 펼쳐지는 전망을 맘껏 즐길 수 있을 뿐만 아니라 마치 바다 위에서 식사하는 듯한 환상에 사로잡히게 된다.

　테라스는 간결하면서도 세련되게 꾸며져 있었다. 베이지색과 흰 색이 조화를 이룬 곳곳에 서양란이 놓여있었고, 주름이 풍성한 커버를 씌워놓은 의자와 은은한 조명이 아늑한 분위기를 자아냈다.

　가브리엘이 아키볼드의 옆자리에 앉는 순간 마르탱은 담배꽁초를 짓이겨 껐다.

　가슴이 뛰며 머릿속이 온통 뒤죽박죽이었다.

　아키볼드를 잡을 능력이 있다는 걸 증명해보이고 싶은 욕구, 그에 대해 더 많은 걸 알고 싶은 욕구, 가브리엘을 다시 사랑하고 싶은 욕구가 뒤엉키며 온통 머리를 복잡하게 했다. 동시에 그녀에게서 받은 배반의 고통을 고스란히 되돌려주고 싶은 욕구도 있었다.

　결국 한 사람의 영혼은 그 영혼을 다 바쳐 사랑하는 그 누군가에게 종속되어 있는 것이리라.

*

　가브리엘이 떨고 있는 걸 본 아키볼드가 손짓으로 웨이터를 불렀다. 그가 난로를 가져와 가브리엘의 발치에 놓아주었다.

　가브리엘은 긴장이 풀리기는커녕 왠지 몸이 자꾸만 떨려왔다. 그녀가 어색한 분위기를 무마하기 위해 먼저 말을 꺼냈다.

　"비행기에 대해 잘 아시나 봐요?"

　"비행기를 몇 대 조종해 본 경험이 있으니까 좀 안다고 할 수 있을 거요."

　"수상비행기도 몰아 보셨어요?"

아키볼드가 가브리엘의 잔에 화이트와인을 따르며 고개를 끄덕였다.

"무슨 일을 하시는지 감이 오지 않아요. 미술 쪽 일을 하신다고 했죠?"

"정확하게 말하자면 그림을 훔치는 일을 하지."

농담이라고 생각한 가브리엘은 미소를 지었지만 아키볼드의 표정은 여전히 진지했다.

"설마 직업이 도둑은 아니시겠죠? 그림 훔치는 일이?"

"아니, 그림 훔치는 일이 틀림없는 내 직업이오."

아키볼드가 다시 진지하게 대답했다.

"가령 어떤 그림을 훔치죠?"

"정해진 규칙 같은 건 없소. 다만 모든 그림이 내 절도 대상이라고 할 수 있소. 유명 미술관, 백만장자, 왕이나 여왕 소유의 그림들 말이오."

그때 웨이터가 음식을 날라 왔다. 은쟁반 위에 갖가지 애피타이저가 담긴 종 모양의 유리그릇이 놓여 있었다. 캐비아를 얹은 차가운 굴, 체리를 넣은 달팽이 샐러드, 땅콩버터에 구운 새우, 바다가재 찜, 그리고 피스타치오를 곁들인 개구리 뒷다리가 테이블 위에 차례로 놓였다.

호기심과 우려 속에서 두 사람은 음식을 먹기 시작했다. 함께 식사하는 동안 차츰 분위기가 무르익어갔다. 아키볼드의 농담에 가브리엘은 긴장을 풀었고, 그가 포도주를 따라 주었을 때에는 큰소리로 웃기까지 했다.

가브리엘은 부드럽게 감싸는 듯한 아키볼드의 목소리에 귀를 기울였다. 아키볼드는 줄곧 그녀에게서 시선을 떼지 않았다. 촛불에 비친 그녀의 눈 주위에 피로 때문에 생긴 잔주름이 잡혀있었다. 그러나 시간이 지날수록 잔주름은 사라진 대신 생기를 되찾은 두 눈만이 반짝였다.

가브리엘은 역시 발랑틴의 딸다웠다. 웃으면서 고개를 옆으로 갸우뚱거리는 모습이나 자기도 모르게 손가락으로 머리카락을 돌돌 마는 습관, 변화무쌍한 얼굴표정이 제 엄마를 쏙 빼닮았다.

말해! 내가 아빠라고 어서 말해! 단 한 번만이라도 용기를 내야 해.

루이 아라공의 시에서처럼 가브리엘의 눈빛이 비 개인 날 하늘이 질투하고도 남을 만큼 맑게 반짝였다.

"그림 말고 또 뭘 훔치는데요?"

농담으로 받아들인 가브리엘이 키득거리며 물었다.

"보석을 훔쳐."

"보석이요?"

"다이아몬드……그리고 전화기도."

"전화기?"

"이런 전화기."

아키볼드는 몇 시간 전에 훔친 가브리엘의 블랙베리 폰을 식탁 위에 올려놓았다.

휴대폰을 알아본 가브리엘의 얼굴에서 웃음기가 싹 가셨다.

이게 무슨……?

오늘 아침 집을 나설 때 휴대폰을 깜박 잊고 나왔다. 그러니까 이 낯선 남자가 집을 뒤지고 그녀의 은밀한 세계를 엿본 게 틀림없었다.

이번엔 또 어떤 종류의 사이코패스에게 걸려든 것인가?

아키볼드가 딸의 팔에 손을 얹는 순간 가브리엘이 거칠게 뿌리치며 자리에서 벌떡 일어났다.
"가브리엘, 잠깐만 내가 어떻게 된 일인지 설명할 수 있게 해다오."
아키볼드가 프랑스 어로 소리쳤다.
아키볼드의 절망적인 눈빛을 마주한 가브리엘은 순간적으로 마음이 흔들렸다.
이 남자는 왜 프랑스 어로 말하는 것일까?
그러나 농락당했다는 사실에 분개한 가브리엘은 그의 말을 들어 보려고도 하지 않고 테라스를 빠져나왔다. 그러고는 누가 뒤쫓아 오기라도 하듯 힘껏 달리기 시작했다.

*

가브리엘은 엠바르카데로 대로 위에서 택시를 잡으려고 우왕좌왕했다.
차에서 내린 마르탱은 차체 뒤에 몸을 숨겼다.
아키볼드는 딸을 붙잡는 걸 포기한 채 망연자실한 표정으로 앉아있었다. 마르탱은 길을 건너 가브리엘 앞에 나타나는 걸 포기했다. 지금은 그녀 앞에 나타날 때가 아닌 듯했다.
마침내 택시 한 대가 멈춰 섰다.
가브리엘이 택시 안으로 들어서려는 순간 휴대폰이 진동했다. 몇 초간 망설이던 그녀는 전화를 받았다.

*

"제발 끊지 말고 끝까지 내 얘기를 들어주기 바란다. 너에게 이렇게 이야기를 꺼내기까지 이십칠 년이라는 세월이 흘렀단다."

가브리엘은 뒤를 돌아보았다. 선창은 페리를 타려는 사람들과 대로변에 즐비한 카페에서 술을 마시며 시간을 보내려는 사람들로 북적거렸다.

전화기 저편의 아키볼드가 꽉 잠긴 목소리로 말을 이어나갔다.

"나에게 지난 세월에 대해 설명할 기회를 주렴……."

가브리엘은 눈으로 아키볼드를 찾았다. 무슨 이야기인지 종잡을 수가 없었고, 뭔지 알고 싶지도 않았다.

"가브리엘, 네 아빠는 아직 죽지 않고 살아있어."

아키볼드는 50미터 뒤, 방파제와 엠바르카데로 대로가 만나는 지점에 서 있었다. 그가 가브리엘에게 걱정 말라는 의미로 손짓을 보내고는 계속해서 말을 이어나갔다.

"내가 너를 버렸단다."

가브리엘은 택시를 보내고 인도 한 가운데에 못 박힌 듯 꼼짝하지 않고 서 있었다. 마치 감전이라도 된 듯 온몸이 마비되는 듯했다.

"내게 그 이유를 설명할 기회를 줄 수 있겠니?"

목구멍에 꽉 잠겨있던 말이 화산에서 용암이 분출되듯 터져 나왔다. 아키볼드는 심장이 가파르게 상승곡선을 그리며 뛰는 걸 느꼈다. 그의 병든 몸이 감당하기에는 부담스러울 만큼 호흡이 가빠왔다.

아빠?

망설이던 가브리엘이 결심을 굳히고 아키볼드가 있는 쪽으로 걸음을 옮기려는 순간이었다.

"조심해요."

가브리엘은 급히 아버지에게 위험상황을 알렸다. 반대편 인도에 서 있던 남자 하나가 권총을 꺼내들고 아키볼드에게 다가서고 있었다. 그 남자는······.

*

"꼼짝 마! 머리 위로 손 올려!"
마르탱이 소리쳤다.
아키볼드는 천천히 양 팔을 머리 위로 올렸다. 머리 가까이 가져간 그의 오른손에 들린 휴대폰에서 걱정스러운 목소리가 흘러나왔다.
"아빠?"
양손으로 권총을 모아 잡은 마르탱이 팔을 쭉 뻗어 아키볼드를 겨냥했다. 서쪽에서 동쪽으로 전진하는 차량 행렬이 두 사람 사이를 가로막았다.
마르탱은 이번에야말로 종지부를 찍겠다고 결심했다. 아키볼드를 감옥에 집어넣고 프랑스로 돌아가 진정한 남자로 살아가리라.
"손들어! 계속 손을 들고 있으란 말이야!"
마르탱은 자동차들의 소음을 의식해 더욱 큰소리로 외치며 'FBI' 이니셜이 찍힌 카드를 꺼내들었다. 우선 수상쩍은 눈길을 보내는 행인들을 안심시킬 필요가 있었다. 법의 테두리 안에서 아키볼드를 체포하고 싶었고, 조금의 실수도 허용하고 싶지 않았다.
마르탱은 길을 건너려 했지만 요란한 경적소리가 그를 제지했다.

그 순간 주름상자로 연결된 긴 버스가 달려오는 바람에 잠깐 동안 시야를 확보할 수 없었다.

아키볼드는 그 틈을 놓치지 않고 선착장 쪽을 향해 달리기 시작했다.

가까스로 도로를 건넌 마르탱은 허공에 대고 공포탄을 쐈다. 그 정도 위협에 겁을 집어먹고 멈춰 설 아키볼드가 아니었다.

마르탱은 생각을 바꿔 차를 주차해둔 쪽으로 달렸다. 이번에는 법을 따질 겨를이 없었다. 그는 카브리올레를 후진시켜 레스토랑 옆 소형 주차장 뒤편 울타리를 그대로 뚫고 나갔다.

어느새 오토바이에 올라탄 아키볼드는 헬멧을 쓰고 있었다. 마르탱은 선착장 위를 질풍같이 달려가며 총을 쏘았다. 이번에는 허공에 대고 쏘는 대신 오토바이를 직접 겨냥했다. 두 발의 총성이 울렸다. 첫 번째 총알은 오토바이의 알루미늄 몸체에 구멍을 냈고, 두 번째 총알은 소음기를 맞고 튕겨나갔다.

아키볼드는 바다로 떨어지는 대신 도로에 무사히 안착했다. 그의 오토바이와 마르탱의 카브리올레가 거의 동시에 도로로 튀어나오며 질주하기 시작했다.

마르탱은 오토바이가 느린 차량 흐름 속으로 섞여들 거라 짐작했지만 아키볼드는 허를 찔러 역주행을 감행했다. 자살기도나 다름없는 무모한 선택이었다. 아키볼드는 핸들에 몸을 찰싹 붙이고 200마력의 가공할 엔진을 풀가동시켜 엄청난 속도로 달리기 시작했다. 갑작스러운 압력을 받은 바퀴가 아스팔트 위에 긴 흔적을 남기며 전속력으로 달려갔다.

차의 비상등을 켠 마르탱은 아키볼드를 뒤따라 역주행을 시도했다.

경적이 빗발치듯 울렸다. 그는 반대편에서 달려오는 차들을 요리조리 피해가며 계속 달렸다. 수많은 전조등 불빛이 마치 쏟아지는 유성의 물결처럼 보였다.

몇 백 미터쯤 달리던 마르탱은 파운틴 플라자 쪽으로 핸들을 꺾었다. 잘못했다가는 대형 사고로 이어질 수도 있을 만큼 위험한 시도였다. 팽팽한 긴장감과 함께 심장이 급격히 뛰었고, 핸들을 잡은 두 손바닥에 땀이 흥건했다.

마르탱은 더 이상 역주행하는 것은 무모하다고 생각하며 유턴했다. 아키볼드를 잡을 절호의 기회를 또다시 놓치고 만 것이다.

*

마르탱은 가브리엘을 찾아 헤맸다. 레스토랑, 선착장……. 그녀는 이미 사라지고 없었다.

18. 추억도 후회도……

당신이 그 어떤 것보다 소중히 여기는 게 있다면,
그것을 붙잡으려 하지 마시오.
그것이 당신에게 돌아오면,
당신은 그것을 영원히 간직할 수 있지만
그것이 돌아오지 않는다면, 떠나는 그 순간부터
그것은 당신의 것이 아니라오.
-영화 〈은밀한 유혹(Indecent Proposal)〉 중에서

 새벽 한 시, 마르탱은 해변에 누워 하늘에 뜬 별들을 바라보았다. 바람이 얼굴 위로 모래를 흩뿌렸다. 가브리엘의 휴대폰으로 여러 번 통화를 시도했지만 연결되지 않았다. 사방으로 그녀를 찾아다녔다. 수상비행기가 묶여있는 곳에서 그리 멀지 않은 통나무집은 물론이고, 예전에 그와 함께 다녔던 곳들을 샅샅이 뒤지고 다녔다. 그러나 그녀는 그 어디에도 없었다.
 스물한 살 때 우울한 기분에 사로잡힐 때마다 그랬듯이 마르탱은 마린 드라이브 뒤편, 유람선 선착장과 금문교 사이에 있는 이 작은 해변을 찾았다. 둥근 달이 교교한 빛을 뿌려대는 가운데 바다는 신비한 노래를 불렀다.
 늦은 시간이었지만 해안에는 사람들이 많았다. 폭죽사용금지라는 팻말이 버젓이 세워져 있는데도 한 무리의 아가씨들이 대놓고 규칙을

위반했다. 그 아가씨들은 방금 불을 붙인 폭죽을 빙글빙글 돌려대며 우주비행사 복장으로 돛을 단 달구지를 끌고 다니는 우스꽝스런 영감을 놀려댔다.

다른 쪽에서는 성별이 구분되지 않는 동양인 하나가 물에 발을 담근 채 용 모양의 연을 날리고 있었다. 검은 선글라스와 가슴이 V자로 파진 보라색 기모노 차림에 보디빌더처럼 가슴팍이 떡 벌어진 그는 이어폰을 귀에 꽂은 채 자기만의 세계에 빠져있었다.

샌프란시스코에서는 누구나 자유롭다. 남이 뭐라 하든지 내가 좋으면 그만이라는 생각이 이 도시에 만연해 있는 철학이고 매력이었다. 사람을 흠뻑 빠지게 하는 동시에 혐오감을 불러일으키게도 하는 자유지상주의…….

해변에서 다소 떨어진 바위 아래에서 한 쌍의 젊은 남녀가 수줍게 키스했다. 이제 막 사랑을 시작한 연인들 같았다.

"저기 저 사람들, 우리와 닮은 것 같지 않아?"

가브리엘이 일 미터쯤 옆에 앉아 무릎 위에 턱을 괸 채 그를 내려다보고 있었다.

마르탱은 냉정을 유지하려 애쓰며 젊은 연인들을 흘낏 쳐다보았다.

"그래, 지난 날 우리가 딱 저랬어."

"아니, 우린 저들보다 훨씬 더 대담했어. 당신이 우리가 이 해변에서 함께 했던 날들을 다 기억하는지는 모르지만……."

"오래 전 일이야."

"당신이 오래 전 편지에 적어준 윌리엄 포크너의 말이 기억나. '과거는 절대 죽지 않는다.'"

마르탱은 고통을 숨기려하지 않았다.

"답장은 안했어도 편지는 읽었나보네."
"물론 읽었어. 십삼 년이 지난 지금까지도 기억할 만큼 감명 깊게."
마르탱은 그제야 가브리엘을 유심히 쳐다보았다. 자기도 모르게 눈을 깜박이는 속도가 빨라졌다. 가브리엘과 함께 하는 이 시간이 금세 어디론가 사라져버릴 것 같았다. 그러기 전에 그녀의 자취를 머릿속에 맘껏 새겨두어야 할 것 같았다.
헤어질 당시 가브리엘은 성숙한 여인이라기보다는 소녀에 가까웠다. 이제 그녀는 소년 같은 분위기를 풍겼고, 여전히 매력적이었다.
"샌프란시스코에는 날 보러 온 거야?"
"아니, 당신 아버지 때문에 왔어. 난 그를 체포할 임무를 띠고 왔지."
"그가 내 아버지 맞아?"
"그래, 가브리엘, 아키볼드는 당신 아버지가 분명해."
"당신은 언제부터 그런 사실을 안 거야?"
"오늘 아침 샌프란시스코 행 비행기에서."
"그런데도 내 아버지를 총으로 쏴 죽이려 했단 말이야?"
"그게 내 직업이니까."
"사람을 죽이는 게 당신 직업이라고?"
"난 경찰이야. 비록 전직 경찰이지만……."
"당신이 경찰이라는 건 나도 알고 있어."
"어떻게 알았어?"
"구글에서 찾아봤어. 당신을 인터뷰한 어느 프랑스 신문의 기사가 나와 있더군."
마르탱은 어깨를 으쓱해 보였다.

"당신 아버지를 총으로 쏴 죽이려 했던 건 아니야. 단지 오토바이를 겨냥했을 뿐이야. 난 그를 체포해야 하니까."

"오토바이를 겨냥했을 뿐이라고? 그러다가 오발 사고로 사람이 맞아 죽으면 어떡하려고? 마르탱, 사람이 왜 그렇게 달라졌어?"

"당신 아버지는 범죄자야. 범죄행위에는 대가가 따르는 법이야."

"그림을 훔친 죄가 죽을 만큼 큰 죄는 아니잖아?"

"전 세계 경찰들이 몇 년 전부터 당신 아버지를 추적하고 있어. 어느 나라든 고가의 예술품 절도범은 중죄인으로 취급하지."

바람이 불자 파도가 바위에 부서졌다.

두 사람은 오랫동안 수평선을 바라보며 각자의 생각에 빠져있었다. 오래 전 상처를 되살려낸 추억이 고통스러웠다.

"아버지를 만난 건 오늘이 처음이야?"

"그래, 처음."

"무슨 얘기를 나누었어?"

"아빠가 나를 버린 이유를 설명해주겠다고 했지만 당신 때문에 못했어."

가브리엘이 비난조로 말했다. 그녀의 얼굴이 달빛에 물들었다. 그녀의 반짝거리는 두 눈에는 고뇌의 느낌이 짙게 배어 있었다.

"그 설명은 여기에 다 있어."

마르탱은 모래위에 놓아두었던 배낭을 열고 FBI 서류를 꺼내 가브리엘에게 건넸다.

"나도 당신이 가족사에 얽힌 진실을 알게 되기를 바랐어."

"마르탱, 내가 진실을 안다는 게 과연 어떤 의미가 있을까? 좋은 건지 나쁜 건지 확신이 서지 않아."

"당신한테는 선택의 여지가 없어. 비록 범죄자가 되긴 했어도 당신 아버지가 좋은 사람이라는 건 분명해."

"좋은 사람이라고?"

"그래, 설명하자면 좀 복잡하지만 당신 아버지 아키볼드는 좋은 사람이야. 당신 어머니를 진정으로 사랑했다는 것도 알아. 깊고도 열정적인 사랑이었지. 세상에서 보기 드물 만큼 아름다운 사랑."

"좋은 사람이라면서 당신은 왜 아버지를 필사적으로 체포하려는 거야?"

"당신에게 내가 받은 고통을 되돌려주고 싶어서인지도 모르지."

놀란 가브리엘은 힘없이 고개를 가로저었다. 그의 상처가 아직 아물지 않았으며, 그 고통은 아마도 영원히 치유되지 않을 수도 있다는 생각이 들었다.

"내가 사랑했던 마르탱은 결코 나를 아프게 할 수 없는 사람이었어. 그러기에는 너무 착한 사람이었지."

"이제 당신이 알던 마르탱은 존재하지 않아. 그렇게 된 데에는 당신 책임이 크다는 정도만 알아둬."

"내가 뉴욕에 가지 않은 건 분명 잘못한 일이지만 우리가 헤어지게 된 전적인 이유가 될 수는 없지 않을까? 그 일을 핑계 삼는 건 너무 시시하다고 생각하지 않아?"

"그 비행기티켓 두 장을 마련하기 위해 내가 얼마나 많은 시간과 노력을 투자했는지 알아? 카페 드 랄로에서 당신이 오기를 얼마나 오랜 시간 기다렸는지 알아? 해가 저물 때까지 기다렸어. 당신은 끝내 오지 않았고 단 한마디 설명조차 없었어. 내 전화번호와 주소를 알고 있었으면서 왜 그랬지?"

"당신 역시 내가 왜 약속장소에 가지 못했는지 그 이유를 알아보려고도 하지 않았어. 그 이후로 단 한 번도 날 찾지 않았지. 사랑한다면서 어떻게 그리 쉽게 포기할 수 있어?"

"당신의 이유라고 해봐야 다른 남자랑 같이 있었기 때문 아니야? 혹시 당신의 그런 핑계를 내가 들어주길 바랐던 거야? 나도 화가 나고 자존심이 상해 연락하지 않았어. 이제 됐어?"

"이거 왜 이래? 당신이야말로 곧 다른 여자를……."

"그만! 이제 그만해!"

마르탱이 가브리엘의 말을 가로막았다.

"가브리엘, 어떻게 내게 그런 말을 할 수 있어?"

"당신이 다른 여자를 만난 건 분명한 사실이잖아. 화가 나고 자존심이 상해 연락할 수 없었다고? 지난 십삼 년 동안 화가 풀리지 않아 혼자 끙끙 앓았단 말이지? 적어도 난 당신이 다른 남자들과 다른 사람이라 생각해왔어. 이제 보니 대단한 착각이었네. 당신이 다른 사람들보다도 수준이 더 낮은 사람인지는 미처 몰랐으니까."

"가브리엘, 엄연히 내게 상처를 준 사람은 바로 당신이야. 지금 당신이 내 수준을 따질 입장이 된다고 생각해?"

"당신이 자초한 일이었어. 당신은 스스로 상처받기를 원했을 뿐이야. 당신 자신뿐만 아니라 내게도 상처를 줬지."

"그 따위 궤변으로 지난날의 잘못을 뒤바꾸려 하지 마!"

갑자기 한 차례 돌풍이 불어왔다. 두 사람은 모래바람을 막기 위해 눈을 가렸다.

가브리엘이 외투 속으로 잔뜩 몸을 웅크렸다.

마르탱은 그제야 외투를 눈여겨보았다. 13년 전 그가 가브리엘에게 주었던 인조가죽 외투.

마르탱은 옷소매를 걷어붙이고 라이터를 꺼내 담배 한 개비를 피워 물었다.

"가브리엘, 왜 약속장소에 나타나지 않았는지 말해봐."

마르탱이 한결 누그러진 목소리로 물었다.

"그때 우린 스무 살이었어. 겨우 스무 살짜리가 인생이며 사랑에 대해 뭘 알겠어? 한데 당신은 나에게 모든 걸 걸겠다는 태도였지. 내게도 영원히 변치 않는 사랑의 서약 같은 걸 원했으니까."

"아니, 난 그저 당신이 희망적인 신호를 보내주기를 바랐을 뿐이야."

가브리엘은 미소를 지으며 희망에 부푼 목소리로 말했다.

"자, 이제 지난 이야기는 그만하자. 어찌됐든 십삼 년 만에 우린 이렇게 함께 있게 되었잖아. 이건 기적이야. 그렇지 않아, 마르탱?"

가브리엘이 팔을 뻗어 뺨을 어루만지려 하자 마르탱이 그녀의 손길을 뿌리쳤다.

가브리엘의 눈에 눈물이 맺혔다. 갑자기 빛을 잃은 두 눈, 더 이상 기대감을 담고 있지 않은 두 눈이었다.

자리에서 일어난 마르탱은 재킷의 단추를 채우고 차를 향해 걸어갔다. 그는 한 번도 뒤돌아보지 않았다.

*

그날 밤, 가브리엘은 뜬눈으로 밤을 꼬박 새웠다.

집으로 돌아왔을 때는 새벽 2시였다. 차를 끓여 보온병에 담은 그녀는 아키볼드 맥린에 대해 좀 더 자세히 알아보기 위해 인터넷에 접속했다. 그가 범행을 저지른 횟수는 그리 많지 않았지만 언론에 의해 지나치게 부풀려지고 왜곡된 부분이 많다는 걸 알 수 있었다.

가브리엘은 마르탱이 준 서류도 꼼꼼히 읽어보았다. 한 번도 듣지 못했던 아버지의 지난날에 대해 많은 부분을 알게 되었다. 어렴풋이 알고 있던 엄마도 새로운 시각으로 바라볼 수 있게 되었다. 목숨을 내놓으면서까지 아기를 살리려 했던 엄마가 보고 싶었다.

가브리엘은 두 사람의 생이 자신의 출생 문제에 얽혀 망가졌다는 생각에 눈물을 펑펑 쏟았다. 아기를 지키려 애쓰다 쓰러진 엄마, 불의의 사고로 감옥에 갇힌 아버지 그리고 외롭게 자라 그 어디에서도 제자리를 찾지 못하고 있는 그녀 자신의 생이 애달팠다. 지난 날의 상처를 아직도 치유하지 못하고 있는 마르탱도 가엾기는 마찬가지였다.

새벽 4시, 가브리엘은 보온병을 치우고 산딸기 보드카를 한 잔 따른 다음 수납장을 뒤져 오래된 사진첩을 찾아냈다. 엄마가 등장하는 사진 몇 장이 가위로 잘려나갔다는 걸 그제야 알아차렸다. 아버지의 흔적을 깡그리 지우고자 했던 외할머니의 작품이리라. 스탈린 시대에나 가능했을 법한 '사진 검열'에 대해 왜 한 번도 의문을 품지 않았을까?

어쩌면 무의식 속에서 자문해 보았을지도 모르는 일이었다. 가브리엘은 조부모와 관련된 기억을 더듬어보았다. 늘 뭔가 숨기는 듯 애매했던 말들과 의구심을 담고 있던 눈빛이 떠올랐다. 그녀를 가끔씩 어리둥절하게 했던 조부모의 태도를 이제야 이해할 수 있을 듯했다. 가족사에 얽힌 비밀이 흔히 그러하듯, 그녀의 출생에 얽힌 비극이 보이지 않는 납덩이처럼 조부모들의 가슴을 짓눌렀으리라. 또한 그녀의 어린 시절과 사춘기를 숨 막히게 했으리라.

가브리엘은 아직도 출생의 고뇌로부터 벗어나지 못하고 허우적대고 있는 중이었다.

새벽 5시, 가브리엘은 보드카 대신 커피를 마시며 마르탱이 보냈던 옛 편지들을 읽어보았다. 사랑에 빠진 젊은 청년에 대한 기억이 오늘 저녁 마주했던 냉담한 남자의 모습과 겹쳐졌다. 편지를 읽으며 미소 짓던 그녀가 별안간 양 손에 얼굴을 파묻고 소파에 주저앉았다.

가브리엘은 단 한 순간도 그를 사랑하지 않은 적이 없었다. 처음으로 입맞춤을 했던 그 순간부터, 아니 처음 그에게서 받은 편지를 읽던 그 순간부터.

아침 6시, 가브리엘은 따스한 물로 오래도록 샤워를 했다. 무거운 짐을 벗어던진 것처럼 몸이 한결 가벼웠다. 출생을 둘러싼 비극을 살아 있는 것에 대한 대가려니 생각하자 그나마 마음이 홀가분했다.

그 엄청난 비극을 떠안고 출생한 만큼 더욱 가치 있고 행복하게 살아가야 하지 않겠는가? 엄마도 내가 행복하게 살아가길 얼마나 바라겠는가?

불행을 운명이라 치부해왔던 가브리엘은 새로운 결심을 했다. 이제부터는 행복해지기 위해 어떤 모험도 마다하지 않을 생각이었다.

7시, 가브리엘은 블라인드를 열고 해안을 물들이고 있는 새벽 여명을 바라보았다. 샌프란시스코의 새로운 하루해가 밝았다. 어제는 그녀의 인생에서 가장 중요한 두 남자를 만났다.

오늘 아침, 가브리엘은 결심했다. 그 두 남자가 결코 자신의 곁을 떠나지 못하게 하겠다고. 둘 중 한 남자를 택해야 하는 일은 결코 없어야 한다고.

19. 봐, 난 모두 기억하고 있어……

사랑, 그것은 타인에게 우리를 박해할 권리를 주는 것이다
―도스토예프스키

12월 23일

아침 8시

금침과 은침이 빛을 받아 반짝거렸다.

에피는 신중하고도 자신감 넘치는 손놀림으로 머리카락보다 가느다란 10센티 길이의 침들을 능숙하게 다루었다. 아키볼드의 보디가드이자 비서인 그녀는 고용주를 따라 거처를 옮겼다. 맨체스터의대를 졸업한 그녀는 아키볼드의 통증을 완화시켜주기 위해 침을 놓아주고 있었다.

에피는 빠른 손놀림으로 각도와 깊이를 조절해가며 아키볼드의 전신에 서른 대 가량의 침을 놓았다. 배를 깔고 엎드린 아키볼드는 두 눈을 꼭 감고 있었다. 어젯밤에는 그다지 아프지 않았지만 오늘 아침에는 평소보다 두 배나 강한 통증이 밀려들었다.

금발머리를 하나로 쪽지고 빨강색 땀복을 입은 에피는 시술을 계속했다. 치료효과를 높이기 위해 몸에 꽂은 침을 엄지와 검지로 잡고 돌리거나 살짝 기울이기도 했다. 침술은 섬세한 기술을 요했다. 때로는 부드럽게, 때로는 강렬하게 밀고 당겨야 한다는 점에서 침술은 사랑의 기술과도 흡사했다.

아키볼드는 침의 다양한 느낌에 몸을 내맡겼다. 마비가 되는 듯했고, 오한과 열이 나기도 했고, 소름이 돋고 전기에 감전된 듯 찌릿한 느낌이 들기도 했다.

아키볼드는 침술에 대해 아는 바가 없었고, 효과가 있는지 없는지 확신할 수도 없었다. 몇 주 전부터 진통제만 하루 종일 복용했다. 어제는 진통 효과가 제대로 발휘되었지만 오늘은 뭔가 다른 방법이 필요했다.

에피에게는 서양의학과 동양의학을 적절히 조화시키는 재능이 있었다. 침술을 끝낸 에피는 아키볼드가 긴장을 풀고 쉴 수 있도록 방을 나왔다.

혼자 남은 아키볼드는 숨을 깊게 들이쉬었다. 방 네 구석에 피워놓은 쑥향 때문에 정신이 아득했다. 라디오에서 흘러나오는 에릭 사티의 피아노곡을 듣는 동안 마음이 안정되면서 어젯밤 일이 떠올랐다. 그는 어제 가브리엘과 마르탱을 거의 동시에 만났다.

아키볼드의 얼굴에 쓴 미소가 떠올랐다. 하마터면 애송이에게 꼼짝없이 체포될 뻔했다. 그러나 애송이가 구사하는 방법으로는 체포하기 쉽지 않을 것이다. 애송이는 가장 중요한 순간에 겁을 집어먹으며 일을 그르쳤다. 체포가 지상과제라면 과감하게 역주행을 할 수도 있어야 하는데 애송이는 가장 중요한 순간에 발을 빼버리고 만 것이다.

애송이에 대한 감정은 시시각각 변화하고 있었다. 그에게서 질투심이 가미된 호의가 느껴졌다. 그를 꼼짝없이 굴복시키고 싶은 동시에 보호해주고 싶었다. 그를 도와주고 싶은 동시에 벗어나고 싶었다.

이제 남은 시간이 그리 많지 않았다. 그는 병원 침대에 누운 채 구차하게 생을 연장시키고 싶지 않았다. 차라리 화끈하게 빨리 죽어버리고 싶었다.

애송이는 그를 실망시키지 않았다. 그러나 아직 치러야 할 시험이 몇 단계 더 남아있었다.

*

마르탱은 레스토랑 로리스 디너의 2층 스툴에 앉아 유기농 식품으로 아침식사를 하는 중이었다. 테이블 위에 곡물 빵과 뮈슬리, 쪼글쪼글한 감자 그리고 멀건 커피가 놓여있었다. 그는 하품을 하며 전망 창 너머 파웰 스트리트로 물밀듯이 몰려드는 인파를 바라보았다.

"먹는 모습이 왜 그래? 원래는 식욕이 왕성했잖아?"

마르탱은 깜짝 놀라 몽롱한 상태에서 깨어났다.

맵시 있는 옷차림에 생기 넘치는 표정의 가브리엘이 그를 바라보며 미소 짓고 있었다. 그녀는 색 바랜 청바지에 흰 셔츠 그리고 13년 전부터 입고 있던 허리를 잘록하게 매는 밤색 가죽점퍼 차림이었다.

"메뉴판 이리 줘봐. 제대로 된 음식을 주문해야겠어."

가브리엘이 마르탱의 의사도 묻지 않고 맞은편 자리에 앉았다.

"나를 미행한 거야?"

"미행이라니? 예전에 우리가 함께 다녔던 곳을 순례자처럼 돌아다

넜더니 쉽게 눈에 띄더군. 우리가 이 집에서 얼마나 많은 바나나 스플리트를 먹었는지 기억나? 난 생크림 위에 올려진 체리를 늘 당신에게 양보했지. 그럴 때 내가 얼마나 사랑스러웠는지 기억나?"

마르탱은 한숨을 지으며 고개를 가로저었다.

"가브리엘, 왜 날 따라다니는 거야?"

가브리엘의 얼굴이 금세 진지해졌다.

"우선, 당신에게 서류를 돌려주어야 하니까. 많은 도움이 되었고, 당신의 배려에 대해 진정 고맙게 생각해."

가브리엘은 전날 마르탱에게서 받은 서류를 테이블 위에 올려놓았다.

"좋아, 그 다음은?"

"당신과 맛있는 아침식사를 하고 싶었어."

가브리엘은 웨이트리스를 불러 에스프레소 한 잔과 산딸기가 든 바닐라 빵 그리고 연어가 들어간 에그 베네딕트를 주문했다.

마르탱은 고개를 돌리고 카페의 실내장식에 관심을 보이는 척했다. 주크박스, 전자당구대, 할리 데이비슨 오토바이, 제임스 딘, 마릴린 먼로 등이 등장하는 오래 된 영화 포스터로 인테리어를 한 실내는 1960년대 분위기를 물씬 풍겼다.

"아빠에 대해 많은 걸 알게 되었어. 한데 당신은 아빠를 얼마나 오래 추적한 거야?"

"몇 년쯤 됐어."

"한데 좀 이상하지 않아?"

"뭐가?"

"당신이 지난 몇 년 간 추적한 사람이 하필이면 우리 아빠라는 사실

말이야. 우연치고는 정말 기막히잖아?"

마르탱은 눈살을 찌푸렸다. 그렇잖아도 밤새도록 그 인연의 의미를 생각하느라 한숨도 자지 못했기 때문이다. 우연의 일치라고 보기에는 어딘가 석연치 않는 점이 분명 있긴 했다. 하지만 우연이 아니라면 달리 어떻게 설명할 수 있단 말인가?

가브리엘이 주문한 음식이 나왔다. 예전처럼 그녀는 빵을 두 덩이로 잘라 한 쪽을 마르탱의 접시에 담아주었다. 그녀는 싫다는 눈치를 보이는 마르탱의 태도를 못 본 척 외면하며 말을 이어나갔다.

"당신은 무엇 때문에 아빠에게 그토록 관심을 갖게 된 거야?"

"난 예술품 도난 전문 경찰이고, 당신의 아버지 아키볼드는 명성이 자자한 명화 도둑이었는데 더 이상 무슨 동기가 필요하겠어?"

마르탱은 커피를 한 모금 마시고는 인상을 찌푸렸다.

"아빠의 어떤 점이 당신의 관심을 끌었지?"

가브리엘이 에스프레소 잔을 그에게 건네주며 물었다.

"관심이라니? 난 단단히 화가 났을 뿐이야. 당신 아버지가 내가 좋아하는 그림들을 훔치는 것에 대해."

"특별히 기억나는 그림은?"

"2005년 12월에 아키볼드는 비엔나에서 클림트의 〈키스〉를 훔쳤어. 내가 제일 좋아하는 그림……."

"아마도 우리 두 사람이 가장 좋아하는 그림이 아니었나?"

가브리엘이 그의 말을 가로채며 끼어들었다.

"지금 내게 무슨 말을 하고 싶은 거야?"

"이상하지 않아? 당신이 OCBC 부서로 자리를 옮긴 직후에 아빠가 하필이면 그 그림을 훔쳤다는 게……."

마르탱의 얼굴에 한 방 얻어맞은 듯한 표정이 떠올랐다.

"아마도 내 뒤를 캐고 다녔겠지. 한데 왜 그랬을까?"

"아빠는 당신의 관심을 끌기 위해 그림을 훔친 게 아닐까? 달리 말하자면 아빠가 몇 년 전부터 당신을 은밀하게 조종해온 것일 수도 있어. 이제 당신이 대체 어떻게 된 사연인지 알아봐야 할 차례가 되었어."

마르탱은 화를 벌컥 내며 자리에서 일어섰다. 가브리엘의 말을 듣고 보니 분명 의심 가는 부분이 있었다. 하지만 그 모든 사실을 확인하기 위해서라도 아키볼드를 체포하는 게 우선이었다.

10달러짜리 지폐 세 장을 테이블 위에 올려놓은 마르탱은 가브리엘에게는 눈길 한 번 주지 않고 레스토랑을 가로질러 걸어갔다.

"열두 시에 점심 어때?"

가브리엘이 뒤에서 소리쳤다. 그러나 그는 뒤돌아보지 않았다.

*

한 시간 후

마르탱과 오문진은 몽고메리 가에 위치한 팔레스호텔로 들어섰다. 이 호텔 일층에 위치한 가든 코트 룸에 천국의 열쇠가 전시되어 있었다. 방탄유리 안에 든 다이아몬드는 한참 동안 쳐다보고 있으면 최면에라도 걸릴 듯 오묘한 빛을 뿜어냈다. 이른 아침인데도 전시장은 다이아몬드를 구경하려는 사람들로 인산인해를 이뤘다. 전시실 중앙에서 현악 사중주단이 영화 〈티파니에서 아침을〉의 주제가를 연주했다. 호텔의 화려하고도 세련된 분위기가 전시품을 한층 더 돋보이게 했다. 팔레스호텔은 샌프란시스코의 명문가 사람들이 애용하는 명소였다. 상류층들의 잔치인 일요일의 브런치, 호화판 점심파티, 결혼식 혹은 세례식, 각종 축하 파티가 자주 열리는 장소.

역사적으로 중요성을 무시할 수 없는 곳이었다. 오스카 와일드, 카루소 그리고 루즈벨트 대통령 등이 이 호텔에 묵어갔다. 사라 베른하르트가 애완용 호랑이를 호텔에 데리고 나타나 한바탕 소동을 빚은 것으로도 유명했다. 지난 시절 사륜마차가 멈춰 서던 안마당은 거대한 유리 궁륭지붕이 덮인 겨울정원으로 거듭나 있었다.

마르탱은 지붕의 둥근 유리, 오스트리아 산 크리스털로 만든 샹들리에, 이탈리아 산 대리석 기둥, 금박 입힌 촛대를 차례로 둘러보며 넋을 잃었다. 빅토리아 시대의 무도회장 분위기가 상상되었다. 그러나 거대한 유리 화분에 심은 몇 그루의 야자나무와 실내를 가득 채운 햇빛이 현대적인 분위기를 자아냈다.

"어때요?"

오문진이 물었다.

"훌륭한데요. 하지만 보안은……."

"말씀해 보세요."

"허술하기 짝이 없어요."

*

두 사람은 호텔 맨 위층 스위트룸에 마련된 보안본부로 갔다. 긴 테이블 위를 가득 채운 컴퓨터 화면에는 가든 코트에 설치된 감시카메라에서 전송된 영상이 떠올라 있었다.

의자에 앉아 화면을 주시하던 마르탱은 걱정스러운 표정을 숨기지 않았다.

"허점이 너무 많아요."

오문진이 그의 어깨 쪽으로 몸을 기울였다. 그녀의 몸에서 코를 자극하는 꽃향기가 풍겨났다.

"출구마다 보안요원이 배치되어 있고, 비밀요원들이 호텔 각 층을 순찰하고 있어요. 다이아몬드는 바닥에 박아 고정시킨 유리 보관함에 들어있죠. 더 이상 어떻게 해야 허술하지 않은 거죠?"

마르탱은 오문진의 은근한 압박에서 벗어나기 위해 자리에서 일어났다.

"일단 사람이 너무 많아요. 아키볼드는 눈 깜짝할 사이에 전시장을 아수라장으로 만들 수도 있어요. 화재 경보가 울린다고 생각해 봐요. 혹시 총성이라도 울린다면 아마 엄청난 혼란이 빚어지게 될 거예요."

오문진이 즉각 반박하고 나섰다.

"관람객 전원에게 비상탈출에 대한 안내문을 나눠주고 있어요."

마르탱은 가지고 온 랩톱 컴퓨터를 두드려 보안요원들의 시간표를 확인했다.

"주간에는 보안요원들이 많이 배치되지만 야간에는 숫자가 턱없이 부족해요. 다이아몬드를 유리 상자 안에 넣어 전시한다는 것 자체가 난센스라 할 수 있죠. 아키볼드가 천장을 이용해 침투한 적이 몇 번인 줄 아세요? 그는 그 분야 전문가란 말입니다."

오문진은 그제야 대비책이 부실했던 점을 인정한다는 듯 아무 말도 하지 않았다.

마르탱은 자리에 앉아 호텔 관리부서에서 보내준 호텔평면도를 자신의 랩톱 컴퓨터에 다운로드 받았다. 곧 평면도를 인쇄하려는데 휴대폰이 진동하며 SMS가 수신되었다는 뜻의 금속음을 냈다.

혹시 내가 방해한 거야?

번호를 흘깃 보았다. 가브리엘이 보낸 문자메시지였다. 일단 무시하고 넘어가기로 했다. 그러나 2분이 채 되지 않아 다시 메시지가 도착했다.

혹시 정말로 내가 당신을 방해한 거야?

마르탱이 짜증스럽게 답장을 보냈다.

그래!

가브리엘은 휴대폰 문자메시지를 메신저처럼 활용하기로 작정한 듯 계속해서 문자를 보내왔다.

점심 같이 할래?

아니.

지금 뭐해?

일해.

지금도 사람을 죽이고 있어?

가브리엘, 이제 그만해.

우리가 사랑을 나누었던 날들을 기억해?

마르탱은 범죄 현장을 들킨 현행범처럼 고개를 번쩍 들고 오문진을 쳐다보았다. 그의 반대편에 앉은 오문진의 얼굴은 맥북 때문에 반쯤 가려져 있었다. 그녀가 이상하다는 듯 그를 쳐다보았다.

제발 저 여자에게 들키지 말아야 할 텐데.

마르탱은 그런 생각을 하며 휴대폰의 작은 문자판을 두드렸다.

이제 그만 하라니까!

당신과 나눈 사랑은 달콤했고 부드러웠지.

다시 한 번 그만두라는 문자를 보내야 했지만 포기했다. 마르탱은 그 대신 휴대폰의 작은 화면에 눈을 고정시킨 채 새로운 문자 메시지가 수신되기를 기다렸다.

그때보다 좋았던 적이 없었어.

그때처럼 강렬하고도 육감적인 사랑을 나눠 본 적이 없어.

이번에는 그냥 지나칠 수 없었다.

그렇게 좋았는데 왜 약속장소에 나타나지 않았지?

가브리엘은 그의 질문에 대답하지 않고 다른 이야기로 두 사람의 추억을 되살려냈다.

우리가 나누었던 키스와 애무를 기억해?

당신이 어루만지던 내 몸, 당신의 입술이 닿던 감촉, 당신의 얼굴을 쓰다듬던 나의 손길…….

갑자기 너무한다는 생각이 들었다.

마르탱은 문자메시지를 읽다 말고 휴대폰을 집어던져버렸다.

*

마켓 스트리트를 거슬러 올라가던 마르탱은 기어리 스트리트를 따라 내려가다가 그랜트 대로에 있는 카페 데 앙주로 뛰어 들어갔다.

그 카페에 가브리엘이 있으리라는 확신 때문이었다.

차이나타운 초입의 프랑스 대사관 거리에 위치한 카페 데 앙주는 샌프란시스코에 위치한 작은 프랑스였다. 정작 담배를 팔지는 않았지만 바 입구에는 1950년대 파리 카페들의 입구에 달려있던 '바-담배'

라는 간판을 그대로 흉내 낸 작은 간판이 붙어있었다.
마르탱은 바의 문을 열고 안으로 들어갔다.
가브리엘과 사랑에 빠졌을 때 처음으로 함께 왔던 카페였다.
바둑판무늬 식탁보, 길쭉한 바, 나무 의자가 어우러져 있는 실내는 옛날 프랑스 영화 분위기를 물씬 풍겼다. 금방이라도 50년대를 풍미했던 프랑스 배우들이 문을 열고 들어설 것만 같았다.
칠판에 적힌 메뉴도 프랑스 요리였다. 마요네즈를 얹은 삶은 계란, 기름에 절인 청어와 감자, 식초에 절인 파, 송아지 고기 스튜, 적포도주로 양념한 쇠고기 찜, 코코뱅, 노르망디 풍의 내장요리…….
마르탱은 웨이터의 도움을 받아 바에서 가장 로맨틱한 분위기를 풍기는 테이블에 앉아있는 가브리엘을 찾아냈다. 포도덩굴로 뒤덮인 작은 정자 안에 별실로 마련된 아늑한 장소였다.
"가브리엘, 나와 게임하고 싶은 거야? 원한다면 응해주지."
마르탱이 가브리엘의 맞은편에 앉았다.
"전채로 돼지기름에 볶은 거위고기를 먹을래?"
"이 자리를 잡기가 쉽지는 않았을 텐데 어떤 방법을 동원한 거야?"
"우리가 처음 만났던 날 당신이 했던 방법이 뭔지 잘 생각해봐. 그때의 당신처럼 나도 웨이터에게 뇌물을 줬어."
"가브리엘, 대체 나에게 원하는 게 뭐야?"
"그를 되찾고 싶어."
가브리엘이 메뉴판을 덮으며 말했다.
"그라니?"
"지난 날 내가 알았던 마르탱, 내가 진심으로 사랑했던 순수한 청년 마르탱, 그를 다시 만나고 싶어."

"아무 일도 없었던 것처럼 과거로 되돌아갈 수는 없어. 그런 일이 정말 가능하다고 생각해?"

"하지만 당신에게 우리의 과거를 파괴할 권리는 없어."

"난 과거를 이해하고 싶을 뿐 파괴하려는 게 아니야. 당신은 아직도 왜 그날 약속 장소에 나타나지 않았는지 말하지 않았어."

"당신은 미래를 바라보는 게 싫어? 왜 지난날에 그토록 집착하지?"

마르탱이 시선을 피하자 가브리엘이 여세를 몰아 이야기를 계속했다.

"한 번 지나간 행복은 다시는 돌아오지 않는다는 말이 있지만 우리에게는 두 번째 기회가 찾아왔어. 이 기회를 망치지 않는 게 중요하다고 생각하지 않아? 우린 아직 젊지만 시간은 곧 지나가. 지난날보다 앞으로 남은 날들이 더 많다 해도 미래는 결코 장담할 수 없는 거야. 우린 아직 아기를 낳을 수 있을 만큼 젊지만 좀 더 서두를 필요가 있어."

말을 하는 동안 가브리엘의 얼굴이 발갛게 물들었다. 단단히 마음먹고 한 이야기였지만 마르탱은 여전히 냉담한 반응을 보였다. 그렇다고 쉽게 포기할 그녀는 아니었다.

"십오 년 전 나는 아무런 준비도 되어있지 않았어. 강하지 못했고 모든 걸 의심했지. 그건 당신도 마찬가지였다고 생각해. 물론 당신은 그렇지 않았다고 강변하겠지만……."

마르탱이 동의할 수 없다는 뜻으로 입을 삐죽거렸다.

"난 그때 사랑할 준비가 되어 있었어. 사랑은 산소 같은 거야. 너무 오랫동안 사랑하지 못하면 사람은 죽지. 당신이 몇 달 동안 내게 준 사랑 덕분에 난 몇 년을 버틸 수 있었지. 그 사랑 덕분에 온갖 시련을 견뎌낼 수 있었어. 하지만 마르탱, 이젠 그 사랑이 바닥을 드러내고 있어."

가브리엘은 목덜미를 손으로 쓰다듬었다. 용기를 내야 할 때마다 그녀는 손으로 목덜미를 쓰다듬곤 했다. 아무도 목덜미를 쓰다듬어주는 사람이 없었으므로.

"내가 당신을 얼마나 마음 아프게 했는지 알아. 이젠 용서해줘."

"문제는 내가 받았던 고통이 아니야. 고통은 사람을 힘들게 하지만 파괴하지는 않아. 문제는 고통에서 비롯된 고독이야. 고독이야말로 사람의 애간장을 서서히 태워 죽이고, 세상을 등지게 만들지."

가브리엘은 언쟁을 피하려 들지 않았다.

"누군가를 사랑한다면 어떤 어려움이든 감수하겠다는 각오가 필요한 게 아닐까? 누군가를 사랑한다는 건, 모든 걸 잃어도 좋다는 각오로 임해야 하는 헌신의 과정이 아닐까? 늘 받은 사랑보다 더 큰 사랑을 되돌려 주겠다는 양보와 희생의 각오가 필요한 게 아닐까?"

"그래, 가브리엘, 말 잘했어."

마르탱이 자리를 박차고 일어섰다.

"난 이제 그런 각오를 할 생각이 없어."

*

마르탱은 호텔의 보안본부로 돌아와 가든 코트의 평면도를 연구하느라 오후 시간을 전부 쏟아 부었다. 그 후 곧바로 로이드 브라더스 사가 경비를 의뢰한 보안부대 책임자와 FBI 요원들이 함께 하는 연석회의에 참석했다.

마르탱이 오문진에게 전달할 긴 문건을 작성하기 시작했을 때에는 이미 해가 저물고 있었다. 다이아몬드를 보다 안전하게 보호하기 위해 보안매뉴얼을 만드는 작업이었다.

마르탱은 오문진에게 연락을 취하기 위해 그녀가 알려준 모든 전화번호를 동원해 통화를 시도했지만 하나같이 불통이었다. 그는 오문진에게 문자메시지를 보내놓고 전시실이 위치한 1층으로 내려갔다.

가든 코트는 그야말로 북새통을 이루었다. 다이아몬드 전시 및 경매 건은 며칠 전부터 모든 신문의 1면을 장식했고, 각종 매체들도 이번 전시를 놓쳐서는 안 될 행사로 지목하는 바람에 관람객들이 떼를 지어 몰려들었다.

마르탱이 보기에는 매우 우려되는 사태가 아닐 수 없었다. 관람객이 많으면 일이 훨씬 더 복잡해질 게 틀림없었기 때문이다. 관람객들 속에 섞인 그는 집중하기 위해 잠시 눈을 감았다.

내가 아키볼드라면, 어떤 방법으로 다이아몬드를 훔칠 것인가?

오늘 오후에는 엄청난 양의 데이터를 받아들인 컴퓨터처럼 끊임없이 두뇌를 써야만 했다. 저녁 시간이 되자 모든 게 머릿속에 떠오르면서 퍼즐 조각처럼 차례로 자리를 잡아나가기 시작했다.

내가 아키볼드라면, 어떤 방법으로 다이아몬드를 훔칠 것인가?

머릿속으로 여러 가지 이미지들이 지나갔다. 유리창, 출입구, 수많은 관람객, 보안요원들의 규칙적인 움직임······.

내가 아키볼드라면, 어떤 방법으로 다이아몬드를 훔칠 것인가?

만일 내가 아키볼드라면 '천국의 열쇠'를 훔치지 않을 것이다. 답은 의외로 간단했다. 훔치는 게 너무나 간단했으므로.

이건 의도된 연출이다! 미끼일 뿐이다!

마르탱은 그제야 자신이 체스판의 졸에 지나지 않는다는 사실을 깨달았다. 잡아먹히는 역할을 맡은 졸일 뿐이었다.

로이드 브라더스도 오문진도 애초부터 다이아몬드를 보호하는 데에는 관심이 없었던 게 분명했다. 그들이 원한 건 아키볼드를 유인해 함정에 빠뜨리는 것이었다.

갑작스럽게 통보된 깜짝 경매와 떠들썩한 언론의 대서특필은 아키볼드가 늑대 소굴에 몸을 던지도록 유인하기 위한 속임수에 불과했다. 그렇다면 현재 전시되어 있는 저 다이아몬드는 가짜가 분명했다.

20. 사랑하는 두 사람

내게 심장을 준 사람은 나의 아버지였지만
그 심장을 뛰게 만든 사람은 바로 당신입니다.
—오노레 드 발자크

마르탱이 소살리토에 도착했을 때, 태양은 마지막 빛을 발산하며 하늘과 바다를 곧 사라질 보라색으로 물들이고 있었다.

마르탱은 가브리엘이 사는 수상 마을에서 주차할 공간을 찾아냈다. 다양한 형태와 색깔의 필로티 가옥들과 보트하우스들이 늘어선 그곳은 캘리포니아에서 가장 특색 있는 지역 중 하나로 손꼽혔다.

보트하우스로 이루어진 이 마을은 1960년대 히피 운동의 상징이었다. 히피들과 소외계층들이 이 땅끝 마을에 모여 낡은 배를 수리하고 거룻배를 손질해 살 집을 마련했던 것이다.

현재 이 지역은 뛰어난 현대 건축가들에 의해 말끔히 정비되어 부동산 가격이 천정부지로 뛰어오르며 부르주아적 분위기를 풍겼다. 이 지역에서는 친환경 4륜구동과 포르쉐 카브리올레가 낡아빠진 지프와 폭스바겐 버스를 대신한 지 이미 오래였다.

마르탱은 만발한 꽃들과 인동덩굴로 장식된 해안도로를 따라 걸었다. 군데군데 쉴 수 있도록 나무의자가 비치돼 있었다. 물 위에 떠 있는 집들 중에는 생활공간이 훤히 들여다보일 만큼 전망 창을 열어놓은 집들이 많았다.

테라스에 앉아 이러쿵저러쿵 이야기를 나누며 식전주를 홀짝이는 두 노인의 모습이 눈에 들어왔다. 공책을 펼치고 숙제에 골몰하는 어린아이, 방안에서 혼자 브리트니 스피어스의 춤을 따라 하는 십대 소녀, 옥신각신하는 연인들의 모습도 보였다.

사람들, 시간, 인생…….

마르탱은 두 집 사이의 작은 나무 기둥에 묶어놓은 세스나 수상비행기가 있는 가브리엘의 집을 쉽게 찾아냈다.

마르탱이 베란다를 걸어올라 가는데 창문 너머로 가브리엘의 목소리가 들려왔다.

"어서와, 마르탱. 당신이 올 것에 대비해 문은 잠그지 않았어."

문을 열자 곧바로 매력적이고도 활기 넘치는 거실이 나왔다. 미장널로 장식된 벽을 배경으로 여러 가지 서양란이 화사한 분위기를 자아냈다. 반원형 전망 창으로 저물어가는 태양빛이 흘러들고 있었다.

"나와 화해하려고 온 거야?"

"그렇다고 할 수 있지."

"그렇다면 대환영이야."

마르탱은 준비해 온 포도주병을 가브리엘에게 건넸다.

"뭘 선물할까 고민하다가 포도주로 정했어."

가브리엘이 탄성을 질렀다.

"샤토-마고 1961년산? 당신 지금 제정신이야?"

"팔레스호텔의 비밀스런 포도주 저장고에서 찾아낸 술이야."
"그냥 찾아냈다고?"
"정확하게 말하면 훔쳤어."
"그럼 당신도 우리 아빠보다 나을 게 없잖아?"
마르탱은 그녀의 말을 못들은 척하며 딴청을 부렸다.
"1961년은 아주 특별한 해였나 봐."
그러나 가브리엘은 그의 수작에 쉽게 말려들지 않았다.
"포도주 저장실에 내려다 놓아야겠어. 호텔에 되돌려줘야지."
"그럼 이제부터 당신에게 아무것도 선물하지 말아야겠군."
"팔레스호텔 포도주 저장실에는 어떻게 들어갈 수 있었지?"
"나한테 호텔 평면도가 있거든."
"흔적을 남기지 않았길 바랄 뿐이야."
"그럴 리가?"

가브리엘이 앉으라고 자리를 권했으나 그는 서 있는 편이 좋다며 고집을 피웠다.

"마르탱, 음반 고르는 것 좀 도와줄래?"

가브리엘이 음반을 모아놓은 진열장으로 그를 이끌었다.

가브리엘은 스피커를 연결해놓은 아이팟은 본체만체 하고 엄마가 수집해놓은 LP판들을 뒤지기 시작했다.

몇 분 만에 두 사람은 한마음이 되어 레코드들을 하나씩 꺼내보며 그 옛날의 앨범들에 대해 이야기를 나누었다. 재니스 조플린, 비틀즈, 핑크 플로이드, 데이비드 보위, 조니 미첼······.

마침내 두 사람은 밥 딜런의 33회전 판 〈레이 레이디 레이〉를 골랐다.

가브리엘이 턴테이블에 판을 올려놓는 마르탱에게 말했다.
"내가 집에 있어서 다행이야. 평소 같았으면 아직 일할 시간이거든."
"오늘은 왜 일찍 집에 온 거야?"
"중요한 일이 있었지."
"무슨 일?"
"바로 이거."
가브리엘이 마르탱의 입술에 키스했다.

*

거친 숨결이 섞이고 서로가 서로의 입술을 찾았다.
가브리엘은 그의 얼굴을 쓰다듬었고, 마르탱은 그녀의 목덜미를 어루만졌다.
가브리엘은 그의 재킷을 벗겼고, 마르탱은 그녀의 청바지 단추를 끌렀다.
가브리엘은 그의 셔츠를 벗겨 바닥에 떨어뜨렸고, 마르탱은 그녀의 스웨터를 벗기고 어깨를 핥았다.
가브리엘은 그가 문신을 새긴 걸 알아보았고, 마르탱은 그립던 그녀의 체취를 맡으며 추억을 떠올렸다.
시간이 거꾸로 흘러 과거가 현재를 잠식했다. 그리고 두려움이 수면 위로 떠올랐다.
몸이라는 낭포에 싸인 두려움, 영혼의 어두운 그림자에 뿌리박힌 두려움, 자꾸만 퍼져나가는 두려움, 끝을 알 수 없는 두려움 그리고 오직 사랑으로만 극복할 수 있는 두려움이었다.

처음에는 두려움이 모든 걸 오염시켰다. 두려움이 두려움을 낳고 어디론가 도망치고 싶은 욕구를 불러일으켰다.

그럼에도 두 사람은 손을 맞잡고 몸을 섞었다.

가브리엘은 거친 파도가 몰아치는 가운데 뗏목에 매달리듯 그에게 매달렸고, 마르탱은 그녀를 힘껏 껴안았다.

가브리엘의 눈길이 그의 눈을 찾았다. 마르탱은 그녀의 눈을 바라보다가 어슴푸레한 빛을 발산하는 항구 쪽으로 시선을 돌렸다. 그의 하얀 몸과 얼굴이 캄캄한 밤을 배경으로 빛났다. 그녀가 미소 지으며 그의 머리카락을 쓰다듬었다. 그가 그녀의 가슴에 얼굴을 묻었다. 그러나 시간은 순식간에 흘러 두 사람의 몸이 떨리며 두려움이 역류했다.

*

마르탱은 이불로 몸을 감싼 채 테라스로 나왔다. 밤이 깊었지만 다른 도시와는 사뭇 다르게 샌프란시스코의 날씨는 여전히 쾌청했다. 겨울밤이었으나 태평양에서 불어오는 바람이 직접 들이치지는 않았고, 미기후의 영향으로 봄밤처럼 포근했다.

마르탱은 아무 말 없이 주위를 둘러보았다. 눈앞에 바다 전경이 펼쳐졌다. 낡은 군복차림의 노병이 라디오를 옆에 놓고 방파제 위에 서서 낚싯대를 드리우고 있었다. 라트라비아타 서곡을 듣는 그의 주변에는 오페라에 한 몫 끼려는 듯 거친 울음소리를 내는 갈매기들이 맴을 돌았다.

마르탱은 크리스털이 부딪치는 듯한 맑은 소리에 문득 정신을 차렸다. 몸에 체크무늬 담요를 감은 가브리엘이 빈 잔 두 개를 손에 들고 깡충거리며 테라스로 걸어 나왔다. 가볍게 입을 맞추고 어깨에 머리를 기댄 그녀가 장난기어린 미소를 지었다.
"당신이 준 포도주 병을 열어볼까?"
"내가 가서 가져오지!"
마르탱은 그녀의 말이 떨어지기 무섭게 문을 열고 나갔다.
혼자 남은 가브리엘은 온몸에 소름이 돋았다. 볼을 타고 눈물이 한 방울 흘러내렸다. 감사의 마음이 농축된 눈물이었다. 그녀는 생, 우연, 카르마, 행운, 신의 뜻에 감사했다. 운명 혹은 신이 존재한다면 그 신에게 감사하는 마음을 전하고 싶었다.
마르탱이 다시 그녀에게로 돌아왔다. 이제 다시는 헤어지지 않으리라. 두 사람의 몸을 하나로 만든 신비한 연금술이 그들의 영혼마저 합쳐놓은 듯했다. 이제 두 사람은 완벽하게 준비돼 있었다. 원점에서 시작하는 사랑이 아니라 13년이라는 긴긴 겨울잠을 잔 이후에도 굳건하게 살아남은 사랑을 계속해 나갈 준비가…….
마르탱의 말은 옳았다. 과거를 이해하지 못하고는 미래를 기대할 수 없었다. 더 이상 그들은 빈손으로 길을 떠난 여행자들이 아니었고, 이십대 청년도 아니었다. 각자 다른 곳에서 많은 경험을 했고, 스스로 고통을 이겨내고 오늘에 이르렀다.
다른 사랑을 해 보려고 애쓰기도 했다. 그러나 모두 다 실패로 끝났다. 이제 그에게 모든 걸 말하리라. 모두 설명하리라. 우선 그가 애타게 기다리던 뉴욕에 갈 수 없었던 사연부터 이야기해야 할 것이다.
그동안 사귀었던 남자들에 대해서도 이야기하리라. 십대 시절부터 그녀를 괴롭혔던 먹잇감이 된 느낌, 원하지도 이길 수도 없는 게임의 희생양이 된 느낌에 대해서도 모두 이야기하리라. 한동안 남자들을 거부하다가 또다시 남자들의 접근을 허락했던 것에 대해서도 이야기하리라. 아마 마르탱이라면 모든 걸 이해해 줄 것이다.
가브리엘은 마르탱의 품에 안겨있는 동안 모든 경계심을 내려놓을 수 있었다. 그건 마르탱 역시 마찬가지였다.
이제 사랑이 있었으므로 경계 따위는 필요 없으리라.
이제 행복을 두려워하지 않으리라.
단 하나의 걸림돌만 해결하고 나면 만사형통이리라.
"가브리엘, 좋은 저녁이구나."

*

가브리엘은 소스라치게 놀랐다.
작은 램프 빛에 아키볼드의 얼굴이 드러났다.
"여기서 뭐하시는 거예요?"
"너와 이야기하려고 왔단다."
"오늘밤에는 안 돼요."
"오늘밤이 아니면 영영 기회가 없을지도 몰라."
"왜죠?"
"내가 그것에 대해서도 설명해 주마."
"듣고 싶지 않아요. 어서 가요. 마르탱이 여기 와 있어요."
"알고 있다."
아키볼드가 소파에 자리 잡고 앉았다.
경악한 그녀가 애원조로 말했다.
"제발 부탁인데 우리의 저녁시간을 망치지 말아주세요."

"가브리엘, 네게 달렸다. 네가 열쇠를 쥐고 있어. 마르탱이 굳이 나를 체포하려 든다면 저항하지 않을 생각이다. 너에게 선택의 기회를 주겠다. 이 아비와 마지막으로 대화를 나누겠니? 아니면 이 아비가 감옥에서 생을 끝내게 하겠니?"

"어디서 대화를 하자는 거죠?"

"내게 좋은 생각이 있으니 따라와보면 알게 될 거다."

아키볼드가 수상비행기를 가리키며 말했다.

"왜 내게 이런 일을 시키죠? 마르탱과 아빠 중 한 사람을 선택하라니, 왜 그렇게 부당한 요구를 하죠?"

"산다는 건 선택의 연속이란다, 가브리엘. 그건 너도 잘 알고 있지 않니?"

가브리엘은 한동안 그 자리에 얼어붙은 듯 서 있다가 부리나케 포도주 저장실로 뛰어 내려갔다.

"포도주 병을 찾았어."

가브리엘이 뛰어내려오는 소리를 들은 마르탱이 소리쳤다.

마르탱이 냉장실 문을 닫을 때 가브리엘이 살짝 열린 문틈으로 고개를 내밀었다.

"날 용서해 줘, 내 사랑."

"가브리엘, 갑자기 왜 그래?"

마르탱이 미처 상황 파악을 하기도 전에 그녀는 열쇠를 돌려 그를 포도주저장실 안에 가두었다.

"미안해! 곧 돌아올 테니까 그때까지 참아."

가브리엘이 갈라진 목소리로 마지막 말을 남기고 아키볼드에게로 돌아갔다.

21. 사랑했던 우리는

누군가를 사랑한다는 것은 그 사람의 영혼을 파헤쳐
그의 영혼이 얼마나 위대하고 강한지,
얼마나 맑은지를 알려주는 것이다.
우리는 영혼이 충분히 유린당하지 못했다는 이유로 괴로워한다.
우리 안에 있는 힘을 발견할 수 있도록
영혼을 파헤쳐주는 사람이 없기 때문에 괴로운 것이다.
—크리스티앙 보뱅

둥근 배와 커다란 발이 달린 수상비행기는 한 마리 펠리컨을 빼닮았다.

가브리엘이 말없이 수상비행기를 점검하는 동안 아키볼드는 고글을 쓰고 조종석에 앉았다. 시동을 건 그는 변덕스러운 돌풍으로부터 프로펠러를 보호하기 위해 잠시 엔진을 공회전시켰다.

밤하늘은 맑고 투명했지만 매서운 바람과 파도에 맞서 수상비행기를 운행하려면 극도로 조심할 필요가 있었다. 눈을 가늘게 뜬 아키볼드는 널빤지를 비롯한 부유물들을 피해가며 플로트가 손상되지 않도록 신중하게 비행기를 몰았다.

이수를 하려면 파도가 심하지 않은 곳을 선택해야만 한다. 비행기에 충분할 만큼 가속이 붙었다고 판단한 아키볼드가 조종간을 힘껏 잡아당기자 기체가 수면을 박차며 날아올랐다.

고도를 확보한 비행기는 다운타운과 스카이라인 위를 날았다. 그리고 곧 베이 브리지와 엔젤 아일랜드를 지나 남쪽을 향해 날아갔다.

*

마르탱은 맨발에 사각팬티 차림으로 분노를 이기지 못해 펄쩍펄쩍 뛰었다. 포도주저장실에는 창문이 없었다. 유일한 출구는 가브리엘이 잠가 버린 철문 하나뿐이었다. 세 번씩이나 어깨를 부딪쳐가며 밀어보았지만 허사였다.
다시 한 번 가브리엘에게 배신당했다. 경계를 풀고 스스로 무장해제를 한 결과 벌거벗긴 상태로 갇혀버리는 신세가 되었다. 그것도 사랑을 나눈 지 불과 몇 분 만이었다.
가브리엘을 이해할 수 없었다. 앞으로도 절대 이해할 수 없을 것 같았다. 배신감에 치를 떨던 마르탱은 포도주병을 집어 들고 철문을 향해 힘껏 내던졌다.

*

세스나기는 안정된 속도로 카르멜을 지나 몽트레이 만 남쪽으로 방향을 돌려 로스 파트레스 숲과 빅쉬르 해안절벽 사이의 도로 위를 날았다.
가브리엘은 아버지에게 단 한 마디의 말도 건네지 않고 부조종사 역할에 충실했다.
몇 십 미터 아래, 자연 그대로의 들쭉날쭉한 바위절벽 해안에 면한 구불거리는 도로는 아키볼드에게 친근감을 불러일으켰다. 가끔씩 그는 먼 바다를 바라보았다. 눈에 보이지 않았지만 온화한 기후 여건에서 새끼를 낳으려고 알래스카를 떠나 멕시코로 이동하는 고래 떼를 상상해보기도 했다.

반면 가브리엘의 머릿속은 온통 마르탱에 대한 생각뿐이었다.

아키볼드는 산 시메온이 멀지 않은 지점에서 속도를 낮추고 착수준비에 들어갔다. 가브리엘은 끊임없이 방향을 바꾸며 불어대는 바람 때문에 착수가 쉽지 않다는 사실을 잘 알고 있었다.

작은 포구가 가까워지자 아키볼드는 착수를 위해 비행기의 기수를 위쪽으로 향하게 했다. 무수한 별들과 황금빛 달 때문에 기체가 거울 같은 수면에 반사되어 고도를 가늠하기 힘들었다. 착수가 쉽지 않은 상황이었지만 아키볼드는 비행기를 능숙하게 안착시켰다.

아키볼드는 가공할만한 도둑인 동시에 뛰어난 조종사였다.

*

작은 포구의 바닷물이 신비롭게 반짝거렸다. 해안으로 나가려면 자연 그대로의 아름다움이 간직된 바다를 통하는 수밖에 없었다.

"네 엄마가 이곳을 좋아했단다."

해안가를 따라 걷던 아키볼드가 불쑥 말을 건넸다.

온갖 호기심과 함께 착잡한 생각에 사로잡혀 있던 가브리엘이 물었다.

"엄마와 어떻게 만나셨어요?"

"당시에 난 비행기 조종사였는데 어느 해 여름 네 엄마가 일하는 봉사단체에서 만나게 되었단다. 네 엄마가 만든 '희망의 날개'라는 구호 단체였는데 너도 언젠가 들어봤는지도 모르겠다. 그 단체 소속으로 아프리카 파견 임무를 수행하던 중 네 엄마를 만났다."

부드러운 파도가 칠 때마다 해수면이 넘실거렸고, 미풍이 불어와 두 사람의 얼굴을 간질였다.

"첫눈에 반하신 거예요?"

"그래, 첫눈에 네 엄마를 사랑하게 되었지. 하지만 네 엄마의 마음을 얻기까지 무려 오 년이라는 세월을 흘려보내야 했단다."

"그럼 오 년씩이나 엄마를 일방적으로 따라다니셨어요?"

"내게 오기 전 네 엄마는 꽤 유명한 록 그룹의 보컬리스트를 사랑했어. 몇 년 동안이나 네 엄마를 괴롭혔던 놈이었는데……."

아주 잠깐 동안 아키볼드의 눈빛이 흔들렸다. 그의 마음은 아직도 고통스럽게 느껴지는 1970년대의 과거 한 때를 헤매고 있었다.

"사랑이란 게 뭔지도 모르는 놈이었지. 심지어……."

"심지어, 뭐요?"

가브리엘이 재촉했다.

"그 자식의 강요에 못 이겨 네 엄마는 두 번이나 낙태수술을 받았단다."

조금 전보다 더 무거운 침묵이 부녀 사이에 감돌았다. 그들은 아무 말 없이 포구에 마련된 기둥에 수상비행기를 잡아맸다.

"엄마는 그 보컬리스트와 얼마나 사귀었는데요?"

"잠깐씩 떨어져 지낸 적은 있지만 아마 육 년쯤 함께 살았을 거야."

"굉장히 폭력적인 남자였던 것 같은데 그렇게 오래 함께 살았던 이유가 뭐죠?"

"나도 훗날 네 엄마한테 들은 얘기다만 그 남자와 사는 게 고통스러울수록 더욱 안타까운 마음이 생기더란다. 인생이란 참으로 묘하지 않니? 잘못한 일이 전혀 없는데도 마치 형벌을 받는 것처럼 살아가야 하는 경우도 있으니까."

두 사람은 해변을 따라 걸었다. 보면 볼수록 기막히게 아름다운 곳이었다. 화강암 절벽이 병풍처럼 바닷바람을 막아주어 초승달 모양의 해변은 고요하고 아늑했다.

"엄마가 그 쓸개빠진 로커와 사는 동안 아빠는 어떻게 지냈는데요?"

"네 엄마가 내게 오기를 기다리며 살았지. 네 엄마의 끊임없는 거부를 담담하게 견뎌내면서."

"언젠가 엄마가 사랑을 받아줄 거라는 희망은 있었나요?"

"처음에는 희망을 가졌지만 나중에는 별 기대 없이 기다리기만 했단다."

가브리엘은 아버지의 솔직한 대답이 마음에 들었다.

"물론 고통스러웠겠죠?"

"고통과 아픔의 시간이었지."

"그렇지만 잘 알지도 못하는 여자한테 첫눈에 반한다는 건 어쩐지 이해하기 힘들어요. 어떻게 그럴 수 있죠?"

"내 눈에만 다른 사람들 눈에 띄지 않는 네 엄마의 특별한 매력이 보였다고나 할까? 난 네 엄마조차도 모르고 있는 면을 보았으니까. 세월이 흐르면 네 엄마가 어떤 모습을 하고 있을지 내 눈에 훤히 들여다보였단다."

"그런 사랑은 소설이나 영화에서나 가능한줄 알았어요."

"몰라서 그렇지 현실에서도 얼마든지 존재하는 사랑이란다."

"엄마가 아빠를 받아들이기까지 왜 오 년이라는 세월이 필요했을까요?"

아키볼드가 딸의 눈을 똑바로 들여다보았다.

"사랑받는다는 건 때로 두려움을 동반하는 것이지. 복잡하기 이를 데 없는 우리 인생에서 신은 간혹 나쁜 때를 골라 좋은 사람을 보내준단다."

"아빠는 엄마를 만나기 전에는 사랑한 사람이 없었어요?"

"엄마를 처음 만났을 당시 난 적십자사 간호사와 몇 년째 결혼생활을 하고 있었다."

"엄마 때문에 그 분과 헤어지셨어요?"

"내가 네 엄마를 사랑하기 전부터 관계가 소원해지고 있었지. 다만 네 엄마를 사랑하게 되면서 헤어지자는 말을 꺼내게 되었다. 네 엄마가 나를 원하지 않던 때였지만 은밀히 사랑하는 여자가 있으면서 결혼생활을 지속한다는 건 그녀는 물론 나 자신까지 기만하는 일이라 생각했다."

"오 년 후 드디어 엄마가 아빠의 사랑을 받아들였군요?"

"네 엄마는 사랑을 받아준다는 표현 대신 그냥 내 덕분에 마음의 병이 치유되었다고 하더라."

"아빠가 엄마가 가진 마음의 병을 치유했다고요?"

"그래, 그 말 속에는 모르긴 몰라도 사랑한다는 의미가 조금은 담겨 있었을 테니까 결과적으로는 같은 말이었지."

*

포구 끝자락에 이르렀을 때 아키볼드는 바다를 향해 떨어지는 폭포를 가리켰다. 해변 가에는 커다란 삼나무와 버드나무, 유칼립투스 그리고 단풍나무가 무성하게 자라 있었다.

"바로 여기서 네 엄마와 나는 처음으로 사랑을 나누었다. 아마도 네 엄마가 널 잉태한 장소가 여기이지 싶다."

"너무 자세한 이야기는 하지 않아도 괜찮아요."

아키볼드는 셔츠 주머니에서 시가를 한 대 꺼내 입에 물었다.

"곧 사라질 풍경이니까 실컷 봐 둬라. 곧 니데글 주차장과 연결되는 도로를 뚫을 거라는 얘기를 들었다."

"이렇게 아름다운 풍경이 사라진다니 정말 안타까운 일이에요."

"사는 게 다 그렇더라."

아키볼드는 만질만질한 아바나 산 시가의 끝을 만지작거렸다.

"영원한 건 없다는 뜻인가요?"

"그래, 인간을 비롯한 만물은 언젠가 소멸하지. 차츰 망가지고 변해 가다가 결국 끝나버리는 게 인생이니까. 지금 이 순간만이 중요할 뿐이란다."

아키볼드가 시가의 끝부분을 잘라냈다.

"영원한 것도 있잖아요."

"넌 무엇이 영원하다고 생각하니?"

"사랑."

"사랑? 세상에서 그 무엇보다 나약한 게 사랑이란다. 비오는 날 지펴놓은 불길 같다고나 할까? 불은 비를 막아주며 힘들여 땔감을 집어넣고, 갖은 정성을 다해도 어느 순간 꺼져버리지. 사랑도 불 같단다. 어느 순간이 되면 꺼지게 되니까."

"영원히 남는 사랑도 있어요."

"영원한 건 사랑한 후에 남는 고통뿐이란다."

"그다지 듣기 좋은 말은 아니군요."

"진실이란 언제나 듣기에 불편한 법이지. 다른 사람은 어떻게 생각할지 몰라도 내가 생각하는 사랑은 그러니까 너무 괘념치 말거라."

아키볼드는 성냥을 그어 시가에 불을 붙였다.

"아빠는 아직도 엄마를 사랑하죠?"

"그래, 네 엄마를 아직도 사랑하고 그리워하지."

"엄마에 대한 추억을 깊이 간직하고 계시죠?"

"그야 뭐 당연하지."

"그게 바로 사랑이 영원하다는 걸 입증해주는 증거 아닐까요?"

"모두들 사랑이 영원하다는 걸 믿고 싶어 하지. 그렇지만 과연 사랑이 사람을 행복하게 하는 것인지에 대해서는 여전히 의문이란다. 네 엄마를 사랑했던 걸 단 한 번도 후회한 적 없지만 내가 살아온 날들이 행복했다고 말할 수는 없을 것 같구나. 차라리 통한의 세월이었다는 게 맞지."

가브리엘은 더 이상 반박하지 않기로 했다. 그저 빨갛게 타오르는 아빠의 시가 끝을 망연히 바라볼 뿐이었다. 바람은 여전히 따뜻했고, 바위에 부서지는 파도소리는 부드러웠다.

"네게 전해주고 싶은 게 있단다. 네 엄마가 보낸 편지야."

아키볼드가 비스듬히 메고 있던 배낭 속을 뒤졌다.

"엄마가 보낸 편지라고요?"

"이메일이 없을 때는 주로 편지로 의견을 주고받았지."

"편지가 뭔지는 저도 알아요. 편지를 받아본 적도 있어요."

"아, 마르탱에게."

"제발 그만하세요."

"아무튼 이 편지를 언젠가 너에게 보여주고 싶었다. 네 엄마가 결혼 초기에 내게 보낸 편지란다."

아키볼드는 빛바랜 푸른 색 봉투를 가브리엘에게 건네주었다.

"무척이나 아기를 갖고 싶어 했던 네 엄마의 마음이 편지에 고스란히 담겨 있단다. 지금까지 내가 이 편지를 지니고 다녔지만 이제부터는 네가 보관해라. 혼자 있을 때 꺼내 읽어보거라."

가브리엘은 그 말을 못들은 척하고 모래 위에 앉아 편지봉투를 열었다.

*

손으로 턱을 받치고 모래 위에 엎드린 아키볼드는 저 멀리 수평선을 바라보았다. 옆에 앉은 가브리엘이 다 읽은 편지를 접었다.

가브리엘의 두 뺨 위로 어젯밤처럼 눈물이 흘러내렸다. 이번에는 감사의 눈물이었다. 마침내 아빠의 존재를 알 수 있게 되었고, 사랑할 수 있게 된 것에 대해 감사하는 눈물.

아키볼드는 연기를 내뿜으며 혀를 자극하는 감미로운 맛을 음미했다.

그래, 이 순간을 뜻있게 보내자. 그것이 얼마 남지 않은 시간을 가장 의미 있게 활용하는 방법이니까.

"가브리엘, 놀라지 말고 들어야 한다. 이 아비는 불과 몇 달밖에 살지 못한다. 의사가 췌장암이라더구나."

오랫동안 입속을 맴돌던 말이 그제야 튀어나왔다.
"그게 무슨 말씀이세요?"
아키볼드는 금세 눈물범벅이 된 딸의 얼굴을 바라보았다.
"의사 말이 췌장암 말기란다. 곧 죽는다는 뜻이다."
가브리엘이 믿기지 않는다는 표정으로 되물었다.
"췌장암? 아빠가 곧 돌아가신다고요?"
"그래, 최대한 길게 잡아야 삼 개월을 넘길 수 없나보더라."
"검사는 충분히 받아 보셨어요?"
"물론이지. 의사 말이 암세포가 이미 손을 쓸 수 없도록 전이된 단계라더구나."
가브리엘은 양 손에 얼굴을 파묻으며 목멘 소리로 물었다.
"언제부터 알았죠?"
"몸이 안 좋다는 건 예전부터 알았지만 암세포가 온몸에 퍼져 죽게 된다는 건 이틀 전에 알았다."
가브리엘이 눈물을 닦으며 소리쳤다.
"그럼, 왜 나를 찾아오셨죠? 이건 말도 안돼요. 겨우 몇 시간 전에 아빠를 되찾았는데 벌써 보내야 한다는 게 말이 돼요? 왜 내게 이토록 끔찍한 고통을 안겨주는 거죠?"
"내가 너를 버린 게 아니라는 걸 알려주고 싶었다. 그 동안 네 앞에 나타나지 않았을 뿐 나는 항상 네 곁에 있었다. 다만 너의 그늘 속에서만 머물렀지."
"그늘 속에서? 그게 무슨 뜻이에요?"
아키볼드가 가브리엘의 팔에 손을 얹으며 지난 20년간의 파란만장한 만남에 대해 이야기했다. 딸 앞에 나서기에는 부끄럽고 죄책감이 느껴지던 날들이었다. 당당한 아비가 될 수 없게 만든 지난날이 한탄스럽기 짝이 없는 날들이었다.
"넌 눈치 채지 못했겠지만 이 아비는 매년 12월 23일에 널 만났단다. 단 몇 분 만이라도 널 만나기 위해 단단히 변장을 했었지만······."
당황한 가브리엘은 12월 23일에 대한 모든 기억을 떠올려보았다.
컴퓨터가 망가져 애를 먹고 있을 때 때마침 최신형 랩톱 컴퓨터를 들고 초인종을 누른 세일즈맨이 기억났다. 마치 그녀를 위해 준비한 이야기인 듯 감동적인 쇼를 펼치던 거리의 어릿광대가 기억났다. 그녀의 슬픔을 읽기라도 한 듯 장미 한 송이를 꺾어주며 익살을 부렸던 정원사가 기억났다.
"그럼 그 사람들이 모두 아빠였단 말씀이세요?"
"지난날에 대한 죄책감과 두려움 때문에 딸 앞에 나타날 수 없었던 못난 아비였단다."
왜 몰랐을까? 진작 아빠인 줄 알았다면 얼마나 기뻤을까?
"지난 몇 년간 사설탐정을 고용해 그림자처럼 네 뒤를 따라다니게도 했단다."
아키볼드의 고백에 가브리엘은 화가 났다.
"허락도 없이 사생활을 훔쳐보다니, 어떻게 그럴 수 있죠?"
"네가 걱정스러웠을 뿐 사생활을 훔쳐보겠다는 생각은 없었다."
"제가 걱정스러울 뿐이었다고요?"
"가브리엘, 아비 눈에 넌 분명 행복해보이지 않았어."
"저에 대해 뭘 안다고 그렇게 단정하시죠?"
아키볼드는 옆에 내려두었던 가죽 배낭을 열고 증거물을 꺼냈다. 가브리엘의 일기장을 복사한 노트와 파티를 끝내고 매번 다른 남자와 어울려 집으로 돌아오는 사진이었다. 그리고 그 남자들을 뒷조사한 결과 이기적이고 폭력적이고 잔인한 성품이더라는 내용이 담긴 보고서였다.

"왜 그렇게 방황한 거니?"

가브리엘은 분노에 찬 눈길로 아키볼드를 쏘아보았다. 그녀 자신조차도 왜 그랬는지 의미를 파악할 수 없는 문제를 아빠에게 설명해야 한다는 생각에 가슴이 터질 것처럼 답답했다.

"아빠가 말하기를 사람은 잘못한 일이 전혀 없는데도 마치 벌 받는 것처럼 살아가는 경우가 있다고 하셨죠? 그래요, 제가 바로 그때 벌 받는 사람처럼 살았어요. 단지 그뿐이에요."

*

아키볼드는 화가 나 입을 굳게 다물어버린 가브리엘의 곁에 가만히 앉아 지난날의 추억을 더듬었다.

이 해변에서 발랑틴과 처음으로 함께 보낸 봄날이 생각났다. 그날 밤 그는 마치 세상을 다 얻은 것 같았다. 생을 마무리해가는 지금 이 순간까지도 그렇게 행복한 감정을 다시는 느껴보지 못했다. 더 이상 혼자가 아니라는 생각이 들었고, 너무나 특별했던 날이었다.

아키볼드는 고개를 돌려 딸을 쳐다보았다.

"마르탱을 사랑하니?"

가브리엘이 잠시 머뭇거렸다.

"오래전부터 사랑했어요. 마르탱은 보통 남자들과 달라요."

"마르탱도 너를 사랑하니?"

"글쎄요, 잘은 모르지만 사랑하는 것 같아요. 하지만 방금 전 아빠 때문에 그 사람을 또다시 배신했어요. 이제 화난 마음을 돌리기가 쉽지 않을 거예요."

아키볼드가 짓궂게 미소를 지었다.

"난 아무 짓도 하지 않았다. 그 애송이를 지하실에 가둔 사람은 내가 아니라 바로 너였어. 그 녀석, 아마도 단단히 화가 났겠지. 그 녀석의 마음을 다시 얻으려면 네가 고생깨나 해야겠구나."

"마치 잘된 일이라는 듯 고소해하시는 것 같네요?"

아키볼드는 어깨를 으쓱하고는 시가 연기를 내뿜었다.

"그 애송이가 너를 진심으로 사랑한다면 반드시 돌아올 테니까 걱정 말아라. 그 애송이도 너에게 아무런 기대도 하지 말아야 한다는 걸 알아야 할 것이다. 내가 네 엄마의 대답을 듣기 위해 오 년 동안 묵묵히 기다렸던 것처럼 그 애송이도 인내하는 법을 배워야 하니까."

"마르탱은 십삼 년이나 저를 기다렸어요."

"그건 단념이지 기다림이 아니었어. 그건 그렇고 넌 그 애송이를 사랑한다면서 왜 그렇게 오랫동안 기다리게 했니?"

"두려웠어요."

"뭐가?"

"그를 실망시키게 될까봐, 더 이상 그를 사랑하지 않는 날이 오게 될까봐, 그의 아기를 낳지 못할까봐."

가브리엘의 말은 지난날 발랑틴이 했던 말과 너무나 비슷했다.

"아빠는 마르탱을 어떻게 생각해요?"

가브리엘이 용기를 내어 물었다.

"내게 총을 두 발이나 쐈던 녀석을 어떻게 생각하느냐고?"

"네."

가브리엘이 미소를 지었다.

"내가 보기에 녀석은 너무 무능력해."

"무능력하다고요?"

"너를 보호해 줄 수 있을 것 같지 않아."

"저는 어린애가 아니라서 보호해 줄 남자 따윈 필요 없어요."

"바보 같은 소리 좀 그만해라! 누가 뭐래도 여자는……."

"아빠야말로 구닥다리 소리는 집어치우세요. 마르탱은 아빠가 생각하는 것보다 훨씬 더 강한 사람이니까 걱정 말아요."

"과연 그럴까? 녀석은 너를 데려오려는 나를 막지 못했잖니? 게다가 지하실에 꼼짝없이 갇히는 신세가 되었어."

"어쩔 수 없었잖아요. 마르탱은 무방비 상태였으니까."

"아무튼 그 애송이는 너무 물러 터졌어. 지나치게 예민하고 감상적인 성격도 마음에 안 들어."

"아빠도 그 나이 때는 감상적이었을 거예요."

"그래, 네 말대로 감상적이었기 때문에 이성을 잃었고, 판단이 흐려지기도 했지. 그런 까닭에 네 엄마를 끝까지 보호해 주지 못했어."

"무슨 뜻이죠?"

"그날 그 병원에 가지 말았어야 했고, 그 의사에게 총을 겨누지 말았어야 했다. 네 엄마와 내 인생 그리고 우리들의 소중한 아기인 네 미래를 망가뜨리지 말았어야 했다. 그 모든 비극이 아비가 아주 잠깐 동안 이성을 잃는 바람에 벌어진 일이었다."

떨리는 목소리로 말을 잇던 아키볼드가 흐느껴 울기 시작했다.

갑자기 차가운 바람이 들이닥치며 나뭇가지들이 바스락거리는 소리를 냈다.
그리고 33년 만에 처음으로 아버지와 딸이 포옹했다.

22. 발랑틴의 편지

-우리 모두는 인생을 살아가면서 사랑하려는 시도를 계속한다.
-파스칼 키냐르

1973년 4월 13일 샌프란시스코에서

아키볼드, 내 사랑

우리를 둘러쌌던 어두운 밤, 최악의 상황, 우리를 괴롭혔던 모든 것, 우리를 파괴하려했던 모든 것들을 외면하지 말아요. 우리 이제 과거의 망령과 두려움을 직시하기로 해요.
내 마음과 몸을 파괴하며 어둠의 심연으로 떨어뜨렸던 그 남자, 타인에 대한 사랑으로 당신을 감동시켰던 천사 같은 당신의 첫 번째 아내를 생각하면 나락으로 떨어질 것처럼 아찔하지만 우리 이제 피하지 말고 직시하기로 해요.
과거의 상처가 쉽게 아물지는 않겠죠. 나를 하찮게 취급하며 수시로 때리기까지 했던 그 가수가 잘 생긴 얼굴에 한없이 슬픈 표정을 지으며 나를 잊지 못하겠다고, 나를 위해 노래를 지었다고, 사랑한다며 용서를 빌 날이 올지도 모르죠. 그땐 제 정신이 아니었다고, 나를 사랑해서 그랬던 거라고 변명하며……. 어쩌면 난 그의 달콤한 사과의 말을 다시 믿게 될지도 모르죠.

당신 역시, 그 천사 같은 금발머리 간호사를 다시 만나게 되는 날이 올 수도 있겠죠. 어느 날 아침 문득 당신은 다른 여자와 달랐던 그녀, 한때 진심으로 사랑해마지 않았던 그녀에 대해 다시금 애틋한 마음을 갖게 될지도 모르죠.

아니면 새로운 남자가 내 눈을 마주치려 하고, 또 다른 여자가 당신의 보호본능을 자극하려 할 수도 있겠죠. 우린 그 모든 유혹의 가능성을 부정하지 말아야 해요. 우리의 신뢰와 사랑을 위협하는 과거, 우리를 유혹하는 미래가 있다는 사실을 부정하지 말아야 해요. 하지만 우리가 진정으로 사랑한다면 그 무엇도 결코 두려워해서는 안 된다고 생각해요. 우리의 사랑 앞에서 결국 사라질 것들이니까요. 그래도 끝까지 두터운 먹구름으로 남아 우리의 앞날에 어두운 그림자를 드리우는 방해자들이 있겠죠. 하늘을 울리는 지진, 천둥, 번개에 세찬 바람이 우리를 향해 밀려올지도 모르죠. 하지만 그 세찬 바람이 곧 우리를 위협하는 두터운 먹구름들을 어디론가 몰아내 줄 거라 믿어요.

거울 속에 우리 모습이 비춰지네요. 희망의 미래를 앞둔 젊은 부부의 모습이죠. 앞으로 우리 앞날에는 아름다운 일들만 가득할 거예요.

우린 아직 젊지만 행복에는 큰 대가가 따른다는 걸 알게 되었으니까요. 우린 아직 젊지만 이미 수많은 운명의 장난에 맞서 보았으니까요. 행복해지기 위해서는 수많은 위험을 겪어야 하고, 패배가 두려워 시도조차 못해본다면 더 큰 불행이 된다는 걸 알게 되었죠.

난 행복해지고 싶어요. 지난 날, 여인들은 남자를 붙잡아두기 위해 결혼하고 아이를 낳았다죠. 이제 우리 시대에 그런 건 통하지 않겠죠.

사랑하는 사람을 붙잡아두려면 어떤 방법을 써야 할까요? 모르겠어요. 내게 당신에게 해줄 수 있는 약속이 있다면 무슨 일이 있어도 당신 곁을 떠나지 않겠다는 것뿐이에요.

즐거울 때나 괴로울 때나 사는 게 아무리 힘들어도
당신이 나를 원한다면 항상 곁에 있겠어요.

미소 짓는 당신과 마주보고 있으면 온 사방이 환한 빛으로 가득해요. 너무나 아름다운 빛이죠. 우리 집에는 마법의 창이 있어요. 가끔씩 미래를 엿볼 수 있는 창이죠.

우린 지금 너무나 행복해요. 마음도 몸도 너무나 열정적이죠. 당신은 내일 일을 미리 걱정할 이유가 없다고 했죠? 하지만 아쉬, 이리 와요. 함께 손을 잡고 창문 틈으로 우리의 미래를 들여다보아요.

병원이 보이네요. 우린 병원에 와 있어요. 하지만 누가 아픈 건 아니에요. 따뜻한 방 안은 부드러운 빛과 꽃으로 가득해요. 그 방안에 요람이 하나 있고, 그 요람 안에는 갓 태어난 우리 아기가 누워 있어요.

나를 보는 당신의 눈이, 당신을 보는 나의 눈이 반짝거려요. 그 아기는 우리 아기죠. 아주 작은 여자 아기죠. 아기가 눈을 뜨고 우리를 바라보네요. 갑자기 우리는 셋이 되었어요. 셋이지만 우린 하나예요.
  내 사랑, 당신이 옆에 있으면 난 아무것도 두렵지 않아요.
  아키볼드, 내 사랑.
  사랑해요.

발랑틴

23. 지옥으로 가는 길

운명은 언제나 길모퉁이에서 기다리고 있지.
도둑놈이나 창녀나 복권 판매원처럼 말이야.
운명은 항상 세 종류의 사람으로 모습을 드러내길 좋아하지.
하지만 집으로 찾아오지는 않으니 찾아가서 만나는 수밖에.
—카를로스 루이스 사폰

12월 24일

새벽 5시

가브리엘은 해가 뜨기 전에 소살리토 수상마을의 한복판에 있는 집으로 돌아왔다. 마르탱과 침착하게 대화할 수 있기를 바랐다. 사실 더 이상 싸울 힘도 남아 있지 않았다. 그럴만한 사정이 있었다는 걸 잘 납득시키고 아버지와 나눈 이야기를 전하고 싶었다.

그러나 포도주 저장실 문이 부서져 있었고, 문 안쪽에 유리파편이 나뒹굴었다. 벽면이 온통 포도주로 얼룩져 있었고, 포도주를 저장해두는 선반이 바닥으로 쓰러져 있었다.

낙담한 가브리엘은 마르탱이 묵고 있는 호텔에 전화를 걸었다. 연결이 되지 않자 휴대폰에 메시지를 남긴 그녀는 두 사람의 지난 추억을 간직하고 있는 장소를 향해 차를 달렸다. 하지만 그 어디에도 마르탱은 없었다. 모든 어려움을 극복할 수 있는 관계가 있다고 믿고 싶었지만 그런 관계는 없나 보았다.

배신, 권태, 잘못된 선택, 위선적인 유혹, 불공평한 운명 따위는 한 치의 양보도 없이 사랑을 훼방 놓으며 싸움을 건다. 극도의 감정적인 싸움에서 이길 확률은 극히 드물다. 게다가 예외는 또 얼마나 많은가.

가브리엘은 유람선 선착장에서 그다지 멀지 않은 해변에 도착했다. 모래사장에 주저앉은 그녀는 멀리 수평선을 바라보았다. 심신이 피곤해서인지 눈이 뻑뻑하고 따끔거렸다. 언제나처럼 고통과 고독이 한꺼번에 밀어닥쳤다. 그녀의 어깨 위에는 언제나 똑같은 외투가 걸쳐져 있었다.

그 누군가가 말하기를, 세상에서 자신을 위로해 줄 수 있는 유일한 존재가 고통을 주었던 바로 그 사람이라는 걸 깨달을 때 비로소 위대한 사랑이 시작된다고 했다.

마르탱은 그녀에게 위대한 사랑이었다. 그러나 지금 그녀는 그를 잃었다.

*

아침 6시

고급주택들이 모여 있는 알라모스퀘어 위쪽으로 해가 솟아오르며 베이브리지와 시청의 돔 지붕이 한 눈에 내려다보였다. 알라모스퀘어를 바라보며 한 줄로 늘어선 빅토리아 양식의 우아한 집들은 연보라, 연두, 연노랑색깔로 칠해진 까닭에 페인티드 레이디스라는 별칭으로도 불렸다.

아키볼드가 잠입한 저택은 커틀라인 그룹의 대주주로 다이아몬드를 경매에 내놓은 스테픈 브라우닝의 집이었다. 저택 안으로 들어선 그는 감시카메라와 연결된 경보장치를 손쉽게 해제한 다음 계단 쪽으로 접근했다.

천국의 열쇠를 절도목록에 포함시킨 지는 벌써 오래 전이었다. 보다 극적인 작업을 위해 그 유혹을 견디며 기다려왔다. 오늘 그는 열댓 명의 멍청이들이 엉뚱한 곳에서 조잡한 함정을 파놓고 기다리는 동안 다이아몬드를 손쉽게 훔쳐낼 생각이었다.

아키볼드는 굽은 복도를 지나 방어공사가 된 방문 앞에 이르렀다. 백만장자들 사이에서 유행했던 패닉 룸이었다. 외부의 침입자로부터 보해해줄 방공호라 할 수 있었다. 강철로 된 경첩과 방탄 문은 원자폭탄이 투하되더라도 방사능의 틈입을 막아줄 수 있을 만큼 견고했다. 일부 건축사무소에서 난공불락의 요새를 지어주겠다며 부유층 고객들을 유혹한 결과물이었다.

아키볼드는 전자 장비를 이용해 패닉 룸의 방어망을 단 몇 초 만에 뚫을 자신이 있었지만 오늘은 좀 더 여유를 갖고 싶었다. 인생의 마지막 작업인 만큼 좀 더 즐기고 싶었던 것이다.

아키볼드는 장비함과 라디오를 바닥에 내려놓았다. 바흐의 무반주 첼로 소나타가 흘러나오는 가운데 그는 손에 익은 연장을 꺼내들었다.

*

날카로운 금속음과 함께 문이 열렸다.

예상치 못한 불빛에 눈이 부셨던 아키볼드는 미간을 찌푸리며 겨우 시야를 확보했다. 방 한가운데에 등을 맞댄 상태로 결박당한 두 남녀가 재갈이 물린 채 앉아있었다. 그들은 바로 배가 불룩 튀어나온 스테픈 브라우닝과 만화 주인공처럼 섹시하고 아름다운 오문진이었다.

"찾고 있던 물건이 이겁니까?"

아키볼드는 소스라치게 놀라며 뒤를 돌아보았다.

복도 벽에 등을 기댄 마르탱이 손가락 사이로 다이아몬드를 굴리고 있었다. 그의 손에 들린 천국의 열쇠가 신비로운 빛을 발했다.

충격으로 일그러졌던 아키볼드의 얼굴이 서서히 밝아지며 이내 체념어린 표정이 되었다. 30년간 절도를 하며 살아왔지만 선수를 빼앗긴 건 오늘이 처음이었다. 그러나 그다지 놀랄 일은 아니었다. 위험하다는 걸 알면서도 마르탱을 대결 상대로 택하지 않았던가.

"매우 아름다운 보석이죠?"

마르탱이 다이아몬드를 프리즘 삼아 아키볼드의 반응을 살피며 말했다.

아키볼드가 슬쩍 웃음을 흘리며 응수했다.

"부당한 방법으로 손에 넣으면 불행을 맞게 된다는 다이아몬드인데, 겁나지 않나?"

"겁나다니요? 난 더 이상 잃을 게 없습니다."

아키볼드가 대답이 마음에 들지 않는다는 듯 고개를 가로저었다.

마르탱은 무기를 소지하지 않았다는 사실을 알려주기 위해 재킷 자락을 들쳐 보였다. 체포할 의향이 없다는 뜻이었다. 뜬눈으로 밤을 새운 그의 충혈된 눈은 간밤에 당한 모욕에 대한 분노로 번득였다.

입에 재갈이 물린 오문진과 스테픈 브라우닝이 몸부림을 쳤지만 두 남자는 아랑곳하지 않았다.

"이제 내가 어떻게 하길 바라는가?"

아키볼드의 말에 마르탱은 동전 던지기를 하듯 다이아몬드를 공중으로 던져 올렸다가 한 손으로 잡으며 응수했다.

"원한다면 이 다이아몬드를 가져가 보시지?"

마르탱은 말을 마치기 무섭게 재빨리 방을 빠져나가 아래층으로 연결된 좁고 가파른 계단을 뛰어 내려갔다.

아키볼드는 한숨을 내쉬었다. 마르탱이 원하는 게 무엇인지 감을 잡을 수 없었다. 방금 전 옷자락을 들칠 때 술 냄새를 맡은 것 같기도 했다. 저 애송이가 포도주 저장실에 갇혀 있는 동안 무슨 짓을 한 걸까? 어쨌거나 한 가지 사실만큼은 분명했다. 마르탱은 지금 제정신이 아니었다.

아키볼드는 기운이 하나도 없었다. 몸이 두들겨 맞은 것처럼 아팠고, 관절 마디마디가 마치 유리처럼 약해진 느낌이었다. 그러나 마르탱의 도전을 받아들여 그를 뒤따르는 것 말고는 선택의 여지가 없었다.

*

아침부터 샌프란시스코 거리에는 짙은 안개가 깔렸다. 두텁고 위협적인 안개에 휩싸인 도시는 흑백영화의 배경화면처럼 음산한 분위기를 풍겼다.

오문진의 체리 색 렉서스 쿠페에 올라 탄 마르탱은 디비사데로 스트리트를 달려 바다로 향했다. 짙은 안개를 가르며 쫓아오고 있는 아키볼드의 오토바이가 마치 구름 속으로 빠져 드는 듯했다.

아키볼드는 너무 멀리 왔다고 생각했다. 이제 마르탱과의 대결은 결말로 치닫고 있었다. 누가 쫓고 쫓기는지 알 수 없는 추격전이었다. 그가 막후에서 오래도록 마르탱을 컨트롤해왔던 건 가브리엘을 돕기 위해서였다. 가브리엘이 마르탱을 만나 다시 예전처럼 행복해질 수 있게 돕고 싶었다. 그러나 사람의 감정을 컨트롤한다는 것 자체가 불가능하다는 사실을 미처 몰랐던 게 문제였다. 어느 누구에게든 감정은 강요될 수 없는 것임을 몰랐던 것이다. 아직 관계 회복의 여지가 남아 있는 만큼 마르탱에게 모든 사실을 고백하고 협조를 구해야만 했다.

아키볼드는 오토바이의 속력을 최대한 높였다. 마르탱이 운전하는 차와 아키볼드의 오토바이가 한 치의 양보도 없이 질주를 벌였다. 두 사람의 몸에서 뜻하지 않은 생화학적 반응이 일어나고 있었다. 빌어먹을 테스토스테론이 두 남자를 맹수로 돌변시켜 상대를 제압하려는 욕망을 불러일으켰다. 그러나 마르탱과 아키볼드는 좀 더 내밀한 싸움에 몰입해 있었다. 그것은 자기 자신과의 싸움이었다. 고독, 두려움, 인간의 한계, 죽고 싶은 충동에 맞서는 처절한 사투……

두 남자는 이제 막다른 골목에 몰려 있었다.

렉서스 쿠페는 전속력으로 101번 도로를 달려 나무가 울창한 프레시디오 공원을 가로질렀다. 샌프란시스코 시내는 온통 자욱한 안개에 휩싸여 있었다. 아마도 오늘 아침처럼 안개의 도시라는 별칭이 딱 맞아 떨어진 적은 없을 듯했다. 전조등 불빛만으로는 앞에서 달리는 차의 윤곽조차 보이지 않았다. 도로 표지판과 인도도 당연히 보이지 않았다.

아키볼드는 어쩔 수 없이 속도를 줄였다. 마르탱의 의도가 무엇인지, 그가 어디로 가는지 알 수 없었다. 안개 때문에 불과 3미터 앞이 보이지 않았다. 공원을 빠져나온 렉서스 쿠페가 금문교에 들어섰을 때에는 안개가 너무나 짙어 마치 다리를 통째로 삼켜버린 듯했다. 그러나 극심한 안개도 금문교의 강렬한 주홍색을 다 가리지는 못했다. 안개는 조금도 물러설 기색 없이 금문교의 강철 구조물과 케이블을 휘감았다.

마르탱은 금문교 한 가운데에서 차츰 속도를 줄이다가 차도 변에 멈춰 섰다. 아키볼드도 위험을 무릅쓰고 렉서스 쿠페 뒤에 오토바이를 세웠다. 금문교 다리 위에 차를 세우는 건 엄격히 금지되어 있었다. 몇 분 안에 경찰이 나타나 신분증 제시를 요구할 것이다.

이른 아침 시간이었지만 크리스마스를 하루 앞둔 날이어서인지 차량 통행이 많았다. 6차선 도로 위에서 차들이 요란한 경적소리와 마찰음을 내며 달려갔다.

차에서 내린 마르탱이 자전거 전용도로를 넘어 다리 난간을 향해 걸어갔다. 6개월 전 아키볼드가 반 고흐 자화상을 들고 그랬듯 마르탱이 다이아몬드를 바다로 던져버릴 것처럼 흔들어댔다.

"이 다이아몬드를 찾아 지옥까지 갈 준비는 되어 있겠죠?"

마르탱이 흥분한 목소리로 소리쳤다. 그러나 금문교는 퐁네프다리와는 달랐다.

아키볼드도 자전거 전용도로를 넘어왔다.

"바보 같은 짓은 그만두고 당장 이리 오게!"

아키볼드가 바람 소리에 목소리가 묻히는 걸 저어하며 힘껏 소리쳤다.

안전난간은 높았지만 매년 열 건 가량의 투신자살사건이 발생하는 장소였다.

"이리 안 올 겁니까?"

마르탱이 신경질적으로 소리쳤다. 그가 손에 쥐고 있는 다이아몬드가 짙은 안개 속에서도 강렬한 빛을 발산했다. 한동안 쳐다보고 있으면 저절로 최면에 걸릴 듯 신비한 빛이었다.

다이아몬드를 주머니 속에 집어넣은 마르탱이 안전난간을 오르기 시작했다.

"난 그깟 다이아몬드는 어떻게 되어도 상관없네."

아키볼드가 크게 소리치며 본능적으로 다리 아래쪽을 내려다보았다. 숨 막힐 정도로 아름다운 경치에 현기증이 났다. 바다에 박힌 교각에 파도가 부딪치며 하얗게 부서지고 있었다.

아키볼드는 시간이 많지 않다는 사실을 잘 알고 있었다. 다리 곳곳에 감시카메라가 설치되어 있었고, 몇 초 이내에 경찰차의 사이렌 소리가 울려 퍼지게 될 것이다.

"일을 망치지 말고 당장 내려오라니까. 우리 어디 가서 차분하게 이야기를 나눠보지 않겠나?"

아키볼드가 옷자락을 잡아끌었지만 마르탱은 꼼짝도 하지 않았다. 다시 한 번 옷자락을 잡아끌려는 순간 마르탱의 주먹이 날아왔다.

아키볼드는 주먹을 가볍게 피하며 마르탱의 몸을 다시 붙잡았다. 한동안 두 사람이 곡예를 하듯 난간 위에서 몸싸움을 벌였다. 마르탱이 몸의 중심을 잃고 휘청거리자 아키볼드가 그의 몸을 잡아주려고 팔을 뻗었다. 마르탱은 자기도 모르는 새 아키볼드의 몸을 끌어당기며 태평양으로 추락해갔다.

추락 거리는 70미터쯤 되었다. 두 사람은 4초가 넘도록 추락해가고 있었다. 4초는 너무 길었다. 특히 생의 마지막 순간에 4초는 영원처럼 길게 느껴지는 시간이었다.

4초 후, 두 남자는 시속 100킬로가 넘는 속도로 파도에 휩쓸렸다. 몸이 수면을 때릴 때의 충격은 콘크리트 바닥에 떨어질 때의 충격만큼이나 강했다.

4초 동안, 그들은 몹시 두려웠다.

4초 동안, 그들은 몹시 후회했다.

스스로 떨어지기로 결심한 사람조차도 추락하는 도중 다시 원래의 위치로 돌아가기를 간절히 바라는 순간을 맞게 된다. 뒤늦은 후회의 시간이다.

사람의 마음이란 늘 그렇다.

언제나.

아키볼드는 모든 걸 망쳐버렸다고 자책했다. 딸의 인생을 이토록 망쳐버리게 될 줄은 몰랐다. 지난 세월의 잘못을 만회하려다 더욱 끔찍한 실수를 저지르고 말았다. 그는 쓰라린 후회 속에서 양 팔로 마르탱의 몸을 힘껏 감싸 안았다.

마르탱은 추락의 순간 가브리엘을 생각했다. 그녀는 그의 유일한 사랑이었으며 아물지 않는 상처였고, 끝내 풀지 못한 수수께끼였다. 지난 시간, 늘 추억이 되고 고통이 된 여인이었다. 삶에는 아무리 애써도 벗어나지 못하는 고통이 있다.

마지막 순간, 마르탱은 스무 살 순수한 시절 가브리엘에게 썼던 편지를 떠올렸다.

　……눈을 감고 십년 후의 우리를 상상해보면, 비현실적이지만은 않은 행복의 이미지가 떠올라. 태양, 아이들의 웃음, 사랑이 식을 줄 모르는 부부가 주고받는 눈길……

　바보 같은 소리 집어 치워. 태양이 우리를 향해 환하게 빛을 뿌린 적은 없었어. 우린 잔뜩 먹구름이 껴 있다 잠시 갠 하늘 사이로 잠깐 동안 빛을 보았을 뿐이야. 강렬하지만 언제나 도망치려는 빛을…….

　내가 삶에서 주로 보았던 건 고통과 암흑 그리고 두려움뿐이었어.

24. 대 탈주

빨리 달아나고 싶다면 좀 더 가벼워져야해.
은빛 눈동자, 바람에 날리는 머리카락,
홍수가 나기 전에, 작은 썰매가
진로를 벗어나기 전에, 그 후엔……
……더 이상 아무것도 없어. 그게 끝이야.
―클라리카, 탈주로

놉힐 지구

12월 24일

아침 8시

앰뷸런스가 사이렌을 울리며 레녹스병원 응급실 주차장에 멈춰 섰다.

부상자를 넘겨받은 의료진은 급히 두 팀으로 나뉘어졌다.

"환자 상태는?"   "환자 상태는?"
"34세 남자, 코마상태,   "60세 남자, 코마상태,
다발성 외상입니다."   다발성 외상입니다."

의료진은 들것을 올려놓은 침상을 밀며 병원 복도를 내달렸다. 마

치 누가 먼저 수술실에 들어가 검사를 받고, 가장 실력 있는 외과의사의 손에 맡기지게 될지 경쟁하는 듯했다. 마르탱과 아키볼드의 대결은 죽음의 문턱에서까지 계속되고 있었다.

"30분 전, 금문교에서 몸을 던졌답니다."
"다리에서 70미터 아래로 추락을 했다고……"
"해안경찰이 구조를 했는데……" "……떨어진 지 3분 만에 구출……"
"다발성 골절……"
"……내장기관이 심하게 손상되었습니다."

사고현장에서 응급조치가 이루어져 목 신경 보호대와 다섯 개의 관이 연결된 카데터가 환자들의 몸에 부착되었다. 여러 개의 관이 그들의 목숨을 유지시키고 있었지만 얼마나 더 생명을 연장할 수 있을지 어느 누구도 장담할 수 없는 상황이었다.

*

그날 아침 레녹스병원의 최고참 의사인 엘리엇 쿠퍼 박사는 야간근무를 마치고 퇴근하기 위해 응급실 주차장을 지나가고 있었다. 바로 그때 금문교에서 몸을 던졌다가 구조된 남자 두 명을 실은 앰뷸런스가 주차장으로 들이닥쳤다.

32년 전에는 그의 아내 일리나가 그 저주받은 다리에서 몸을 던졌다. 그 사건 이후 그는 샌프란시스코의 상징인 금문교를 볼 때마다 끔찍한 고통에 시달려야만 했다. 그는 몇 년 동안 난간 위에 자살 방지

시설을 갖춰 줄 것을 주장하며 당국과 투쟁을 벌여왔으나 그 어떤 조치도 취해지지 않았다.

엘리엇은 부상자를 중심으로 바쁘게 움직이는 의료진들을 눈으로 훑어보며 잡다하게 오가는 이야기에 귀를 기울였다. 마르탱 보몽이라는 프랑스 남자와 자신과 연배가 비슷한 남자 이야기였다.

엘리엇 쿠퍼 박사는 병원으로 되돌아와 동료들을 도왔다. 병원의 중역인 그는 크리스마스이브에 일손이 부족하다는 사실을 누구보다 잘 알고 있었다. 그도 그렇지만 꼭 확인해보고 싶은 게 있었다. 언뜻 보았던 환자의 윤곽…… 그 특유의 매부리코와 희끗희끗한 머리…… 신원을 알 수 없는 저 남자가…… 혹시…….

엘리엇은 침상 위에 누워있는 환자를 자세히 들여다 본 순간 오랜 친구의 얼굴을 당장 알아보았다. 아키볼드 블랙웰, 한 치의 망설임도 없이 그는 당직 의료진 명단에 자신의 이름을 등재했다. 곧 하얀 가운을 걸친 그는 휴대폰을 꺼내들고 서둘러 가브리엘의 전화번호를 눌렀다.

*

피를 보는 일은 언제나 내 차지라니까.

당직 인턴인 클레어 줄리아니가 환자의 부상부위를 확인하며 치를 떨었다. 기껏해야 그녀보다 한두 살쯤 더 먹었을 것 같은 젊은 프랑스 남자의 부상은 한 마디로 심각했다. 척추와 갈비뼈가 부서졌고, 양 다리와 발 한쪽이 골절되었으며, 쇄골에 금이 가고, 흉곽이 무너져 내린 데다 골반과 오른쪽 어깨뼈가 탈골되었다. 그러나 무엇보다 당장 시급한 일은 내장기관을 손보는 것이었다.

*

　엘리엇은 한숨을 푹 내쉬었다. 환자가 추락하며 받은 충격이 심해 살려낼 수 있을 것 같지 않았다. 환자의 상태로 보건대 아키볼드의 등이 가장 먼저 수면에 닿았다. 마르탱이 바다로 떨어지면서 받게 될 충격을 아키볼드가 몸으로 흡수하려 했던 것이 분명했다.
　골반과 척추골이 으스러졌고 양쪽 신장이 파열되었으며 비장과 방광이 터져나간 데다 대뇌가 부어올랐고, 각종 장기의 손상이 심했다.
　의사가 아니더라도 사태가 얼마나 심각한지 한눈에 알 수 있을 듯했다. 생존확률은 제로에 가까웠고, 설령 기적이 일어나 살아난다 해도 척추와 골수가 심하게 손상되었기 때문에 몸을 움직일 수 없게 될 것이다.

*

정오

　가브리엘은 출입이 허락된 수술실 복도에 서 있었다. 그녀는 뿌연 유리창 너머로 그녀의 인생에서 가장 중요한 두 남자의 목숨을 구하기 위해 바삐 움직이는 의사들의 손놀림을 지켜보았다.
　가브리엘은 두 남자가 왜 죽음을 각오하고 다리에서 떨어진 것인지 그 이유를 알 수 없었다. 다만 두 사람이 벌인 결투의 최종 결과라는 점만 알 수 있을 뿐이었다.

가브리엘은 두 남자 중 한 사람을 선택해야 하는 운명을 거슬렀다. 두 사람을 모두 붙잡고 싶었기 때문이다. 두 남자를 모두 사랑했기 때문이다. 그러나 두 사람의 대결은 결국 죽음으로 마무리될 수밖에 없었던 운명인가 보았다.

*

20시

이미 몇 시간 전에 어둠이 내렸다. 클레어 줄리아니는 피곤한 얼굴로 수술실을 빠져나왔다. 눈 밑에 다크서클이 선명하게 잡혔다. 그녀는 침울한 표정으로 수술용 장갑과 가운을 벗어 쓰레기통으로 집어던졌다. 모자를 벗자 땀범벅이 된 머리카락이 흘러내렸다. 보라색 머리카락이 눈을 가렸지만 그녀는 굳이 쓸어 넘길 생각을 하지 않고 자판기에서 커피를 뽑아들고는 주차장으로 나갔다.

차가운 밤공기를 맞자 그나마 기분이 나아졌다. 샌프란시스코에서 불과 몇 주를 보냈을 뿐인데 벌써부터 맨해튼이 그리웠다. 그녀는 이 도시의 가식적인 분위기가 싫었다. 시원시원하고 사근사근한 척하는 사람들, 매사에 긍정적인 척하며 주변사람들까지 감염시키는 태도에는 신물이 났다. 그녀는 시원시원하지도 사근사근하지도 긍정적이지도 않았다. 캘리포니아의 어정쩡한 겨울보다는 뉴욕의 혹한이 좋았고, 가식적인 친절보다는 냉정하고 분명한 태도에 더 익숙했다.

터져 나오는 하품을 겨우 참았더니 눈이 따끔거렸다. 하루 종일 수술에 몰두하느라 몹시 피곤했지만 환자에게 별 도움이 되지 않았다는 점이 그녀를 더욱 맥 빠지게 했다. 안면외상, 허파파열, 기흉으로 얼굴이 심하게 일그러진 환자는 더 이상 가망이 없어 보였다.

스캔 결과로 보건대 오늘밤 안에 뇌혈종이 나타날 게 틀림없었다. 그 경우 다시 수술해야 하지만 환자가 수술의 충격을 견뎌낼 수 있을 것 같지 않았다. 천만다행으로 환자가 코마상태에서 깨어난다 해도 척추가 심하게 손상돼 하반신을 움직일 수 없게 될 게 뻔했다.

클레어 줄리아니는 화가 치밀어 올라 팔에 붙인 니코틴 패치를 떼어내고 자동차 조수석 앞 사물함을 뒤져 예전에 피다 만 담배를 꺼냈다. 그녀는 보기 흉할 정도로 노후화된 보라색 폭스바겐 비틀의 보닛에 몸을 기댄 채 거의 두 달 만에 담배를 다시 피웠다.

빌어먹을 니코틴아, 어서 내 몸속으로 들어와 나를 조금씩 죽여다오.

클레어 줄리아니의 오른손에는 담배, 왼손에는 휴대폰이 들려 있었다. 그녀는 메일이나 문자메시지가 수신되었다는 빨간 불빛이 깜박거리기를 학수고대하며 하루 종일 초조한 눈빛으로 블랙베리 폰을 흘끔거렸다. 그녀는 한 남자의 전화 혹은 어떤 신호를 기다렸다. 그 남자를 피해 뉴욕을 떠나왔다. 그녀 때문에 상처받고 절망한 남자가 그럼에도 그녀를 사랑하는지 확인하고 싶었다. 최악의 상황에서도 사랑을 지켜낼 수 있을지 알고 싶었다. 그녀는 이런 식의 사랑밖에는 할 줄 몰랐다. 그가 끝까지 기다려 준다면, 언젠가 그녀도 마음을 열고 모든 걸 바꿀 수 있는 한 마디를 전하리라.

클레어 줄리아니는 다시 한 번 휴대폰을 확인했다. 남자가 연락하지 않은 지 벌써 일주일째였다. 어쩌면 그도 다른 남자들처럼 포기했을 수도 있었다. 남자를 머릿속에서 지운 그녀는 마우스로 병원 홈페이지를 클릭했다.

검색에 몰두하던 그녀는 엘리엇 쿠퍼의 논문을 발견했다. 금문교에서 일어난 사건을 주제로 쓴 논문이었다. 1937년, 다리가 개설된 이래 1,219명이 다리 위에서 몸을 던져 자살을 시도했다는 통계가 나와 있었다. 1,219명의 투신 건 중 27명만이 겨우 목숨을 건졌다.

겨우 2퍼센트.

경험으로 미루어보건대 이런 종류의 통계치가 거짓말을 하는 경우란 극히 드물었다.

*

20시 15분

수중전파탐지기 같은 전자음이 반복되었다. 푸르스름한 빛에 감싸인 레녹스병원의 소생실에는 차가운 기운이 감돌았다.

철제 침대가 몇 미터를 사이에 두고 나란히 놓여 있었다. 두 침대 사이에 놓인 의자에 앉아 등을 구부린 채 양 손에 얼굴을 묻고 있는 여자는 너무 많이 운 탓에 몹시 지쳐보였다.

그녀는 밤새 두 남자를 지켜보았다. 두 남자는 침대 위에서 눈을 감고 누운 채 코마상태에 빠져있었다. 서로 이해하려 하지 않고 끝까지 싸움을 계속해 온 두 남자, 각자의 방식으로 한 여자를 사랑했던 두 남자, 어쩌면 사랑하는 방법을 몰랐던 두 남자였다.

*

20시 30분

클레어 줄리아니는 담배를 비벼 끄고 군복 같은 외투의 단추를 잠갔다. 공식적인 근무는 모두 끝났고, 오늘은 12월 24일 밤이었다. 그녀가 보통 여자였다면 지금쯤 남자친구를 데리고 가족들을 찾아가 크리스마스 파티를 즐기거나 크리스마스 장식을 몇 개나마 매달아 놓은 대기실에서 동료들과 어울렸으리라.

그러나 클레어 줄리아니는 도저히 그럴 수 없었다. 단 둘뿐이라는 고통스러운 관계를 만들어내고 싶지 않았다. 그녀는 의사라는 직업이 주는 고독에 만족하는 방법을 배웠다. 그러지 않으려 애써도 보이지 않는 끈으로 연결된 환자들의 죽음을 지켜보며 그녀는 서서히 파괴되어 가고 있었다. 그녀를 버티게 해 주는 관계가 아니라면 남을 사랑할 수 없을 거라 생각했다.

다시 한 번, 그녀는 휴대폰 화면을 들여다보았다. 여전히 메시지 도착을 알리는 빨간 불빛은 깜박이지 않았다.

내가 먼저 전화해 볼까?

클레어 줄리아니는 망설임 끝에 등록된 전화번호를 찾아보았다. 마침내 '그'의 전화번호가 검색되었다. 그녀는 떨리는 손으로 버튼을 누르려다 다시 머뭇거렸다. 몇 초 후, 결심을 굳힌 그녀가 버튼을 누르려는 순간 전속력으로 달려온 앰뷸런스 한 대가 병원 자동문 앞에 멈춰 섰다. 곧 마스카라가 흘러내려 얼굴이 엉망이 된 어린 소녀가 들것에 실려 나왔다.

클레어 줄리아니는 소녀에게로 달려갔다. 부상자를 받아야 할 스태프들이 보이지 않았다. 그녀는 무의식적으로 소녀의 상태를 체크했다. 소녀는 골반바지와 뜻이 모호한 문구가 새겨진 티셔츠 차림이었다.

'성녀가 아니면 손대지 마라.'

"어떻게 된 거죠?"

"부상자의 나이는 열네 살, 독극물 자살을 기도했습니다. 염소산나트륨과 글리포세이트, 펜타클로로페놀을 마셨습니다."

"클레어? 클레어?"

다급한 목소리가 그녀의 이름을 불렀다.

클레어 줄리아니는 휴대폰을 들여다보았다. 그 남자였다. 몇 초간 망설이던 그녀는 환자를 돌아보며 휴대폰을 꺼버렸다.

열네 살에 죽기로 작정한 소녀, 오늘밤에는 과거가 기묘한 방식으로 되살아나 그녀의 주위를 떠돌고 있었다.

25. 탑승대기구역

갖지 못한 것에 대해서는 생각하지 마라.
그보다는 이미 소유하고 있는 것의 소중함을 깨닫고
만일 그것이 없어진다면 얼마나 아쉬울 것인지 생각하라.
—마르크 오렐

암흑……암흑……암흑 그리고 신음소리가 흘러나왔다. ……내 사랑…….

암흑에 이어 웅성거리는 소리가 들려왔다. 수중전파탐지기 소리 같은 규칙적인 전자음, 기계에서 나는 듯한 고른 숨소리에 이어 저 멀리 아른거리는 불빛이 보였다.

마르탱은 힘겹게 눈을 떴다. 온몸이 땀에 흠뻑 젖어 있었고, 머리가 몹시 무거웠다. 눈꺼풀이 끈적끈적한 풀을 발라놓은 것처럼 잘 떨어지지 않았다.

마르탱은 짧은 숨을 내뱉으며 소맷부리로 눈두덩을 문지르고 나서 주변을 둘러보았다. 공항 탑승 대기실의 철제의자에 주저앉아 있던 그는 소스라치게 놀라며 벌떡 일어섰다.

손목시계를 흘끔 들여다보았다. 12월 25일 오전 8시 10분이었다.

바로 옆 의자에 축 처져있던 부스스한 금발머리의 10대 소녀가 방금 전 마르탱이 그랬던 것처럼 고통스럽게 깨어났다. 소녀의 얼굴은 흘러내린 마스카라로 얼룩져 있었고, 빛바랜 분홍 티셔츠에는 '성녀가 아니면 손대지 마라' 라는 이상한 문구가 새겨져 있었다.

대체 여기가 어디일까?

마르탱은 다시 한 번 주위를 둘러보았다. 환한 빛이 어마어마하게 큰 실내를 가득 채우고 있었다. 마치 유리와 강철만 사용해 지은 최첨단 디자인의 성당 건물 안에 들어와 있는 듯했다. 타원형의 투명한 유리 돔 지붕 끝에는 거대한 배 모양의 장식이 달려있었고, 바깥쪽 활주로에는 은빛 비행기들이 꼬리에 꼬리를 물고 이륙할 채비를 갖추고 있었다.

따뜻한 황금색 빛에 잠긴 건물은 물가에 놓인 거대한 비눗방울 같아 보였다. 외부의 소리가 완벽하게 차단된 실내는 깊은 정적이 감돌았다.

천국일까? 지옥일까? 아니면 연옥일까?

그럴 리가?

어린 시절에 교리교육을 받을 때조차도 교회가 주장하는 교의며 상징들을 믿지 않았다.

그렇다면 대체 뭐란 말인가? 꿈?

아니었다. 모든 게 너무나 생생하고 디테일했다. 현실이 아니라면 이렇게까지 분명할 리 없었다.

마르탱은 엄지손가락으로 관자놀이와 뒷목을 지그시 눌렀다. 그는 마지막 순간을 하나도 빠짐없이 또렷하게 기억하고 있었다. 우여곡절 끝에 손에 넣은 다이아몬드, 금문교 위에서 벌였던 아키볼드와의 다

틈, 70미터 아래로의 추락……. 그건 분명 꿈이 아니었다. 기억대로라면 죽은 몸이어야 했다. 침을 삼켜보려했지만 입안이 바짝 말라있었다.

마르탱은 얼굴에 흐르는 땀을 손으로 문질러 닦았다. 나란히 배치된 탑승구들이 끝나는 지점에 테이블을 차려놓고 음료수를 파는 카페가 보였다. 카페의 이름은 골든게이트였다.

숙명적인 이름이군.

마르탱은 그렇게 생각하며 짧은 반바지에 가슴이 깊게 파인 민소매 셔츠 차림의 매력적인 혼혈 아가씨가 서빙을 하는 바를 향해 걸어갔다.

"주문하시겠어요?"

"저…… 물을 좀 마실 수 있을까요?"

"탄산수를 드릴까요, 미네랄워터를 드릴까요?"

"혹시 에비앙 있습니까?"

아가씨가 그를 이상하다는 듯 쳐다보며 윤기 나는 머리카락을 쓸어 넘겼다.

"물론이죠."

"콜라도요?"

"혹시 딴 세상에서 오셨어요?"

마르탱은 10달러나 되는 거금을 주고 물 한 병과 콜라 한 캔을 받아 철제의자로 돌아왔다. 분홍색 티셔츠를 입은 소녀가 아직도 자리를 지키고 앉아 이를 덜덜 떨고 있었다.

마르탱은 목이 몹시 말라 보이는 소녀에게 물병을 건넸다.

"이름이 뭐니?"

"리지."

물 한 병을 단숨에 비운 소녀가 짧게 대답했다.

"몸은 괜찮니?"

"여기가 대체 어디죠?"

리지가 울음을 터뜨리며 물었다.

마르탱은 대답을 피했다. 땀으로 흥건한 소녀의 온몸에 소름이 돋아 있었다. 마르탱은 금방이라도 쓰러질 것 같은 리지를 보며 그가 수년간 지켜주었던 카미유를 생각했다.

마르탱은 콜라 캔을 소녀에게 건네주고 공항 기념품점이 있는 곳으로 걸어갔다.

잠시 후, 그는 버클리대학교의 마크가 찍힌 후드 스웨터를 사가지고 돌아왔다.

"이 옷을 입어라. 감기 걸리겠다."

소녀는 수줍게 고개를 까딱하는 것으로 감사를 표한 다음 스웨터를 껴입었다.

"몇 살이지?"

마르탱이 소녀의 곁에 앉으며 물었다.

"열네 살이에요."

"집은 어디니?"

"샌프란시스코, 퍼시픽하이츠 근처예요."

"여기서 정신을 차리기 전에 마지막으로 했던 일들을 기억하고 있니?"

리지는 볼을 타고 흘러내리는 눈물을 닦았다.

"모르겠어요. 집에 있었는데…… 한참을 울고 나서 아무거나 마구 삼켰어요. 죽으려고 했죠."
"뭘 삼켰니? 수면제?"
"아뇨. 엄마가 약장을 잠가놓기 때문에 정원으로 나가 손에 잡히는 대로 아무거나 집어들고 마셨어요. 들쥐 잡는 약, 제초제 따위일 거예요."
마르탱은 경악했다.
"왜 그런 짓을 했지?"
"카메론 때문에."
"그게 누군데? 남자친구?"
리지가 고개를 끄덕였다.
"카메론은 이제 날 사랑하지 않는다고 했어요. 그 말을 듣고 견딜 수 없어서……."
마르탱은 슬픈 눈으로 소녀를 바라보았다. 열다섯 살이건, 스무 살이건, 마흔 살이건, 일흔일곱 살이건, 사람은 언제나 사랑 문제로 고민한다. 사랑은 한 사람을 철저하게 파괴해버린다. 게다가 덧없이 사라질 행복의 순간들, 그 행복을 얻기 위해 치러야 하는 대가라니…….
마르탱은 침울한 분위기를 바꾸어 보려고 소녀에게 농담을 건넸다.
"열네 살에 남자 때문에 그런 일을 저질렀다고? 이거 굉장한데!"
그러나 뭔가 잘못되어가고 있다는 느낌을 떨쳐버리지 못한 리지는 공포에 질린 눈길로 그를 쳐다보았다.
"여기가 어디죠?"
"나도 모르겠어. 하지만 곧 여길 빠져나갈 수 있을 거야. 내 말을 믿어."

*

　마르탱은 힘껏 달렸다. 소녀가 뒤따랐다. 여기가 어딘지는 상관없었다. 이곳을 어서 빠져나가야 한다는 생각뿐이었다.
　여긴 꿈도, 천국도, 지옥도 아니었다. 천국이라면 콜라 한 캔에 5달러나 되는 돈을 요구할 리 없었다. 여긴 분명 다른 곳이었다.
　그 다른 곳에서 도망쳐야 했다.
　안내표지판을 믿기로 한 그는 '출구-택시 타는 곳'이라는 표지판이 가리키는 방향으로 뛰어갔다.
　안내된 방향을 따라갔더니 면세점이 나왔다. 긴 복도를 사이에 두고 에르메스부터 구찌까지 온갖 명품 부티크들이 모여 있었다. 복도를 통과한 마르탱과 리지는 중앙 정원을 중심으로 마련된 푸드코트에 이르렀다. 햄버거, 샐러드, 초밥, 피자, 쿠스쿠스, 케밥, 해물 따위의 요리가 선택을 기다리고 있었다. 족히 스무 가지가 넘어보였다.
　달리는 중간 중간 마르탱은 리지를 돌아보며 용기를 북돋았다.
　에스컬레이터를 타고 위층으로 올라간 그들은 빠른 속도로 움직이는 무빙 워크 위에 올라섰다. 파리의 몽파르나스 역에 있는 것과 비슷했지만, 고장 나지 않았다는 점이 가장 큰 차이였다.
　기다란 공항건물은 깨끗하고 밝았으며 실내에는 사람의 마음을 안정시키는 차분한 분위기가 감돌았다. 가는 곳마다 팀을 이룬 청소부들이 유리창을 닦는 모습을 볼 수 있었다. 반들거리는 유리창에 비친 황금색 햇빛이 물결처럼 어른거렸다.
　휴가 분위기에 들떠 바쁘게 떠날 채비를 하는 수많은 여행객들이 눈에 띄었다. 털모자를 눌러쓰고 목도리를 감은 채 코를 훌쩍이며 선물상자를 손에 든 사람들이 있는가하면 검게 그을린 피부에 화려한 색깔의 반바지를 입고 있는 사람들도 있었다.

마르탱은 리지의 손을 꼭 붙잡고 더욱 속도를 냈다. 피로에 지친 사업가, 아이팟 이어폰을 귀에 꽂은 채 잠이 든 10대 등과 몸을 부딪혀 가며 앞을 향해 달렸다.

벽마다 붙어있는 벽시계가 시간이 흐르고 있다는 걸 상기시켜 주었다.

마르탱은 고개를 들고 안내표지판을 주의 깊게 확인했다. 마음이 조급했다. 이제 출구에 거의 다 온 것 같았다. 그는 리지의 팔을 잡아끌며 재촉했다.

드디어 그들은 출발을 기다리는 사람들이 모여 있는 커다란 홀에 도착했다. 마르탱은 눈을 뜬 이후 처음으로 외부의 소리를 들을 수 있었다. 자동차 소리, 거칠고 잡다한 소리, 인생의 소리…….

두 사람은 아스팔트 도로가 나오기를 기대하며 자동문을 통과했다. 순간 엄청난 압력이 그들을 빨아들였다. 고막이 찢어질 것만 같았고 눈앞이 아득했다.

눈을 떠보니 조금 전 정신을 차렸던 철제의자 앞이었다. 뒤를 돌아다보았다. 스웨터를 샀던 기념품가게, 조금 전과 똑 같은 골든게이트 카페, 윤기 나는 머릿결의 피부색이 검은 웨이트리스가 보였다.

마르탱은 황당한 표정을 지으며 리지를 쳐다보았다. 돌고 돌아 제자리로 돌아와 있었던 것이다.

*

"헛수고하지 말게. 우린 여기에 꼼짝없이 갇힌 거라네."

마르탱은 뒤를 돌아보았다.

태연한 표정에 상대방의 마음을 꿰뚫어 볼 것만 같은 눈빛의 아키볼드가 아바나 산 시가 연기를 내뿜었다. 공항은 금연 구역이 아닌 것 같았다. 일단 죽었으니 암에 걸린다고 해도 그리 심각할 게 없을 것이다.

"이게 다 당신 때문이야."

마르탱이 분노에 찬 목소리로 말했다.

"자네도 큰 잘못을 했다는 걸 기억하게. 좀 더 신중했더라면 우린 아직 저쪽 세상에 있었을 게 아닌가?"

아키볼드는 최상의 컨디션을 되찾았다. 암세포 증식이 불러왔던 피로와 통증이 마법처럼 사라져버린 것이다.

"우리 두 사람을 죽음으로 내몬 사람은 바로 당신이에요. 당신의 그 잘난 오만이 문제였어요."

"이봐, 애송이? 오만이라면 자네의 전공분야 아닌가?"

"자꾸 애송이라고 하지 말아요."

"미안하네, 애송이. 자네가 잘못 알고 있는 게 한 가지 있어. 아직 우리가 죽었다고 단정 짓지는 말게."

"우린 칠십 미터를 추락해 얼음장처럼 차가운 바닷물에 빠졌어요. 우리 몸이 어떻게 됐을지 상상이 안 갑니까?"

"자네 말이 맞아. 하지만 우린 아직 죽지 않았어. 적어도 지금까지는."

"좋아요, 다 좋습니다. 그럼 대체 여긴 어디죠?"

"여긴 어디예요?"

리지가 옆에서 거들었다.

아키볼드가 리지를 향해 미소를 지었다. 그런 다음 두 사람에게 따라오라는 손짓을 했다.

"우리가 만나봐야 할 사람이 있네."

"여기가 어딘지 알기 전에는 아무 데도 가지 않을 겁니다."

아키볼드가 어깨를 으쓱해 보이더니 분명하게 말했다.

"자넨 지금 코마상태라네."

*

마르탱과 리지 그리고 아키볼드는 '기도의 공간'으로 연결되는 문을 열었다. 안쪽에는 응접실과 기독교 교회, 유대교 회당, 이슬람교 사원, 불교 사원이 각기 마련되어 있었다.

공간의 책임자인 셰이크 파웰 신부는 야구선수 같은 건장한 체격의 흑인으로 나이키에어 운동화에 배기팬츠 그리고 후드점퍼 차림이었다. 점퍼 안에 받쳐 입은 티셔츠에 버락 오바마의 얼굴과 예스 위 캔(Yes we can)이라는 문구가 인쇄되어 있었다.

파웰 신부는 방문객들을 응접실로 안내했다. 간소하지만 아늑한 느낌이 드는 방이었다. 그는 밀려드는 방문객 때문에 할 일을 산더미처럼 쌓아두고 있었지만 사람들의 질문에 성심성의껏 대답해 주려고 애썼다. 그가 커피를 권하며 기도하자는 말도 없이 자신의 이야기를 들려주었다.

파웰 신부는 뉴욕 출신으로 10개월 전 샌프란시스코에 사는 동생을 보러 왔다가 노숙자들의 싸움에 휘말려 등에 칼을 맞았다. 탑승대기구역에 도착한 그는 저 세상으로 떠나는 전임 신부의 배턴을 이어받아 이곳 책임자가 되었다.

파웰 신부는 새로운 임무에 매료되었다. 이곳에서는 어디에서건 신의 자취를 느낄 수 있었다. 건축물이든 빛이든 하늘로 열린 유리천장이든 그 어디에나 신이 깃들어 있었다. 그는 가끔 이곳 사람들의 결혼식이나 세례식을 집전하기도 했다.

탑승대기구역은 한 세계에서 다른 세계로 넘어가는 중간 기착지로 그 누구에게도 속하지 않은 땅이었다. 기도와 명상에는 더 없이 좋은 공간이었다. 이곳에서 사람들은 가장 내밀한 곳에 숨어있던 두려움을 다시 만나야 했다. 떠날 순간이 되면 사람들은 고백성사를 하고 싶어 했다. 파웰 신부는 넉넉한 믿음과 사랑으로 사람들의 고백성사를 들어주었다. 정체를 알 수 없는 두려움, 양심의 가책 그리고 후회스러운 과오에 대해 고백하는 사람도 있었다. 뜻하지 않은 고백성사를 계기로 자기 자신과 화해하고 더 나은 사람으로 거듭나는 사람도 있었다.

"저는 이 탑승대기구역에서 위대한 영혼부터 비참한 영혼에 이르기까지 다양한 영혼들을 만나보았습니다. 그 결과 인간은 정말로 한계를 알 수 없는 존재라는 걸 새삼 느꼈습니다."

파웰 신부가 말을 마치며 커피 잔을 내려놓았다.

마르탱은 신부의 말이 끝날 때까지 침묵을 지켰다. 그러니까 이 수수께끼 같은 공항은 사고나 자살기도로 코마상태에 빠진 사람들이 들르는 곳이었다. 하지만 아직 궁금한 게 있었다.

"계속 '탑승대기구역'이라고 말씀하시는군요."

"네, 그렇습니다."

"어디로 떠나기 전에 대기한다는 뜻입니까?"

파웰 신부는 마르탱과 리지를 번갈아 쳐다보았다.
"저 비행기들을 보십시오."
파웰 신부가 창문 쪽으로 고개를 돌리며 말했다.
마르탱은 창밖을 내다보았다. 평행을 이룬 두 개의 활주로를 차지한 거대한 여객기가 서로 반대 방향을 바라보며 이륙 신호를 기다리고 있었다.
"목적지는 두 군데 뿐입니다."
파웰 신부가 후드 점퍼의 지퍼를 올리며 말했다. 점퍼 아래로 솟아오른 단단한 근육이 인상적이었다.
"세상으로 다시 돌아가거나 죽음을 향해 떠나겠죠?"
마르탱이 착잡한 마음으로 물었다.
"이제 자네도 모든 걸 알게 되었군."
아키볼드가 말을 맺었다.

*

삶과 죽음이라는 글자를 문신으로 새긴 신부의 큰 손을 뚫어져라 쳐다보던 리지가 떨리는 목소리로 물었다.
"하지만 목적지는 어떻게 알 수 있죠?"
"표에 적혀 있단다."
"표라니요?"
마르탱이 물었다.
"모든 여행자들은 탑승대기구역에서 표를 받게 되어 있지요."
파웰 신부가 설명했다.

3부 · 천사들과 함께 303

"이런 표 말일세."
아키볼드가 가지고 있던 보딩패스를 테이블 위에 올려놓았다.

출발지	목적지	날짜	시간	좌석
탑승대기구역	삶	2008년 12월 26일	7시 05분	32F

마르탱은 양미간을 찌푸렸다. 그는 사고 당시 입었던 옷을 아직 그대로 입고 있었다. 오문진이 제공한 맞춤 양복이었다. 재킷 안주머니를 뒤져보니 지갑과 휴대폰 그리고 보딩패스가 나왔다.

출발지	목적지	날짜	시간	좌석
탑승대기구역	죽음	2008년 12월 26일	9시 00분	6A

"안됐군, 애송이."
아키볼드가 어두운 얼굴로 말했다.
다음 순간 두 남자의 눈길이 리지에게로 쏠렸다.
공포에 사로잡힌 채 스웨터 속에 잔뜩 웅크린 리지는 청바지 주머니 안을 더듬어 네 번 접은 보딩패스를 찾아냈다. 떨리는 손으로 펼친 종이 위에는 또 한 사람의 죽음이 예고되어 있었다.

출발지	목적지	날짜	시간	좌석
탑승대기구역	죽음	2008년 12월 26일	9시 00분	6B

26. 하늘에 있는 아름다운 것들[1]

나는 마지막으로 지구를 보았다. 광활한 우주를 떠돌며
푸른색으로 빛나는 변치 않는 저 구체를.
영혼을 가진 한 움큼의 먼지에 불과한 나는
저 푸른 지구를 떠나 침묵을 지키며 허공 속에서 곡예를 하다가
알 수 없는 곳으로 뛰어들었다.
―윌리엄 호프 혹슨

탑승대기구역

23시 46분

'하늘'은 탑승대기구역에서 가장 고급스러운 레스토랑이었다. 크림색 테이블보가 덮인 삼십여 개의 둥근 테이블이 모던하고 우아한 분위기를 자아내는 실내 디자인과 조화를 이루었다. 벽에 드리운 백여 가닥의 광섬유로 만든 커튼이 부드러운 빛으로 실내를 감싸며 아늑한 분위기를 만들어냈다.

실내 한 가운데에 설치된 현대적 디자인의 벽난로 덕분에 더욱 따스하게 느껴지는 공간이었다. 하늘로 통하는 관문인 이 레스토랑을 찾는 고객들은 저 아래 세상에서 고급 레스토랑에 드나드는 사람들과

---

[1] 단테의 작품에서 영감을 받아 창작한 디노 멘게스투(Dinaw Mengestu)의 소설 제목.

크게 다르지 않았다. 러시아와 중국의 벼락부자들, 중동의 석유갑부들, 루이뷔통 가방을 옆에 세워둔 상류층 사람들······.

마르탱과 아키볼드는 거대한 전망 창이 있는 가까운 테이블에 자리 잡았다. 유리창에 활주로의 조명이 반사되었다. 늦은 시간인데도 비행기들이 끊임없이 이륙하는 광경이 내려다보였다.

"음식이 마음에 들지 않는 표정이군 그래."

아키볼드는 자연송이 소스에 버무린 스파게티와 살짝 구운 송아지 고기를 입 안 가득 넣고 우물거렸다.

마르탱은 접시에 담긴 양고기에는 손도 대지 않았다.

"벌써 잊었습니까? 난 곧 죽게 됩니다. 당신이야 살기로 되었으니 음식 맛이 좋겠지만 난 그렇지 않아요."

"사람은 누구나 언젠가는 죽는다네."

"난 언젠가가 아니라 내일 아침에 당장 죽게 됩니다."

"자네 심정은 이해하네. 너무 불공평한 일이지. 자네보다 곱절을 산 나는 다시 살고, 나 때문에 이런 상황에 처한 자네는 죽어야 하다니······."

아키볼드는 포도주병을 들어 잔을 채웠다. 무통 - 로스칠드 1945년산, 로마네 - 콩티 1985년산으로 특별한 밤을 위한 포도주였다.

"맛이 일품인 부르고뉴 포도주일세. 맛 좀 보게. 이런 포도주를 맛보지 못하고 죽는다는 건 참으로 애석한 일 아니겠나?"

"난 생각 없으니까 실컷 드세요."

아키볼드는 주머니에서 성냥을 꺼내더니 칼로 다듬어 이쑤시개를 만들었다. 우아한 분위기의 고급 레스토랑에서 식사할 때마다 나오는 그의 버릇이었다.

"디저트를 먹기 전에 뼈를 발라낸 새끼비둘기 고기와 푸아그라를 먹어볼까 하는데, 자넨 어떻게 생각하나?"

아키볼드가 메뉴판을 넘기며 말했다.

마르탱은 그런 질문에는 굳이 대답하지 않는 편이 낫겠다는 결론을 내렸다. 그는 별이 빛나는 하늘로 시선을 돌렸다. 무수한 별들 중에서 유난히 반짝이는 별이 하나 있었다. 처음에는 달이라고 생각했지만 곧 그 별이 지구라는 사실을 깨달았다. 우주 한 가운데 떠 있는 별, 서로 사랑하고 죽이기도 하는 수십억 인간들이 사는 별, 거기 사는 인간들에 의해 서서히 파괴되어 가는 별이었다.

저 별에 사는 동안 얼마나 외로웠던가?

아니, 언제나 외로웠지만 쉽게 떠날 수 없는 별이었다.

"자네에게 꼭 해야 할 이야기가 있네."

마르탱이 고개를 돌렸다. 크리스털 잔 너머로 바라다 보이는 아키볼드의 두 눈이 광채를 뿜었다. 얼굴이 굳어진 것으로 보아 더 이상 농담할 생각은 없어보였다.

"무슨 이야기죠?"

"가브리엘에 관한 이야기일세."

마르탱이 한숨을 쉬었다.

"뭘 알고 싶은데요? 제가 죽기 전에 반드시 알아두어야 할 만큼 제 진심이 궁금한 건가요?"

"그래, 바로 맞추었네."

"가브리엘에 대한 제 감정이야말로 말로 설명할 수 없을 만큼 고결한 것이었죠. 이젠 다 끝난 이야기일 뿐이지만……."

마르탱은 마음을 바꾼 듯 포도주잔을 채우며 말을 이었다.

"한편 가브리엘은 매우 위험한 여자였어요. 당신만큼이나 위험하다마다요. 코앞까지 다가온 행복을 매번 스스로 파괴해버릴 만큼 위험한 여자였죠."

웨이터가 그릇을 치우러 다가왔다. 아키볼드가 디저트로 커피를 주문했다.

"자네에게 전할 좋은 소식과 나쁜 소식이 각각 한 가지씩 있네."

마르탱이 한숨을 쉬었다.

"좋은 소식부터 들어볼까요."

"좋은 소식은, 자네야말로 가브리엘이 사랑한 유일한 남자라는 사실이네."

"당신이 뭘 알죠? 당신은 지난 삼십 년 동안 딸을 내팽개쳐 둔 몹쓸 아버지 아니었던가요? 당신이 가브리엘에 대해 도대체 뭘 알고 있죠?"

"자네야 물론 그렇게 생각하겠지만 한 가지 명심해둘 게 있네."

"어서 말씀해보세요."

"자네 생각과 달리 나는 그 누구보다 가브리엘을 잘 알아."

"저보다도 더?"

"당연하지. 하지만 그게 그렇게 이상한 일은 아니지 않나?"

마르탱의 눈에 분노가 서리자 아키볼드는 손을 들어 그를 진정시켰다.

"자네는 굉장히 현명하니까 가브리엘이 특별하다는 걸 인정하겠지? 자넨 이미 오래 전에 가브리엘을 만나지 않았나?"

아키볼드에게서 현명하다는 소리를 들은 마르탱은 내심 기분이 흡족했다.

"가브리엘은 흠결이 없는 천사야. 가끔 까다로울 때도 있지만 천성적으로 진실하고 너그러운 아이니까."

디저트로 달콤한 과자를 곁들인 에스프레소가 나왔다.

아키볼드는 무화과 젤리를 하나 집어 입안에 넣었다.

"가브리엘은 고집도 세고 개성도 강하지. 다만 차분하게 속을 들여다보면 상처가 많은 아이라는 걸 금세 알 수 있어."

"대체 본론이 뭡니까?"

마르탱이 에스프레소를 마시며 냉소적인 반응을 보였다.

"본론이라고? 자네가 현명하다고 했던 말을 당장 취소하고 싶어지는군 그래. 가브리엘에게 과거에서 벗어나지 못하는 덜떨어진 어릿광대는 필요 없네. 그동안 가브리엘에게 집적거리던 녀석들보다 더 큰 고통을 안겨줄 남자친구는 필요 없단 말일세. 가브리엘을 위해 어떤 역할이든 마다하지 않을 남자친구가 필요하지. 친구이자 연인이 되어줄 수 있는 사람, 속내를 모두 털어 놓을 수 있을 만큼 따뜻한 가슴을 가진 사람, 가끔씩 따끔하게 충고도 해줄 수 있는 사람이 필요하다네. 내 말을 이해할 수 있겠나?"

"제가 바로 그런 사람이었는데 참으로 아쉽게 되었죠. 당신이 쓸데없이 끼어들지 않았다면 저는 언제까지나 그런 역할에 충실하며 가브리엘을 행복하게 해줄 수 있었을 겁니다."

마르탱이 더 이상 참을 수 없다는 듯 자리를 박차고 일어나며 말했다.

그런데…….

*

레녹스병원

1시 09분

"줄리아니 선생님, 어서 일어나세요."

간호사가 당직 의사용 휴게실의 불을 켜는 바람에 클레어 줄리아니는 눈을 떴다. 잠을 자고 있었던 건 아니었다. 벌써 몇 년째 깊게 잠들어 본 적이 없었다. 기회 있을 때마다 잠깐씩 눈을 붙이는 게 전부였다. 클레어 줄리아니는 피로를 풀기에는 턱없이 부족한 토막잠 때문에 몸이 많이 상했고 눈 밑에 늘 다크서클이 드리워 있었다.

"마르탱 보몽의 스캔 결과가 나왔어요. 현재 환자의 혈압이 비정상적으로 높습니다."

안경을 걸친 클레어는 방사선 사진을 불빛에 비춰보았다. 두 번째 뇌 스캔 결과 사태가 매우 심각하다는 사실을 알 수 있었다. 경뇌막과 대뇌 사이에 피가 고여 위험한 크기의 혈종이 생성되었고, 뇌막 안쪽의 동맥이 터지기 일보직전이었다.

그대로 놔두면 곧 뇌출혈로 이어질 가능성이 컸다. 즉시 손을 쓰지 않으면 혈관들이 차례로 터져 세포에 산소공급이 이루어지지 않게 될 것이다. 그렇게 되면 내장기관이 돌이킬 수 없는 수준으로 상하게 된다.

서둘러 수술에 착수해야만 하는 상태였지만 환자의 몸이 너무 쇠약해져 있다는 게 문제였다.

클레어는 어떻게 해야 할지 즉시 판단할 수 없었다.

"마취 준비 하세요. 곧 수술에 들어갑니다."

*

탑승대기구역

1시 12분

아키볼드가 해리스 바의 문을 밀고 안으로 들어섰다.

그곳의 아늑한 실내 분위기와 마호가니 빛 가구, 가죽을 씌운 낡은 체스터필드 의자, 보라색 벨벳 소파는 런던의 선술집을 생각나게 했다.

아키볼드는 끽연실을 가로질러 마르탱이 앉아있는 바로 다가갔다.

모히토를 홀짝이는 마르탱을 본 아키볼드가 조롱하는 투로 말을 건넸다.

"그건 여자들이 즐겨 마시는 음료가 아닌가?"

마르탱은 그의 말을 무시했다.

아키볼드는 전문가다운 안목으로 바 뒤편에 가지런히 진열되어 있는 위스키 중에서 최고급품을 고르기 시작했다. 갑자기 보물을 발견한 그의 눈이 환하게 빛났다. 1937년산 글렌피딕 레어 컬렉션, 세계에서 가장 오래되고 권위 있는 스카치위스키였다.

주문한 위스키가 나오자 아키볼드는 만족스러운 표정으로 호박색 액체를 감상했다.

"병째로 주게."

아키볼드의 주문을 받은 바텐더가 위스키 병을 그의 앞에 내려놓았다.

마르탱은 곁눈질로 아키볼드를 살폈다. 그는 캐러멜과 초콜릿, 복숭아 그리고 계피 향이 섞인 위스키 향을 음미하다가 한 모금 홀짝이고는 그 깊고 섬세한 맛을 오래도록 즐기고 있었다.

아키볼드가 마르탱에게 잔을 내밀었다.

"자네도 이 위스키 맛을 좀 보겠나? 자네가 마시는 그 싸구려 음료와는 비교가 되지 않을 테니까."

마르탱은 살짝 기분이 상했지만 호기심을 억제할 수 없었다. 위스키를 한 모금 마신 그는 술의 복합적인 향기에 모든 감각을 내맡겼다.

"자, 맛이 어떤가?"

"굉장한 맛이군요."

마르탱은 위스키를 한 모금 더 마셨다.

"이제야 자네가 마음에 들기 시작하는군. 자, 가세. 좀 조용한 곳에 가서 이야기를 할 수 있겠지?"

아키볼드가 글렌피딕 병을 움켜쥐며 앞장섰다.

마르탱은 선뜻 따라나서지 못하고 머뭇거렸다. 아키볼드가 이가 갈리도록 원망스러웠지만 도저히 마지막 순간을 혼자 보낼 용기가 나지 않았다. 가끔씩 그를 황당하게 만들긴 해도 아키볼드는 여전히 흥미진진한 존재였다.

두 남자는 테이블을 마주한 채 가죽 의자에 앉았다.

호사스러운 가구로 꾸며진 그곳은 그 옛날 젠틀맨 클럽 같은 분위기를 풍겼다. 아바나 산 시가와 코냑을 즐기고 나서 프랭크 시나트라의 노래를 들으며 브리지 게임을 시작해야 할 것 같았다.

"자네도 시가 한 대 피우겠나?"

마르탱은 고개를 가로저었다.

"술이나 담배, 그림을 훔치는 것 말고도 인생에서 즐길 만한 게 수없이 많다는 걸 알고 계십니까?"

"그만두게나. 코카 제로와 대마초를 즐기는 자네가 나를 가르치겠다고? 설마 그 쓰레기 같은 것들이 건강에 이롭다는 말을 하려는 건 아니겠지?"

마르탱이 인상을 쓰자 아키볼드가 희미하게 미소지었다.

"내가 자네를 좀 알지, 마르탱 보몽······."

"저에 대해서 정확히 뭘 알고 있죠?"

"자네는 용감하고 성실하지. 이상주의자인 동시에 믿을 만한 젊은이라네. 게다가 예술적 감수성이 아주 예민한 편이지."

"수상한데요?"

"뭐가 수상하다는 말인가?"

"그간의 관례로 보아 칭찬 뒤에는 반드시 비난이 뒤따랐으니까요."

아키볼드가 눈을 부릅떴다.

"비난할 것도 많으니 원한다면 얼마든지 해줄 용의가 있네."

"어디 한 번 실컷 비난해 보시죠."

"우선, 자네는 여자들의 마음을 이해 못해."

"제가 여자들의 마음을 이해 못한다고요?"

"그래, 더 자세히 말해줄까? 자네는 다른 남자들이 미처 보지 못하는 부분을 발견하는 능력을 갖고 있네. 하지만 여자들이 이야기하는 걸 이해하지 못해. 여자들이 보내오는 특별한 암호를 해독하지 못해 엉뚱하게 대처하기 일쑤지."

"아하, 그랬군요? 어떤 점 때문에 그렇게 생각하시는지 설명 좀 부탁드려도 될까요?"

"자네는 여자가 '싫다'고 표현할 때에는 좋지만 두렵다는 뜻도 포함되어 있다는 걸 이해 못하지."

"그리고 또 뭡니까? 계속해보세요."

"여자가 '글쎄요'라고 하면 싫다는 뜻이라는 것도 몰라."

"그냥 명쾌하게 좋다는 뜻은 없나요?"

"여자들의 언어 세계에서 그냥 좋다는 표현은 존재하지 않아."

마르탱이 반신반의하는 표정을 지었다.

"훔치는 솜씨만 뛰어난 줄 알았더니 여성 심리학에도 일가견이 있으시군요."

"내가 좀 구식이긴 해도 아마도 내 지적이 틀리지는 않을 거야."

"하지만 가브리엘은……."

"이런 애송이 같으니라고. 여태껏 내가 말한 게 모두 가브리엘에 관한 이야기라는 것도 몰랐지? 난 자네가 쉽게 이해할 줄 알았는데 대단히 유감이군 그래."

"왜 우리를 그토록 갈라놓으려고 애쓰시죠?"

아키볼드는 기가 막힌다는 듯이 하늘을 올려다보았다.

"자네는 똑똑한 청년이 분명한데 가끔은 정말 이해가 안될 만큼 어리석은 면도 있어. 자네는 그 정반대의 경우에 대해서는 단 한 번도 생각해본 적 없지? 자네가 나를 뒤쫓게 만든 것도, 샌프란시스코까지 유인한 것도 모두 가브리엘을 되찾길 바라는 마음으로 내가 꾸민 일인데 전혀 눈치 채지 못했단 말인가? 가브리엘이 자네를 잊지 못하는 게 안타까워 꾸민 일인데……."

아키볼드의 언성이 차츰 높아졌다.

"가브리엘과 잘 되어갈 조짐이 보였는데 당신이 모두 망쳐버리고도 뻔뻔스럽게 궤변을 늘어놓으시는군요."

"아니, 내가 아니었다면 자넨 가브리엘을 되찾겠다는 용기를 내지 못했을 거야. 우유부단한 성격, 그것이 바로 자네의 최대 약점 아닌가? 마르탱 보몽, 자넨 정말 겁쟁이야."

마르탱은 그의 말을 이해할 수 없었다.

"넬슨 만델라가 말했지. 우리를 두렵게 하는 건 그림자가 아니라 빛이라고. 이것 봐, 애송이. 자네가 두려워한 건 자네의 약한 면이 아니라 강한 면이었어. 세상을 저주하며 주저앉아 있으니까 차라리 속편하지 않던가?"

"무슨 말씀을 하시려는 거죠?"

"자, 내가 충고 한 마디 하지. 자네는 모든 두려움을 떨쳐버리고 행복해지기 위한 모험을 해야 하네."

마르탱이 아키볼드를 쳐다보았다. 이제 그의 얼굴에서 미움이나 증오의 흔적은 보이지 않았다. 모든 걸 이해한다는 표정이 떠올라 있을 뿐이었다.

마르탱은 그와 일종의 동질감을 느꼈다.

"좋은 소식과 나쁜 소식이 있다고 하셨죠?"

"이제 그 이야기를 마무리하겠네."

"나쁜 소식은 뭡니까?"

"나쁜 소식은 자네가 삶으로 되돌아간다는 것일세."

아키볼드가 보딩패스를 내밀었다.

출발지	목적지	날짜	시간	좌석
탑승대기구역	삶	2008년 12월 26일	7시 05분	32F

"이 보딩패스는 뭘 의미하는 거죠?"

"자네는 생을 마감하게 될 줄 알았겠지? 얼마나 고심하며 준비한 일인데 내가 그리 간단하게 포기하겠는가? 자네가 나를 대신해 삶으로 돌아가야 하네."

"보딩패스를 바꾸자는 말씀이십니까?"

"자네의 보딩패스를 잘 살펴보게. 탑승자의 이름이 없잖은가? 자네 것과 내 것을 바꾼들 아무런 문제가 없다는 뜻이지."

"왜 이런 결정을……?"

"내가 자네를 위해 희생한다고 생각하면 큰 오산이네. 이제 나는 꿈을 실현할 힘도 없고, 그럴 가능성도 희박해졌어. 게다가 나는 시한부 인생이었네. 췌장암 말기였지."

고개를 끄덕이는 마르탱의 눈에 슬픈 기운이 감돌았다.

"그렇지만…… 왜 하필이면 저를 위해?"

이제 바에는 두 사람뿐이었다. 홀로 남은 바텐더가 유리잔을 행주로 닦고 있었다.

"우리들의 방정식을 풀 사람이 자네밖에 없었다네. 나를 쫓아올 배짱을 가진 사람이라고는 자네밖에 없었으니까. 자넨 FBI나 러시아 마피아보다 더 집요하고 치밀한 면이 있지. 자넨 머리로 생각할 줄 알고 가슴으로 느낄 줄도 알지. 자넨 주먹세례를 받으면서도 오뚝이처럼 다시 일어나지. 자넨 어떤 점에서 나를 닮았다네. 나는 실패했지만 자네는 성공을 거둘 수 있으리라 생각했네. 자넨 진정으로 사랑할 줄 아는 사람이니까."

아키볼드는 병에 남은 위스키를 마저 따랐다. 두 남자는 잔을 부딪친 다음 보딩패스를 교환했다.

"미안하지만 난 시간이 별로 없네. 내일 아침이 밝기 전에 해야 할 일이 있어."

외투를 입은 아키볼드가 잠시 망설이다가 마침내 입을 열었다.

"가브리엘이 좀 까다로워 보여도 사실은 굉장히 순진한 아이라네. 단 한 순간도 그 아이를 울리지 말길 바라네."

"약속하겠습니다."

"자, 그럼 난 가보겠네. 작별에 익숙하지가 않아서 말이야."

"행운을 빌겠습니다."

"자네에게도 행운이 함께 하길 바라네."

27. 이 세상 밖이라면 어느 곳이라도[2]

당신을 사랑한 내게 남은 것은 무엇인가?
메아리 없는 목소리
아무 것도 붙잡지 못하는 손가락
당신의 손을 그리워하는 나의 피부
그리고 무엇보다
아직도 당신을 사랑한다는 두려움
내일이면 아마 죽으리.
−샤를르 아즈나부르

레녹스병원

3시 58분

오랜만에 클레어 줄리아니의 얼굴에 환한 미소가 감돌았다. 두개골을 열고 혈종을 제거하는 수술이 성공적으로 끝났기 때문이다. 모니터 상의 수치는 안정적이었다. 환자는 놀라운 체력의 소유자였다.

클레어 줄리아니는 만족스러웠다. 스피커에 연결된 그녀의 아이팟에서 밥 말리의 노래가 흘러나왔다.

탑승대기구역

3시 59분

---

2) 샤를르 보들레르의 시

스피커에서 흘러나오는 밥 말리의 〈노 우먼 노 크라이〉가 공항 전체에 울려 퍼졌다.

마르탱은 유리 너머로 조명등이 반짝거리는 활주로를 내려다보며 천천히 걸음을 옮겼다. 열 대가 넘는 똑같은 모양의 비행기들이 이륙 준비를 갖추고 있었다.

마르탱은 한 편의 영화 같았던 지난 6개월을 회상했다. 파리의 다리 위에서 아키볼드와 첫 대면했던 날부터 바에서 나눈 기묘한 대화까지.

6개월이 지난 지금, 마르탱은 자기도 모르는 사이에 허물을 벗어버리고 진정한 남자로 거듭나 있었다. 이젠 아무것도 두렵지 않았다. 마치 임무를 부여받은 용감한 기사가 된 것 같았다.

마르탱은 아키볼드에게서 받은 새 보딩패스를 손에 꽉 쥔 채 빛으로 가득 찬 긴 복도를 걸어갔다. 삶과 사랑으로 돌아가게 해 주는 마법의 티켓을 꼭 움켜쥔 채.

빛으로 가득한 긴 복도에서 마르탱은 되살아났다.

탑승대기구역

4시 21분

불 꺼진 레스토랑은 벽면을 비추는 희미한 간접조명만이 남아 손님이 모두 빠져나간 파리의 디스코텍처럼 쓸쓸한 분위기를 풍겼다.

머리카락이 달라붙은 해쓱한 얼굴의 리지가 의자 위에 웅크린 채 잠에 빠져있었다. 마르탱은 재킷을 벗어 소녀의 어깨에 걸쳐주고 맞은편 의자에 앉았다.

리지는 열네 살, 그는 서른다섯이었다.

부녀지간이라 해도 좋을 만한 나이 차였다.

리지를 안 지 불과 몇 시간밖에 되지 않았지만 마르탱은 왠지 모를 책임감을 느꼈다. 그는 담배 한 개비를 피워 물고 눈을 감았다. 어린 시절이 떠올랐다.

파리 변두리의 에브리, 감옥 같았던 쉬는 시간의 운동장이 떠올랐다. 마르탱은 언제나 약한 친구들을 위해 싸웠다. 가끔 집단 따돌림을 당하거나 엄청난 보복을 당하거나 도움을 준 아이로부터 무시를 당하는 대가를 치러야 했지만 아랑곳하지 않았다.

아무런 이득도 없는 싸움이었지만 강한 자가 약한 자를 돕는 세상, 그것이야말로 마르탱이 꿈꾸는 이상이었다. 그 이상이 있었기에 경찰 임무를 해낼 수 있었고, 거울 속에 비친 자신의 눈을 피하지 않고 똑바로 쳐다볼 수 있었다.

*

탑승대기구역

4시 35분

아키볼드는 거울처럼 미끄러운 바닥을 서둘러 걸었다. 이미 몇 킬로를 걸었지만 계속 똑같은 풍경이 반복되었다. 여러 개의 홀을 통과했고, 열 개가 넘는 무빙워크 위를 걸었고, 수십 개의 상점을 지났지만 좀처럼 거대한 전망 창으로부터 멀어질 수 없었다.

공항청사는 홍콩국제공항처럼 인공 섬에 우뚝 솟아있는 듯했다. 모든 시설이 세련되었고 현대적이었다. 마치 제막식을 기다리는 새 건물 같았다.

화면 위에 표시된 시각을 확인한 아키볼드는 보딩패스를 움켜쥐었다. 이제 시간이 얼마 남지 않았다. 세상 밖인 이곳에서 깨어난 이후 꼭 해야겠다고 마음먹은 일이 있었다. 너무 순진한 생각인지도 몰랐다. 어쩌면 방향을 잘못 잡은 것인지도 몰랐다. 하지만 끝까지 가보아야 했다. 공항에 상주하는 경비원이나 웨이터나 상인이나 청소부를 만날 때마다 그는 똑같은 질문을 했다. 실패를 거듭하던 그는 라듀레 제과점에서 마카롱을 파는 여점원의 안내로 길을 찾을 수 있었다. 다시 희망이 생겼다. 모든 잘못을 속죄할 수 있는 진실의 시간에 한 발 한 발 다가서고 있다는 느낌이 들었다.

결국 생은 비참한 운명을 감수해야 하는 사람에게조차 진정 은혜로운 순간을 마련해 두었던 것이다. 하지만 죽음은 왜 그토록 가혹해야만 할까?

*

탑승대기구역

6시 06분

리지는 코코아 냄새를 맡고 잠에서 깨어났다.

눈을 뜨자 활주로 너머로 아침 해가 떠오르고 있었다. 분홍색과 보라색 기운이 채 가시지 않은 하늘에서 하루의 첫 태양빛이 찬란하게 빛났다.

구겨진 옷, 헝클어진 머리, 피가 날 정도로 물어뜯은 손톱, 하룻밤이 지났지만 리지는 여전히 두려웠다. 눈을 비비며 멍한 눈길로 화면을 응시하던 리지는 출발시간표를 확인하고 나서 주머니를 뒤져 보딩패스를 꺼내 들었다.

출발지	목적지	날짜	시간	좌석
탑승대기구역	죽음	2008년 12월 26일	9시 00분	6B

앞으로 겨우 세 시간이 남았다. 세 시간 후에는······.
"요구르트, 신선한 산딸기, 리치, 구운 빵 그리고 뜨거운 코코아요."
마르탱이 아침 식사가 차려진 쟁반을 테이블 위에 올려놓으며 명랑한 목소리로 외치고는 리지의 곁에 앉아 빵에 버터를 발라주었다.
리지는 코코아를 한 모금 마시고 버터 바른 빵을 크게 한 입 베어 먹었다. 사랑과 이슬만으로는 살 수 없는 게 사람이었다. 탑승대기구역에서조차도······.
"자, 영수증 확인하고 계산해 줘."
마르탱이 봉투 하나를 내밀며 농담을 건넸다.
리지는 영문을 모르겠다는 표정으로 봉투를 받아 들었다.
"어서 열어 봐."
봉투를 열자 새 보딩패스가 나왔다.

출발지	목적지	날짜	시간	좌석
탑승대기구역	삶	2008년 12월 26일	7시 05분	32F

"출발 시간이 앞당겨졌어. 목적지도 바뀌었지."
"그럼 난 죽지 않는 거예요?"
리지가 희망이 가득한 목소리로 물었다.

"그래, 리지. 넌 죽지 않아."

리지의 입술이 떨리고 목이 메었다.

"하지만 어떻게……."

"어젯밤에 같이 있던 노신사, 생각나지? 그 분이 네게 삶을 양보했어."

"왜 그런 양보를……."

"그 분은 큰 병을 앓고 있어서 어차피 살 날이 얼마 남지 않았다더구나."

"고맙다는 인사도 하지 못했어요."

"내가 대신 했으니까 걱정 마."

마르탱이 소녀를 안심시켰다.

리지의 눈에 눈물이 그렁그렁 맺혔다.

"아저씨는요?"

"내 걱정은 하지 마."

마르탱이 힘겹게 미소지었다.

"하지만 너에게 부탁할 게 있어. 내 심부름 한 가지만 해주겠니?"

"심부름이요?"

"너희 집이 퍼시픽하이츠에 있다고 했지?"

"맞아요. 라파예트 공원 바로 뒤쪽이죠."

"지금 우리가 코마상태라면 아마도 넌 레녹스병원에서 곧 정신을 차리게 될 거야."

"예전에 농구를 하다가 턱이 찢어졌을 때에도 그 병원에 갔었어요."

리지가 입술 귀에 난 작은 상처를 가리키며 말했다.

"네가 말할 수 있을 정도로 회복되면 옆에 있는 사람에게 가브리엘이라는 여자를 만나게 해 달라고 부탁해다오."

"그 분은 의사인가요?"

"아니, 가브리엘은…… 내가 사랑하는 여자야."

"그 분도 아저씨를 사랑하나요?"

리지의 호기심을 주체하지 못한 질문에 마르탱은 잠시 머뭇거렸다.

"그게 좀 복잡해…… 뭔지 알겠지?"

"그럼요. 사랑은 원래 복잡하잖아요. 어른들에게도 마찬가지겠죠, 뭐."

마르탱이 고개를 끄덕였다.

"그래, 어른이 되어도 사랑은 늘 복잡하지. 인간이 감수해야 하는 형벌이라고나 할까? 하지만 기다리다보면 어느 순간 결정적인 사람을 만나게 된단다. 그럼 모든 게 간단하고 투명해지지."

이번에는 리지가 고개를 끄덕였다.

"가브리엘이라는 분이 결정적인 분인가요?"

"맞아. 그리고 지금이 바로 그 결정적인 순간이기도 해."

"만나서 뭐라고 전할까요?"

*

"선생님, 신원을 알 수 없는 환자에게서 문제가 생겼습니다."

엘리엇은 간호원이 가져온 스캔 결과를 살펴보았다.

아키볼드의 간에 출혈이 있었다. 상처가 깊어 오른쪽 간엽 뒤에서도 많은 양의 피가 흘렀다.

어떻게 이런 일이 생긴 건지 도무지 이해할 수 없었다. 몇 시간 전

수술할 때만 해도 아무런 문제가 없던 부분이었다.

다시 한 번 개복수술을 하면 환자의 목숨이 위험해질 수도 있었다. 한시바삐 손을 써야만 했다.

젠장!

*

탑승대기구역

6시 56분

"어이, 리지!"

6번 탑승구 앞에 길게 늘어서 있던 승객들이 속속 탑승하면서 길었던 줄이 점점 짧아졌다. 돌아갈 수 있는 행운을 허락받은 사람들이 비행기 안으로 들어서고 있었다.

리지는 뒤를 돌아보았다. 마르탱이 마지막 당부를 하기 위해 소녀의 어깨를 붙잡았던 것이다.

"바보 같은 짓은 더 이상 하지 마. 알겠지?"

리지가 고개를 숙였다.

"쥐약이니 제초제니 다 잊어버려야 한다. 손목을 긋는다거나 수면제를 삼키는 짓도 금지야, 알았지?"

"알겠어요."

리지가 살짝 웃으며 대답했다.

오랜만에 처음으로.

"그리고 초조해하지 말아야 해. 사랑은 멋지지만 인생에는 사랑 말고도 중요한 것들이 많단다."

"정말요?"

리지가 심각한 반응을 보였다.

아니, 그래도 중요한 건 사랑밖에 없어. 정말로 중요한 건 사랑뿐이라고…….

그러나 마르탱은 전혀 다른 대답을 했다.

"가족, 친구, 여행, 책, 음악, 영화, 이런 것들도 중요하지."

"맞아요."

"자, 그럼 네 여행이 즐겁길 바란다."

마르탱이 리지의 어깨를 가볍게 두드려주었다.

"다시 만날 수 있겠죠?"

리지가 승무원에게 보딩패스를 보여주며 그를 쳐다보았다.

마르탱은 미소를 지으며 마지막으로 손을 들어 인사했다.

곧 리지는 비행기 안으로 자취를 감추었다.

*

7시 06분

클레어 줄리아니는 자동차 밖으로 고개를 내밀고 앞서가는 리무진 운전자에게 소리를 질렀다.

"아저씨, 뭐해요? 빨리 좀 가요."

클레어 줄리아니의 보라색 비틀은 차도를 꽉 메운 차량행렬에 섞여 오도 가도 못한 채 제자리걸음을 했다.

"이건 말도 안 돼. 크리스마스 날 아침 일곱 시에 벌써 길이 막히다니!"

엎친 데 덮친 격으로 장대비까지 내렸다. 그녀의 고물 자동차는 물이라면 질색했다.

도어즈가 연주하는 기타소리가 담배연기 자욱한 차안에 울려 퍼졌다. 알코올에 절은 목소리, 짐 모리슨이 노래하는 〈L.A. 우먼〉 해적판이었다.

어쩌면 그렇게 기발한 생각을 했을까?

천재 가수는 노래 중간에 모차르트의 피아노 연주곡을 삽입했다.

클레어는 담배를 비벼 끄고 인상을 썼지만 피아노 소리는 카오디오에서 나오는 게 아니었다. 그녀의 휴대폰에서 울리는 소리였다.

전화기 너머로 그녀가 가장 신임하는 간호사의 목소리가 들려왔다. 클레어는 병원을 나서면서 환자의 상태에 변화가 있으면 즉시 연락하라고 일러 두었다.

간호사는 마르탱 보몽의 상태가 갑자기 악화되었다고 했다. 스캔 결과, 그의 췌장에 심각한 출혈이 있었다는 게 확인되었다. 정말 이상한 일이었다. 분명 간밤까지만 해도 괜찮았던 부위인데 왜……

다시 개복수술을 해야 했지만 환자가 그런 수술을 언제까지 견뎌낼 수 있을지 의문이었다.

*

레녹스병원

소생실

7시 11분

적혈구, 백혈구, 혈소판, 혈장…… 피, 독극물이 퍼진 열네 살 소녀의 피.

몇 시간 전부터 혈액투석이 계속되었다. 투석기로 빨려 들어간 리지의 피는 독소제거 과정을 거쳐 다시 혈관으로 주입되었다. 사람의 신장이 이틀에 걸쳐 해야 할 생체반응을 기록적으로 짧은 시간 안에 해치우는 치료법이었다.

장세척도 병행되었다. 눈을 감고 누운 소녀의 몸에 활성탄소와 다량의 비타민 K1이 주입되었다. 쥐약으로 응고된 혈액을 녹여주는 약물이었다.

모니터 상의 수치는 안정적이었다.

잠시 후, 리지가 눈을 떴다.

*

레녹스병원
응급실 보호자 대기실
7시 32분

가브리엘은 커피 자동판매기에 동전 두 개를 집어넣었다.

48시간째 한숨도 자지 못했다. 귀가 윙윙거렸고 다리가 휘청거렸으며 온몸에 소름이 돋았다. 밤인지 낮인지 정오인지 자정인지 구분이 가지 않았다.

가브리엘은 오래 전부터 알고 지낸 엘리엇 쿠퍼와 마르탱의 담당 의사를 만나보았다. 두 사람 모두 희망적인 이야기를 들려주지 못했다.

"혹시 성함이 가브리엘…… 맞습니까?"

가브리엘은 흐릿해진 눈으로 소리 나는 쪽을 돌아보았다. 그녀보다 약간 나이가 많아 보이는 남자가 구겨진 옷에 피곤한 눈을 한 채 다가왔다. 다만 두 눈이 안도의 의미를 담고 있다는 점이 그녀와 달랐다.

"제 딸 리지가 음독자살을 기도했다가 코마상태에 빠졌는데, 방금 전에 의식을 회복했습니다. 그런데 눈을 뜨자마자 당신을 만나게 해 달라고 부탁하는군요."

"네?"

"당신에게 전해줄 메시지가 있다고 했습니다."

"뭔가 착오가 있는 것 같군요. 전 댁의 딸 리지를 모릅니다."

가브리엘이 간단하게 거절했지만 남자는 거의 애원하다시피 매달렸다.

"전 삼 년 전 아내와 헤어진 후 딸아이를 자주 보지 못했습니다. 어느새 훌쩍 자랐더군요. 딸아이와 충분히 대화를 나누지 못했고, 아이의 말을 들어주지도 못했습니다. 이제 딸아이도 저도 대화를 나눌 준비가 된 것 같습니다. 이제야 서로를 믿을 수 있게 되었죠. 무슨 수를 써서라도 당신을 모셔오겠다고 딸아이에게 약속했습니다. 무리한 요구인 줄은 알지만 딸아이를 위해 몇 분만 시간을 내 주세요. 제발 부탁드립니다."

가브리엘은 몽롱한 상태에서 빠져나오기 위해 초인적인 노력을 기울였다.

"따님이 제게 전할 메시지가 있다고 하셨나요?"

"네, 마르탱이라는 분의 부탁을 받았다고 하더군요."

*

레녹스병원

제 1수술실. 제2수술실.

7시 36분

엘리엇은 아키볼드의 복부를 열었다. 개복부위가 흉골에서 치골에 이르는 대수술이었다.

클레어는 마르탱의 복부를 열었다.

이봐요, 당신 뱃속에 뭐가 들었는지 보게 해줘요.

엘리엇은 두 손으로 아키볼드의 간을 누르고 손상된 부위를 꼼꼼히 살펴가며 출혈을 막기 위해 혼신의 힘을 다했다.

사방에서 피가 흐르는군!

클레어는 환자의 상태를 안정시키기 위해 최선을 다했다. 출혈 부위에 거즈를 대고 지혈을 한 다음 고인 피를 빼냈다.

상처가 깊었고 출혈량이 많았다. 엘리엇은 상처를 벌리고 절제가 필요한 부분을 모두 절제한 다음 겸자를 이용해 손상부위의 지혈을 시도했다.

클레어는 수술용 안경 너머로 상처부위와 추후 문제가 발생할 수 있는 부위를 면밀히 점검했다. 췌관의 출혈 때문에 십이지장 손상이 심각하게 우려되는 상황이었다.

당신은 그다지 운이 좋은 편은 아니군요.

이제 의료적 조치가 시급히 필요한 부분은 없었다. 환자의 상태가 안정되면 복부를 열고 세 번째로 소화기관에 손을 대는 대수술을 해야 하리라. 그러나 환자가 그때까지 목숨을 유지할 수 있을지 의문이었다. 이미 많은 수혈이 이루어졌고, 인간의 몸이 견뎌낼 수 있는 수준을 훨씬 뛰어 넘는 충격이 가해졌다. 이미 노쇠한 기관들은 서서히 종

말을 향해 치닫고 있었다. 몸이 한계에 도달하는 순간 생명은 떠나가리라.

*

레녹스병원

소생실

7시 40분

"아버지가 그러시던데, 내게 할 말이 있다며?"

"네."

창백한 얼굴의 리지가 꼭 잠긴 목소리로 대답했다. 소녀는 연민 어린 눈길로 가브리엘을 바라보았다.

"저는 그 분들과 거기에 함께 있었어요."

"거기라니? 그 분들은 또 누구를 말하는 거니?"

가브리엘의 말투에 피곤이 묻어났다.

"코마상태에 빠져있을 때 마르탱 아저씨와 아키볼드 할아버지를 만나 함께 있었어요."

"네가 그 분들과 같은 시간에 코마상태에 빠져 있긴 했다만 네 말을 전부 믿기는 곤란하구나."

가브리엘이 맥없이 대꾸했다.

"그게 아닌데."

리지의 목소리는 약했지만 완강했다.

"마르탱 아저씨가 언니에게 메시지를 전해 달라고……."

가브리엘이 한 손을 들어 리지의 말을 가로막았다.

"리지, 미안하지만 이제 그만하자. 네가 몸이 아프고 혼란스럽다는 건 충분히 이해해. 하지만 그 말은 믿어주기 어렵구나."

"마르탱 아저씨도 언니가 아마도 내 말을 믿어주지 않을 거라고 했어요."

"그래?"

"마르탱 아저씨가 외워가라고 일러준 구절을 말할게요. 가브리엘, 나, 내일 프랑스로 돌아가. 너에게 그 말을 전하고 싶었어. 캘리포니아에 머무는 동안 내게 의미 있었던 시간이라면 학교 카페테리아에서……."

마르탱이 보낸 편지의 첫 문장이었다. 등줄기를 타고 소름이 쫙 끼쳤다.

"마르탱 아저씨는 자기가 많이 깨달았다는 말을 전하라고 했어요. 이제는 모든 걸 분명히 이해할 수 있게 되었다면서 아키볼드 할아버지는 굉장히 좋은 분이더라는 말도 전해 달라고 했어요."

놀란 가브리엘은 아직 리지의 말을 받아들일 준비가 되어 있지 않았다. 그러나 소녀의 말은 헛소리가 아닌 게 분명했다. 어떻게 소녀가 편지의 문구를 외울 수 있겠는가.

"더 이상 전하는 말은 없었니?"

가브리엘이 리지의 침대에 걸터앉으며 물었다.

얇은 환자복 하나밖에 걸치지 않은 리지의 몸이 떨렸다. 소녀는 집중을 하기 위해 살며시 눈을 감았다.

"언니가 아저씨 걱정을 하지 않았으면 좋겠다고 했어요."

가브리엘은 담요를 끌어올려 리지를 덮어주고 얼굴에 흘러내린 머리카락을 넘겨주었다.

"아저씨는 언니에게 돌아올 수 있는 방법을 꼭 찾아낼 거라고 했어요."

말을 잇는 리지의 모습이 힘겨워 보였다.

"눈을 감고 언니와 함께 하는 미래를 상상하면 늘 같은 이미지가 떠오른다고 했어요. 태양과 아이들의 웃음소리……."

가브리엘은 이제 그만 쉬어도 좋다는 의미로 소녀의 이마를 쓰다듬어주었다.

잠시 후 가브리엘은 몽유병자처럼 병실을 빠져나와 빈 의자에 풀썩 주저앉아 양손에 얼굴을 묻었다.

혼란스런 머릿속에서 어떤 목소리가 울려 퍼졌다. 멀리서 울리는 것 같기도 하고 바로 옆에서 울리는 것 같기도 했다. 과거로부터 온 그 목소리가 13년 전 받은 편지를 읽었다.

나 여기 있어, 가브리엘. 강 반대편에서 너를 기다리고 있어.

넌 우리 사이에 가로놓인 다리가 미덥지 않을지 모르지만, 그건 세찬 비바람을 견뎌낸 통나무로 만들어 아주 단단한 다리야.

두려움 때문에 그 다리를 못 건너는 너를 이해할 수 있지만 내게도 희망을 주길 바라.

갑자기 자리에서 벌떡 일어난 가브리엘의 얼굴에 굳은 결심이 드러나 있었다. 만약 리지의 이야기가 사실이라면 마르탱과 아키볼드를 도울 수 있는 사람이 딱 한 명 있었다.

가브리엘은 차를 세워둔 지하주차장으로 가기 위해 엘리베이터 버튼을 눌렀다. 몇 초를 기다리던 그녀는 초조한 마음을 가누지 못하고 계단을 뛰어 내려가기 시작했다.

마르탱 보몽, 난 그 다리를 건너는 게 두렵지 않아.

두고 봐. 내가 당신을 찾으러 갈 테니까.

*

탑승대기구역

7시 45분

아키볼드는 계속 걸었다. 좀 더 빨리, 좀 더 멀리.

탑승대기구역의 베일이 벗겨지고 있었다. 앞으로 나아갈수록 바닥은 더욱 반질거렸고, 유리창은 투명해졌으며, 현기증이 날 정도로 밝은 복도가 계속 이어졌다.

아키볼드는 이곳이 그리 위험하지 않다는 걸 알 수 있었다. 이 구역은 모든 게 끝나는 장소가 아니라 시작되는 장소였다.

이 구역에 오게 된 건 우연이 아니라 예정된 일이었다.

이 구역은 과거 현재 미래가 한데 모이는 장소였다.

믿음이 이성을 대신하는 곳이며 두려움이 사랑으로 변하는 곳이었다.

*

8시 01분

몇 시간 전부터 천둥과 번개를 동반한 비가 끈질기게 퍼부어댔다. 가브리엘은 카브리올레의 덮개를 올렸다. 낡은 포드 머스탱의 와이퍼로는 앞 유리에 쏟아지는 빗물을 감당해낼 수 없었다.

눈을 감고도 찾아갈 수 있을 만큼 익숙한 길이었지만 빗물 때문에 시야가 확보되지 않았다. 요양원 건물이 있는 남쪽 교외로 가자면 33번 출구를 놓치지 말아야 했다.

가브리엘은 10층 높이의 회색 건물인 마운트 시너리 요양원 야외 주차장에 차를 세웠다. 건물 안으로 들어가자 안내원이 그녀의 이름을 친근하게 부르며 인사를 건넸다. 방문자 이름표를 받아 든 가브리엘은 엘리베이터를 타고 장기 요양 환자들에게 할당된 맨 꼭대기 층으로 올라갔다. 그녀는 지난 10여 년 동안 일주일에 한 번씩 꼬박꼬박 요양원을 방문했다.

복도의 마지막 방이 966호실이었다. 가브리엘은 방안으로 들어가 창을 가린 블라인드를 올리고 침대를 향해 돌아섰다.

"엄마, 저 왔어요."

28. 그래도 당신을 사랑하겠어

오케스트라의 연주가 멈춘다 해도 나는 춤을 멈추지 않겠어……
비행기가 더 이상 날지 않아도, 나는 혼자 날아가겠어……
시간이 멈춘다 해도, 나는 당신을 사랑하겠어……
어디서일지, 어떻게일지 나도 모르지만……
그래도 당신을 사랑하겠어……
-〈남은 시간〉
-장-루 다바디 작사
-세르주 레기아니 노래

탑승대기구역

8시 15분

"오랜만이오, 발랑틴."

한 손에는 전지가위, 다른 손에는 물뿌리개를 든 발랑틴이 가게 문을 열 준비에 한창이었다. 꽃가게 진열대는 공항의 백색 유리 칸막이벽과 어울리지 않았다.

마치 파리 변두리의 꽃집을 그대로 옮겨놓은 듯했다. 발랑틴이 뒤를 돌아보았다. 나이가 들어 얼굴에 세월의 흔적을 피할 수는 없었지만 짧은 머리의 경쾌한 몸짓, 강렬한 눈빛은 아키볼드의 예전 모습을 그대로 내비쳤다. 여전히 그는 미켈란젤로의 조각보다 섬세하고 다빈치의 그림보다 조화롭고 모딜리아니의 모델보다 관능적일 만큼 매력이 흘러넘쳤다.

두 사람은 할 말을 잃은 채 서로의 눈을 찾았다. 그들의 눈동자가 동시에 뿌옇게 흐려졌다.

"언젠가 당신이 찾아올 거라 생각했어요."

발랑틴이 그렇게 말하며 아키볼드의 품에 안겼다.

*

샌프란시스코 교외

마운트 시너리 재활교육 센터

9시 01분

가브리엘은 침대로 다가가 엄마의 손을 잡았다. 발랑틴의 얼굴은 평온해 보였고 숨소리도 규칙적이었지만 허공을 바라보는 눈에는 초점이 없었다.

"엄마, 나 어떻게 하면 좋을까요? 갈피를 잡지 못하겠어요."

발랑틴은 1975년 12월, 분만 직후 심장과 혈관에 문제가 생겨 코마 상태에 빠져들었다. 의료진은 지난 33년 동안 지속적인 수액과 영양 공급으로 생명을 연장해왔다. 욕창이 생기지 않도록 간호사와 물리치료사가 매일이다시피 몸을 마사지해 주어야 했다.

가브리엘은 엄마의 이마에 흘러내린 머리카락을 쓸어 넘겼다.

"엄마 잘못이 아니란 건 잘 알아요. 하지만 엄만 너무 오랫동안 제 곁을 떠나 있었어요."

분만 직후 의료진은 발랑틴이 코마상태에 빠졌다는 진단을 내렸다. 그녀는 의식이 없었고 깨어날 가망이 없었다.

"오래전부터 저는 버림받은 느낌 속에서 살아왔어요. 많이 외로웠죠."

　가끔 기적적으로 코마상태에서 깨어났다는 언론보도가 있었지만 발랑틴은 33년간 의식이 돌아오지 않았다. 의료진은 환자의 두뇌활동이 재개되리라는 기대를 버린 지 오래였지만 가브리엘은 희망을 버릴 수 없었다.

　발랑틴은 보통사람처럼 주기적으로 잠을 자고 깨어나는 생체리듬을 유지해왔다. 자발적으로 호흡했고, 반사적인 반응이지만 신음을 토하기도 했고, 더러는 몸을 움직이는 경우도 있었다.

　"내 곁에 있어줄 사람이 아무도 없어요. 이런 식으로 산다는 건 죽는 거나 다름없어요."

　가브리엘은 그간 수십 권의 책을 독파하고 수백 개의 의료사이트를 뒤졌다. 그 결과 전문의들조차 환자의 코마상태를 하나의 불가사의로 여길 뿐이라는 사실을 알게 되었다. 환자의 머릿속에서 무슨 일이 일어나는지 과학적으로 증명한 의사는 아직 없었다.

　"엄마, 지금 벌어지는 일들에는 어떤 의미가 있을까요? 엄마는 지난 삼십삼 년 동안 줄곧 침묵하며 살았어요. 엄마가 그토록 긴 세월을 견뎌온 건 뭔가 이루고 싶은 게 있었기 때문일 거예요."

　사고가 난 지 10년쯤 되었을 때 발랑틴의 어머니는 의료진들로부터 연명치료를 중단하자는 제안을 받았다. 생명을 연장한들 무슨 의미가 있겠냐는 것이었다. 의료진의 거듭되는 설득에 발랑틴의 어머니는 마음을 정할 수 없었다.

　그때 엘리엇 쿠퍼 박사가 결정적인 역할을 해 주었다. 엘리엇 쿠퍼 박사는 거액을 투자해 최신 검사방법을 도입했고, 당시만 해도 획기적이었던 MRI 검사기기를 들여놓으며 발랑틴의 건강 상태를 체크했다.

　엘리엇 쿠퍼 박사는 발랑틴의 회백질을 검사한 결과 사고로 손상된 신경세포가 천천히 재생되고 있다는 결론을 얻어냈다. 그러나 코마상태에서 빠져나올 만큼 충분하지는 않다고 진단했다. 엘리엇 박사가 보기에 발랑틴의 뇌는 죽지 않았다. 그는 환자가 코마상태에서 식물인간 상태로 넘어가 최소한의 의식을 되찾기를 기대했다.

　가브리엘이 엄마에게 가까이 다가갔다. 거센 비바람이 창문을 때리고 건물을 흔들었다.

　"제가 리지에게 들은 말이 모두 사실이고, 어딘가에서 엄마가 제 말을 듣고 있고, 혹시 두 사람과 함께 있다면 제발 나를 도와주세요."

　가브리엘은 엄마가 미소 짓는 것 같은 인상을 여러 차례 받았다. 방에 들어올 때나 재미있는 이야기를 들려 줄 때, 엄마의 얼굴에 살며시 웃음이 떠오른 듯했다. 상처 받은 이야기를 털어놓을 때면 엄마의 두 눈이 촉촉하게 젖어드는 것 같았다. 가끔 엄마 말고는 아무도 없는 병실에서 누군가 눈으로 따라다니는 듯한 느낌을 받은 적도 있었다. 그냥 느낌일 뿐인지, 그렇게 믿고 싶은 생각이 불러일으킨 환각인지에 대해서는 알 수 없었다.

　"엄마, 제 말을 듣고 있다면 제발 기적을 일으켜 주세요. 마르탱이 내게 돌아올 수 있는 방법을 찾아주세요."

*

탑승대기구역
8시 23분

발랑틴과 아키볼드는 연보랏빛 장미와 진주 빛깔의 백합과 서양란에 둘러싸인 채 서로 얼싸안았다.

"당신과 한 약속을 비로소 지키게 되었어. 어느 날 당신을 잃게 된다면 어디든지 찾아 가겠다는 그 약속을 말이야."

발랑틴은 부드러운 눈길로 아키볼드를 바라보았다.

"당신은 단 한 순간도 나를 잃은 적이 없어."

"하지만 우리의 행복은 너무나 짧았지. 겨우 몇 달……."

"아니, 우린 계속 함께해왔어. 지난 세월 나는 당신과 가브리엘을 위해 자리를 지켰어. 언제나 두 사람을 지켜봐왔지."

발랑틴은 차분하고 자신감이 넘쳤다. 반면 아키볼드는 회한과 죄책감으로 인해 고통스런 기색이었다.

"당신이 행복해 보여서 좋아."

"모두 당신 덕분이지. 내 사랑, 내가 전에 말했잖아. 당신은 언제나 나를 치유해주는 존재야. 당신과 함께 한 추억이 없었다면, 당신이 내 곁을 지켜주지 않았다면, 이렇게까지 오래도록 당신을 기다릴 용기를 내지 못했을 거야."

"아니, 내가 모든 걸 망쳐버렸어. 발랑틴, 날 용서해줘. 내가 가장 잘못한 일은 우리 딸에게 사랑을 베풀지 못한 거야. 당신을 잃은 순간 내 생이 끝났다고 생각했지."

발랑틴이 아키볼드의 뺨을 어루만졌다.

"아키볼드, 당신이 최선을 다했다는 걸 알아. 난 당신을 조금도 원망하지 않아."

아키볼드는 금전등록기 옆에 놓인 시계를 쳐다보았다. 시간이 빠르게 흘러가고 있었다. 이제 겨우 발랑틴을 되찾았는데, 다시 떠나야 한다는 생각이 그를 괴롭혔다.

"난 이제 가봐야 해."

아키볼드가 보딩패스를 꺼내며 말했다.

볼을 타고 내린 눈물 한 방울이 그의 수염에 맺혔다.

"또 다시 당신을 떠나야 한다는 게 견디기 힘들어."

아키볼드가 고개를 숙였다.

발랑틴이 대답하려는 순간, 뒤쪽에서 굉음이 났다. 두 사람은 고개를 돌려 소리가 나는 쪽을 바라보았다.

어느새 아키볼드가 지나온 복도가 유리벽으로 막혀있었다. 벽 저편에서 한 남자가 유리벽을 마구 두드리며 이편으로 넘어오려고 기를 써댔다.

마르탱!

아키볼드가 유리벽으로 다가갔다.

골칫덩이 같은 애송이 녀석, 왜 떠나지 않은 거야!

마르탱이 리지에게 표를 양보한 게 틀림없었다. 그다지 놀랄 일도 아니었다.

발길질에 이어 어깨로도 밀어 보았지만 벽은 꿈쩍도 하지 않았다.

아키볼드는 가게 앞에 놓여있던 철제의자를 집어 들고 유리벽을 향해 있는 힘껏 던졌다. 그러나 의자는 부메랑처럼 튕겨 나올 뿐 소용이 없었다. 다시 한 번 시도해 보았으나 유리벽은 꿈쩍도 하지 않았다.

방법이 없어.

이제 마주 선 두 남자 사이의 간격은 일 미터도 채 되지 않았다. 너무나 가깝고도 먼 거리였다.

그들을 에워싼 죽음의 기운이 느껴졌다.

이런 종류의 마지막 시련은 왜 필요한 것일까?

아키볼드는 발랑틴을 바라보았다. 현명한 그녀의 지혜를 빌리고 싶었다.

발랑틴이 유리벽으로 다가섰다. 그녀는 사람 사는 세상에서와 마찬가지로 이 구역에서도 다양한 대립이 빚어진다는 사실을 잘 알고 있었다.

빛과 어둠, 천사와 악마, 사랑과 두려움.

"모든 일에는 원인이 있고, 우리의 모든 행동에는 의미가 깃들어 있어. 따라서 문제를 해결할 수 있는 방법은 언제나 우리 안에 있지."

유리벽 반대편의 마르탱에게도 똑같이 그녀의 목소리가 들려왔다. 그는 지금 두려움의 벽에 갇혀 있었다. 결코 넘어서지 못할 것 같은 벽이었다. 두려움을 치유할 수 있는 묘약이 사랑뿐이라면, 문제를 해결할 수 있는 방법이 우리 안에 있다면, 그렇다면…… 다이아몬드, 천국의 열쇠…….

마르탱은 재킷 호주머니를 뒤졌다. 달걀모양의 다이아몬드가 아직도 주머니 안에 그대로 들어있었다. 탐욕스러운 자의 손에 들어가지 않는 한 행운을 가져다준다는 깊고 푸른 보석이 매혹적인 빛을 발했다.

마르탱은 다이아몬드를 유리벽에 갖다 댔다. 많은 결점을 가진 그였지만 탐욕은 없었다. 다이아몬드를 손에 넣고자 한 건 가브리엘에 대한 사랑 때문이었다. 서툴고 미숙하지만 너무나 강렬하고도 진지한 사랑이었다.

마르탱은 보석의 뾰족한 부분을 유리벽에 대고 둥근 모양의 커다란 홈을 냈다.

잘 했어, 애송이.

아키볼드가 홈이 파인 유리벽을 향해 철제 의자를 힘껏 던졌다. 유리가 산산조각 나면서 마르탱이 빠져나올만한 구멍이 생겼다.

"이제 어떻게 하지?"

아키볼드가 물었다.

"내가 이 청년과 이야기할 수 있게 해줘요."

발랑틴이 말했다.

*

탑승대기구역

8시 40분

아담한 꽃가게 진열장이 한 줄기 빛을 받아 빛났다.

발랑틴은 마르탱에게 긴 나무 작업대 앞에 놓인 의자를 권했다. 작업대 위에는 특이한 꽃들이 담긴 화분들이 가득 놓여있었다. 야생 나리꽃이 화려한 색깔의 양귀비와 섞여있는가 하면 활짝 핀 해바라기가 여러 빛깔의 튤립과 조화를 이루고 있었다.

"사실 난 마르탱을 잘 알아요."

발랑틴이 가죽 커버에 싸인 보온병을 열어 차를 따르며 말을 시작했다.

"오래 전에 가브리엘에게서 얘기를 많이 들었죠. 그 아이는 나를 찾아오면 온통 마르탱에 대한 이야기만 하다 갔어요."

발랑틴은 위급한 상황 따위는 전혀 관심 없다는 듯 천천히 말을 이어 나갔다.

조금 떨어진 곳에 자리를 잡은 아키볼드는 초조한 표정으로 탑승구를 살폈다. 방금 전, 승객들의 탑승이 시작되었다. 두 남자를 위한 자리가 마련된 비행기 안으로 사람들이 들어서고 있었다.

발랑틴과 이야기를 나누는 동안 마르탱은 놀라움을 금치 못했다. 가브리엘과 너무나 똑같은 억양 그리고 강렬한 눈빛이었다.

"가브리엘이 왜 저를 만나러 뉴욕에 오지 못했는지 알고 계십니까?"

마르탱의 얼굴이 굳어졌다. 지난 시간 그를 한없이 괴롭혀 온 질문이 다시 수면 위로 부상했다.

"1995년 가을, 가브리엘의 외할머니가 돌아가시면서 그 아이에게 내 존재를 알리는 편지를 남기셨어요. 당신이라면 이해할 수 있을까요? 이십 년 동안 죽은 줄 알았던 엄마가 코마상태로 살아있다는 사실을 알게 된 그 충격이 얼마나 컸을지?"

이번에는 마르탱이 충격을 감추지 못했다.

"가브리엘은 크리스마스 휴가가 시작될 무렵 그 소식을 접했어요. 원래는 뉴욕에 가려고 짐까지 싸두었죠. 처음 그 아이는 하루 종일 내 곁을 지키며 제발 깨어나라고 애원했어요. 그 후 삼 년 동안 매일같이 나를 보러 왔어요. 정성을 다하면 내가 깨어날 수 있을 거라 확신했던 거죠."

공항 스피커에서 마지막 탑승 안내 방송이 흘러나왔다.

발랑틴은 서두르는 기색 없이 차를 한 모금 마시고 나서 이야기를 계속했다.

"마르탱, 두려워하지 말아요. 그 아이는 마르탱을 진심으로 사랑하고 있어요. 마르탱이 곁에 있는 한 그 아이도 영원히 떠나지 않을 거예요."
 "하지만 전 이미 돌아갈 수 없는 몸이 되었습니다."
 마르탱이 보딩패스를 보여주며 말했다.
 "그렇지 않아요."
 발랑틴이 조끼 주머니에서 누렇게 색 바랜 표를 꺼내들었다.
 마르탱은 그 표를 자세히 들여다보았다. 아주 오래전에 발행된 보딩패스였다.

출발지	목적지	날짜	시간	좌석
탑승대기구역	삶	-	-	-

 "보딩패스에 날짜와 시간이 표시되어 있지 않아요."
 "언제든 원할 때 돌아갈 수 있는 오픈티켓이죠."
 마르탱이 이해가 안 된다는 듯 눈이 휘둥그레지며 고개를 갸웃거렸다.
 "그럼 삼십삼 년 동안이나 돌아갈 기회를 미뤄 오신 겁니까? 왜 그러셨죠?"
 "코마상태에서는 소리를 다 들을 수 있어요. 의사들이 가망 없다고 한 이야기도 들었죠. 언제든 돌아갈 수 있었지만 과연 어떤 상태로 깨어날 수 있을지 따져봐야 했어요. 이미 내 몸은 마비가 되었죠. 난 사랑하는 사람들에게 짐이 되고 싶지 않았어요. 그런 까닭에 여기 머무르며 잠자는 숲속의 공주 역할을 하기로 결심했죠. 이를테면 눈을 뜬 식물인간보다는 훨씬 더 쉬운 역할을 선택한 거죠. 내 말을 이해할 수 있겠어요?"

마르탱이 고개를 끄덕였다.
"마르탱, 부디 내 부탁을 들어줘요."
"말씀해보세요. 어떤 부탁이신지?"
아침 햇살이 푸른색 도자기 화분에 심은 라일락 꽃잎을 부드럽게 어루만졌다.
"마르탱의 표를 내게 줘요."

29. 그대와 영원히

키스는 대포보다 요란하지 않지만 그 반향은 훨씬 오래 남는다.
—올리비에 웬델 홈즈

탑승대기구역

제1활주로

9시

비행기가 활주로 끝에 멈춰 섰다.

"일분 후 이륙합니다."

조종석에서 이륙을 알리는 여자의 목소리가 흘러나왔다.

비행기에는 커다란 현창이 나 있었고, 편안한 좌석에 통로가 환하게 밝혀져 있었다.

발랑틴이 아키볼드의 손을 꼭 잡았다.

"우리가 함께 비행기를 타는 건 이번이 처음이야."

"두려워?"

"당신이 옆에 있으면 난 아무것도 두렵지 않아."

아키볼드는 아내에게 살며시 키스했다. 마치 첫 키스를 하는 소년처럼 수줍은 자세였다.

탑승대기구역
제 2 활주로
9시

활주로 끝에 멈춰 선 비행기가 이륙 허가를 기다리고 있었다. 기체에 달린 네 개의 모터가 부드럽게 떨렸다.

창측 좌석에 앉은 마르탱의 눈이 화끈거렸다.

피로감 때문일까? 아스팔트에 반사되는 강렬한 햇빛 때문일까? 아니면 지난 며칠간 쌓인 긴장 때문일까? 자신의 깊은 내면을 여행하고 난 뒤의 공허함 때문일까? 아니면 구원받았다는 안도감 때문일까?

전혀 다른 목적지로 떠날 채비를 마친 두 대의 비행기가 평행을 이룬 활주로를 각각 하나씩 차지한 채 대기하고 있었다. 곧 두 대의 비행기가 활주로에 큰 진동을 남긴 채 정확히 같은 시각에 이륙을 시도했다.

두 비행기가 살짝 스치는 순간 기체가 살짝 흔들렸고, 승객들에게 사랑과 죽음은 똑같이 두 개의 음절로 이루어진 단어라는 사실을 일깨워주었다.

"이제 우리는 언제까지나 함께 할 거예요."

발랑틴이 밝은 목소리로 말했다.

아키볼드는 고개를 끄덕이며 아내의 손을 힘주어 잡았다. 그녀를 처음 본 이후 그가 간절히 원하는 건 단 하나뿐이었다.

영원토록 그녀와 함께 하는 것, 바로 그 하나였다.

*

활주로를 힘차게 달리던 두 대의 비행기가 하늘로 우아하게 날아올랐다.

땅을 박차고 오르는 순간, 마르탱은 세포 하나하나가 떨어져나가는 듯한 통증을 느꼈다.

그리고 눈앞이 하얘지면서…….

*

샌프란시스코

레녹스병원

9시 01분

엘리엇은 오랜 친구의 머리맡을 지키며 절망적인 눈길로 모니터를 바라보았다. 함께 서 있는 젊은 인턴은 스승의 행동을 이해할 수 없다. 이제 사망선고를 내릴 차례였다.

"박사님, 사망선고를 내리셔야죠?"

엘리엇의 귀에는 인턴의 목소리가 들려오지 않았다. 아키볼드는 35년간 알고 지낸 동갑내기 친구였다. 그를 쉽게 떠나보낼 수가 없었다.

"박사님, 다 끝난 게 아닌가요?"

엘리엇은 아키볼드의 얼굴을 내려다보았다. 고통을 모두 내려놓은 듯 평온한 얼굴이었다. 그는 언제까지나 그 모습으로 아키볼드를 기억하고 싶었다.

"사망시각 9시 2분."
엘리엇은 친구의 눈을 감겨주며 사망선고를 내렸다.

*

샌프란시스코 교외

마운트 시너리 재활교육센터

9시 01분

가브리엘이 의사와 간호사를 불렀다.

아무 이유 없이 어머니의 상태가 급격하게 나빠졌다. 갑자기 빨라졌던 심장박동이 이제는 서서히 희미해져가고 있었다.

"200줄, 준비!"

준비가 되자 의사는 심장 제세동기를 발랑틴의 흉부에 댔다. 벌써 두 번째 시도였다. 두 번의 충격으로도 수축된 심근은 이완되지 않았다. 의사는 이미 패배한 싸움이라는 사실을 잘 알면서도 손바닥을 발랑틴의 가슴에 얹고 흉부 마사지를 시도했다.

의사의 사망선고 후, 가브리엘은 오래도록 어머니와 둘만의 시간을 가졌다. 발랑틴의 얼굴은 평화로웠고, 마치 건강을 되찾은 사람처럼 빛났다.

"엄마, 너무 많이 힘들었지? 이제는 아빠를 만나 편히 쉴 수 있기를 원해."

가브리엘은 엄마의 이마에 입맞춤을 남기며 그렇게 중얼거렸다.

샌프란시스코

레녹스병원

의료진 휴게실

9시 02분

클레어 줄리아니는 50센트짜리 동전 두 개를 커피 자동판매기에 밀어 넣고 '카푸치노' 버튼을 눌렀다. 그러나 종이컵이 없는지 크림 상태의 액체가 줄줄 흘러나와 그녀의 신발을 적셨다.

이런 일은 꼭 나한테만 일어난다니까!

화가 잔뜩 난 그녀는 동전이라도 돌려받을 생각으로 기계를 마구 두드렸다. 분풀이를 실컷 하고 있는데 호출기에서 날카로운 소리가 났다. 그녀는 서둘러 휴게실을 빠져나가 소생실로 뛰어갔다.

"선생님, 믿을 수가 없어요. 환자가 깨어났어요."

간호사가 급하게 달려온 그녀를 보고 소리쳤다.

이게 무슨 헛소리야? 마취제를 그렇게 많이 투여했는데, 어떻게 깨어날 수 있다는 거야?

클레어는 환자의 상태를 살폈다. 두 눈을 감은 마르탱은 규칙적으로 호흡하고 있었다. 모니터상의 수치도 만족스러울 정도로 안정적이었다.

클레어가 방을 나서려는 순간…… 마르탱이 눈을 떴다.

그는 천천히 주위를 둘러보다가 답답해 못 견디겠다는 듯 자신의 목과 코 그리고 팔에 연결된 관들을 모조리 잡아뗐다.

마르탱은 그렇게 돌아왔다.

•에필로그

샌프란시스코

6개월 후

빨강 립스틱 색깔의 머스탱 카브리올레가 이른 새벽의 어슴푸레한 빛을 받으며 금융지구 남쪽 샌프란시스코 현대미술관 앞에 멈춰 섰다. 오렌지 색 벽돌 건물 한 가운데에 우뚝 솟은 원통형 유리탑은 마치 빛이 고여 있는 우물 같았다.

"엠마라는 이름은 어때? 좀 독특한 이름을 붙인다면 레오폴딘은 어떨까?"

마르탱이 의견을 내놓았다.

조수석에 앉은 그는 아직도 경부 코르셋을 목에 두르고 있었다. 코마상태에서 깨어난 이후 처음으로 병원을 빠져나왔다. 재활치료를 시작한 지 벌써 6개월이 지났다.

"레오폴딘이라고? 당신 지금 제정신이야? 이름은 그리 급한 게 아니야. 우선 먼저 아기를 만들어야지. 아무튼 오늘은 안 돼. 할 일이 많단 말이야."

가브리엘은 우아하고도 유연한 동작으로 자동차에서 내려섰다. 일요일 아침, 아직 신선하고도 고요한 분위기가 남아있는 거리는 한산했다.

마르탱은 호두나무 지팡이에 몸을 의지한 채 힘겹게 차를 빠져나왔다.

가브리엘이 그를 짓궂게 놀렸다.

"지팡이를 짚은 당신 모습이 정말 섹시해. 마치 드라마에 나오는 주인공 같아."

마르탱은 어깨를 으쓱해 보이고는 자동차 트렁크 안에 넣어둔 세 개의 나무 상자를 꺼내려고 안간힘을 썼다.

"놔둬. 내가 할게."

가브리엘이 피카소의 그림이 살짝 빠져나와 있는 첫 번째 나무상자를 번쩍 들어 올렸다.

세 개의 나무상자에는 아키볼드가 지난 20여 년간 훔친 보물들이 들어있었다. 앵그르, 마티스, 클림트, 고야 등의 그림이었다. 곧 원래 그림이 놓여 있던 미술관으로 돌려 보내지리라.

아키볼드는 산시메온의 작은 포구에서 대화를 마무리하며 유산을 남긴다는 명목으로 그림을 보관해 둔 비밀장소를 딸에게 알려주었다.

가브리엘은 세 번을 왕복한 끝에 그림이 든 나무상자들을 모두 미술관 입구에 가져다 놓았다. 차로 돌아온 가브리엘은 뒷좌석에 그림

하나가 남아있는 걸 보고 깜짝 놀랐다. 화가의 얼굴을 뒤덮은 오렌지색 머리카락과 불꽃색깔의 수염 그리고 환각을 표현한 듯 소용돌이치는 아라베스크 문양의 배경, 바로 반 고흐의 자화상이었다.

"이 그림은 그냥 가지고 있어도 되지 않을까?"

마르탱이 대담한 발언을 했다.

"지금 농담하는 건 아니지?"

"딱 하나만 가지고 있자. 이 그림에는 당신 아버지와의 추억이 깃들어 있어. 우리를 다시 만나게 해준 그림이지."

"안 돼. 한 번 정직하기로 마음먹었으면 끝까지 가야지."

그러나 마르탱은 포기하지 않았다.

"이 그림이 있으면 우리 아파트도 그럴 듯해 보일 거야. 거실이 좀 더 고전적인 분위기로 바뀌지 않을까? 뭐, 당신의 이케아 가구들에 감정이 있는 건 아니지만……."

"내 가구가 어때서?"

"그야 보는 사람의 취향에 따라 다르겠지."

마르탱은 아쉬움을 뒤로 하고 그림을 모두 되돌려주기로 작정했다. 귀가 잘린 화가의 자화상을 든 마르탱이 다리를 절뚝거리며 미술관 입구로 걸어갔다.

되돌아온 그를 태운 머스탱이 다시 달리기 시작했다.

*

반 네스 대로를 따라 내려가던 머스탱이 롬바드 가로 방향을 틀었다. 떠오르는 태양이 도시 전체를 분홍색으로 물들였다. 먼 바다에서 불어오는 바람이 한여름의 바다 냄새를 실어다주었다.
 저 멀리, 뿌연 안개에 휩싸인 금문교가 모습을 드러냈다.
 가브리엘은 마르탱과 아키볼드가 마지막 다툼을 벌였던 바로 그 장소에 차를 댔다.
 "자, 이제 당신 차례야!"
 가브리엘이 마르탱을 보고 말했다.
 6개월 전처럼, 마르탱은 차 문을 열고 나가 자전거 이용자 전용 도로 표시 선을 넘어갔다.
 마르탱은 난간에 몸을 기대고 바다 속에 튼튼하게 박혀있는 교각을 내려다보았다. 거센 파도가 교각에 부딪히며 하얀 거품을 일으켰다. 그는 얼굴을 때리는 바람을 맞으며 아직도 살아있다는 기적을 실감했다. 주머니에 손을 넣은 그는 다이아몬드를 만지작거렸다.
 "먼저 소원을 빌어!"
 가브리엘이 큰 소리로 외쳤다.
 마르탱이 주머니에서 손을 빼낸 다음 주먹을 폈다. 손바닥 위에 놓인 천국의 열쇠가 천 개의 태양처럼 빛났다.
 이토록 빛나는 보석이 많은 사람들에게 불행을 가져다주었다는 사실이 믿기지 않았다.
 마르탱은 다이아몬드를 가지고 있을 생각이 털끝만큼도 없었다. 그렇다고 마지막으로 이 다이아몬드를 소유했던 커틀라인 그룹에 돌려주고 싶지도 않았다.
 마르탱은 마지막으로 보석을 바라보았다. 그런 다음 있는 힘을 다해 태평양을 향해 던져버렸다.
 애송이의 선물입니다.

마르탱은 아키볼드를 향해 무언의 인사를 보냈다.

2008년 6월 6일 앙티브에서
그리고 2009년 3월 16일 몽루주에서

〈끝〉

독자 여러분께

우리는 매일 아침 파리의 버스와 지하철 안에서 서로가 서로를 스쳐 지나갑니다.
느긋한 오후, 카페 테라스나 공원 벤치에서 마주치기도 하지요.
주말이나 휴가 때에는 기차 칸이나 비행기의 좁은 좌석에서 만나기도 합니다.
저는 이렇게 잠깐씩 스쳐 지나가는 중에 가끔 독자 여러분들이 제 소설을 읽고 있는 모습을 보거나 소설 속 주인공들에 대해 이야기하는 것을 듣는 행운을 누립니다.
여러분들이 보내 주시는 수 천 통의 편지를 하나도 빠짐없이 읽으며 그 안에서도 여러분을 만납니다.
독자와의 만남이 열리는 서점에서도 우린 서로의 존재를 확인하지요.

우리는 몇 마디 말과 눈길 그리고 미소를 주고받습니다. 제가 여러분을 이해하고 여러분이 저를 이해해 주니 너무 많은 말을 할 필요는 없더군요.

여러분과의 만남은 저에게 늘 힘을 줍니다.

여러분께 이야기를 계속 들려주고 싶은 마음이 생기게 해 주니까요.

책이라는 끈으로 연결된 이 기묘하고도 아름다운 관계를 영원히 이어가고 싶은 마음입니다.

언론 기사나 텔레비전 방송으로는 절대로 전달되지 않는 이 특별한 유대감을 영원히 이어가고 싶은 마음입니다.

그러나 제가 하고 싶은 말은 따로 있습니다.

여러분 모두에게 감사하다는 말씀을 전하고 싶습니다.

제 이야기를 기다려 주어서 고맙습니다.

그 이야기들이 살아 있을 수 있게 해 주어서, 함께 해 주어서 고맙습니다. 곧 다시 만나기를 기대하며······.

기욤

옮긴이의 말

 데뷔 이래로 매년 한 종씩 독자들의 마음을 단번에 사로잡는, 그것도 상당한 분량의 작품을 발표해 온 기욤 뮈소의 이번 소설은 파리와 샌프란시스코를 넘나들며 펼쳐진다. 영상세대답게 비주얼한 부분에 많은 비중을 두는 작가에게 소설의 배경이 얼마나 중요할까 생각해볼 때, 이 작품은 주로 미국을 배경으로 했던 전작들과 많이 구별되는 소설이라 하겠다.
 뮈소의 글에는 속도감이 있다. 천천히 곱씹으며 음미하는 문장으로 여운을 남기기보다는 이야기 자체로 큰 여운을 남기는 작가라고나 할까. 흔히 뮈소의 소설은 한편의 영화 같다고 한다. 그의 작품에 자주 나오는 초자연적인 사건들과 서스펜스 그리고 스릴 같은 요소들은 뮈소 소설의 영화적 특징을 더욱 부각시킨다. 그러나 작가 자신은 그러한 주변 요소와 장치들을 더욱 깊이 있는 주제에 접근하기 위한 일종의 매개일 뿐이라고 말한다.

어쨌든 삭막한 세상을 살아가면서 잠시나마 고통의 현실을 잊고 꿈을 꿀 수 있게 해 주는 소설, 가슴이 저릿해지는 감동을 느낄 수 있게 해 주는 소설, 골치 아파 멀리하던 책을 다시 가까이 하게 해 주는 소설이 바로 기욤 뮈소의 작품들이 아닌가 한다.

번역하는 내내 파리 지도와 샌프란시스코 지도를 옆에 두고 들여다보았고, 구글 맵의 도움도 많이 받았다. 독자들께서도 관광용 그림지도 등 간단한 지도를 참고해가며 책을 읽는다면 더큰 재미를 느낄 수 있을 것이라 생각한다. 특히 전반부, 남자 주인공들이 서로 쫓고 쫓기는 장면은 오르세미술관에서부터 센 강을 따라 동쪽으로 이동하며 펼쳐지는데, 지도를 짚어가며 주인공들의 행보를 따라가다 보면 마치 파리의 밤거리를 누비고 다니는 듯한 즐거움을 맛볼 수 있을 것이다.

또 한 가지, 조역이지만 '오문진'이라는 한국인이 등장한다는 것도 꽤나 흥미롭다. 특히 본문에서 'Jopok'이라고 표현해놓은 부분을 읽고는 한 번 크게 웃지 않을 수 없었다.

어떤 계기로 한국인을 등장시키고 한국사회에 대해 알게 되었는지에 대한 작가의 답변은 아직 듣지 못했다. 그 대답은 소설 집필에 집중하기 위해 교사 일을 그만두고 난 후 여행을 자주 하고 있다는 뮈소가 언젠가 우리나라를 찾는 날 들어볼 수 있으리라 생각한다.

허지은